培根随笔集

[英] 培根○著

张敏 译

吉林文史出版社

图书在版编目（CIP）数据

培根随笔集 /（英）培根著 ; 张敏译 . -- 长春 :
吉林文史出版社 , 2017.6
ISBN 978-7-5472-3789-2

Ⅰ.①培… Ⅱ.①培… ②张… Ⅲ.①随笔－作品集
－英国－中世纪 Ⅳ.① I561.63

中国版本图书馆 CIP 数据核字 (2017) 第 017499 号

培根随笔集

著　　者	[英]培根	
译　　者	张　敏	
责任编辑	吴　枫　孙佳琪	
总 策 划	孙建军	
选题策划	中易汇海	
排版制作	文贤阁	
封面设计	书虫儿　马婵月	
出版发行	吉林文史出版社	
地　　址	长春市人民大街 4646 号　邮　编　130021	
印　　刷	北京中创彩色印刷有限公司	
版　　次	2017 年 6 月第 1 版　2020 年 7 月第 2 次印刷	
开　　本	650mm×960mm　1/16	
印　　张	14	
字　　数	202 千	
书　　号	ISBN 978-7-5472-3789-2	
定　　价	32.80 元	

前　言

　　弗兰西斯·培根（1561—1626），英国文艺复兴时期重要的散文作家和哲学家。他不但在文学、哲学上有很多建树，在自然科学领域里，也取得了许多重要的成就。他的作品有《新工具》《培根随笔集》《亨利七世本纪》《新大西岛》《论事物的本性》《迷宫的线索》等，其中《培根随笔集》是他的代表作之一。他出生在伦敦一个高级官员的家庭，父亲尼古拉·培根爵士是伊丽莎白女王的掌玺大臣，母亲是文艺复兴时代一位博学多才的贵族妇女，母亲的妹夫是伊丽莎白女王的重臣伯利勋爵。在这种家庭背景下，再加上培根出众的才华，他很早就有了出入宫廷的机会。在孩提时代，他就曾被伊丽莎白女王称为"我的小掌玺大臣"。为此他立志为官。他十二岁进入剑桥大学三一学院，从剑桥大学毕业后与英国驻法国大使一道前往巴黎担任英国驻法使馆的外交事务秘书。1579年因父病逝辞职回英国。随后他当选了下议院议员，出任掌玺大臣，担任詹姆斯一世手下的大法官，并被授予维鲁拉姆男爵的称号，后晋爵为奥尔本斯子爵。但晚年仕途受阻，他因受贿案被判有罪，虽得到国王的赦免，但再没为官的可能，所以他闭门著书，在学术上取得了巨大的成就。

　　1626年3月底，为了一次实验培根受风寒侵袭，支气管炎复发，病情恶化，于1626年4月9日清晨病逝。培根逝世后，人们为怀念他，修建了一座纪念碑，亨利·沃登爵士为他题写了墓志铭：

　　圣奥尔本斯子爵

如用更煊赫的头衔应称之为"科学之光""法律之舌"。

《培根随笔集》是英国随笔文学的开山之作,以其精简的语言、优美的文笔、透彻的说理等特点,在世界文学史上占据了极其重要的地位,"读之犹如聆听高人赐教,受益匪浅"。《培根随笔集》主要讲述培根从不同的角度看待事物的态度和想法。本书的内容涉及政治、经济、爱情、婚姻、宗教、艺术、教育和伦理等多个方面,对于所谈到的每一方面,他都写出了自己的想法,字里行间透露出培根的人生态度和处事方法。

其中《谈读书》《论真理》《论嫉妒》《论死亡》《论美》等著名篇章,是培根文学方面的代表作,蕴含着培根的思想精华。我们从《论高位》《论野心》等篇章中,可以看到一个热衷于政治、深谙官场运作的培根。从《论爱情》《论婚姻与独身》等篇章中,可以看到一个富有生活情趣的培根。从《谈幸运》《论残疾》等篇章中,可以看到一个自强不息的培根……

总之,弗兰西斯·培根的这本《培根随笔集》不但在英国文学史上占有重要地位,也是世界文学宝库中的宝贵财富,从出版至今,已被译成多种文字,至今畅销不衰。

目 录

第 1 篇　论真理 …………………………… 001

第 2 篇　论死亡 …………………………… 004

第 3 篇　谈宗教之统一 …………………… 007

第 4 篇　论复仇 …………………………… 012

第 5 篇　谈厄运 …………………………… 014

第 6 篇　论伪装与掩饰 …………………… 016

第 7 篇　谈父母与子女 …………………… 019

第 8 篇　谈结婚与独身 …………………… 021

第 9 篇　论嫉妒 …………………………… 023

第 10 篇　论爱情 ………………………… 028

第 11 篇　论高位 ………………………… 030

第 12 篇　说胆大 ………………………… 033

第 13 篇　论善与性善 …………………… 035

第 14 篇　谈贵族 ………………………… 038

第 15 篇　论叛乱与骚动 ………………… 040

第 16 篇　谈无神论 ……………………… 046

第 17 篇　说迷信 ………………………… 049

第 18 篇　论远游 ………………………… 051

第 19 篇　论帝王 ………………………… 053

第 20 篇　论进言与纳谏 ………………… 058

第 21 篇　说时机 ………………………… 062

第 22 篇　论狡诈 ………………………… 065

第 23 篇　谈利己之聪明 ………………… 070

第 24 篇　谈革新 ………………… 072

第 25 篇　谈求速 ………………… 074

第 26 篇　谈貌似聪明 …………… 076

第 27 篇　论友谊 ………………… 078

第 28 篇　谈消费 ………………… 086

第 29 篇　论国家之真正强盛 …… 088

第 30 篇　谈养生之道 …………… 097

第 31 篇　说疑心 ………………… 099

第 32 篇　谈辞令 ………………… 100

第 33 篇　谈殖民地 ……………… 102

第 34 篇　论财富 ………………… 105

第 35 篇　论预言 ………………… 109

第 36 篇　论野心 ………………… 113

第 37 篇　谈假面剧和比武会 …… 116

第 38 篇　说人之本性 …………… 118

第 39 篇　谈习惯和教育 ………… 120

第 40 篇　谈走运 ………………… 122

第 41 篇　论有息借贷 …………… 125

第 42 篇　论青年与老年 ………… 129

第 43 篇　论　美 ………………… 132

第 44 篇　论残疾 ………………… 134

第 45 篇　说建房 ………………… 136

第 46 篇　说园林 ………………… 140

第 47 篇　说洽谈 ………………… 145

第 48 篇　谈门客与朋友 ………… 147

第 49 篇　谈求情说项 …………… 149

第 50 篇　谈读书 ………………… 151

第 51 篇　论党派 ………………… 153

第 52 篇　谈礼节与俗套 ………… 155

第 53 篇　谈赞誉 ………………… 157

第 54 篇　论虚荣 ………………… 159

第 55 篇　谈荣誉和名声 …………………… 162

第 56 篇　论法官的职责 …………………… 165

第 57 篇　谈愤怒 …………………………… 170

第 58 篇　谈世事之变迁 …………………… 172

附录一　……………………………………… 178

附录二　……………………………………… 194

第1篇　论真理

"何为真理？"彼拉多曾这样问，而且不等回答就自行做了分析。① 世间的确有人见异思迁，将固守信仰视为一种包袱，所以只是一味地追求自由。尽管这些哲学家②现如今已是历史，但是世上喜欢夸夸其谈的人仍不在少数，他们继承了那些已故者的思想，但较之于古人却又缺乏阳刚之气。世人接受虚伪之存在，不仅仅是由于追求真理的艰难，也不是因为真理能够提升人的思维能力，尽管这种行为昏聩无知，但确实是缘于世人爱假象的心理。希腊晚期学派的一位哲人③曾研究过这种现象，并开始思索这种假象产生的原因，同时又对人们执着地喜好假象而感到不解。因为喜好假象既不能像诗人喜好吟诗那般从中获得乐趣，也不能像商人喜欢在商海中你争我夺那般获得利益，爱表面假象者只是为了追求眼前的一切。但对此我不能轻率下结论，因为所谓真理便是一种无须着意掩饰的光芒，要想使世间的一切假象，比如舞会、表演或者欢乐的庆典变得优雅高贵，这种光芒完全不及普通烛光。

在世人看来，真理或许是异常珍贵的，就像那些在明媚的阳光下还显出难以磨灭光芒的珍珠一样，但却不能与在五光十色的灯火中最显璀璨的钻石或红玉相较。那些假象与错觉常常会使世人获得短暂的快乐。倘若把假象、美好的期望、错误的估算、自由遐想的

① 见《圣经·新约·约翰福音》第18章37—38节，耶稣受审时声称他是为了证明真理才降临到这个世上，于是彼拉多（罗马驻犹太及撒马利亚地区的总督）问"何为真理？"

② 说的是以皮浪为代表的古希腊怀疑论诸学派。

③ 讽刺作家卢奇安在其《爱假论》一书中曾对怀疑论者进行猛烈的抨击。

空间和诸如此类的事物摒除，那样世间可能就仅仅会剩下一具驱壳和没有思想的脑壳，取而代之的是愁苦、烦躁和忧愁。这种假设会有人质疑吗？曾有一位诗人，由于吟诗能够填满其想象空间，所以他把诗称作"魔鬼的酒浆"①，实际上诗体只是一种假象的影子。那些错觉或许根本不是转瞬即逝的希冀，恰是上文所说的笼罩灵魂的、无法磨灭的影子。就算这种假象已植根于世人观念与思想里，只受自身评判的真理仍旧教导后辈要执着地追求真理，重新认识并深入了解真理。可以说探究真理的过程就好像是在谈一场恋爱，探究真理必须在任何时候都不脱离它，倘若相信真理就得了解信任的真谛，这便是人类之善。天地诞生的那几日内，感觉之光是造物主创造的第一样东西②，理智之光则是最后一样东西；创造天地后，他就一直以圣灵感化万物。最初他将光明赐予万物或是混沌之表象，然后他把光明赐给人类，现在他将灵光仍旧洒在他选民③的脸庞上。那个在过去给伊壁鸠鲁学派带来无限荣耀，令其领先于其他学派的诗人，④曾感叹道："站在水边的高岸上，观看舟楫在海上随波而逝，不是很快乐吗？登上城堡，倚在窗前观看两军城下激战，不也很快乐吗？但这一切都没有攀上真理的峰顶（一座高耸入云且风清气爽的巅峰），一览深谷间的谬误与徜徉、浓雾与风暴更让人欣喜愉悦的。"这样常凌常览，此情此景可能让人顿生怜悯之情，而不是把藏在心底的自以为是或孤高自傲引出。毋庸置疑的是，如果人心向仁爱，遵从上帝意志，不逆转真理的轮毂，世界将是处于爱包围之下的家园。

从神学跟哲学之真理讲到人与世间交往之真理。即便是那些不曾相信过真理的人也会承认，光明磊落的行为才是人性的保证，而故弄玄虚就好比在金子中掺入杂质，这种做法固然能加速钱币流通的速度，但却大大降低了钱币本身的价值。这种三回九曲的做法叫

---

① 圣哲罗姆和圣奥古斯丁曾有"诗乃魔鬼之食"和"诗乃谬误之酒"的说法。

② 见《圣经·旧约·创世纪》第 1 章第 3 节和第 2 章第 7 节。

③ 选民：原指以色列人，后指信奉上帝的人。

④ 古罗马诗人及哲学家卢克莱修在长诗《物性论》中以形象的语言阐述伊壁鸠鲁学说中抽象的哲学概念。下面的引文即引自《物性论》第 2 卷。

作蛇行之法，蛇在行走时并不借助脚的力量，所以只能靠肚腹行走。人世间最不可忍受的事应该就是背信弃义、落井下石、恩将仇报。因此蒙田的理论算是恰如其分，他在对令人憎恶的谎言进行探究时曾说："仔细想一下，人之所以撒谎大抵不是因为畏惧上帝，而是畏惧这个现实世界吧。"因为谎言的直接接收者是上帝而非世人。① 所以类似撒谎和背信弃义的行为便不会被直接揭穿，以此类推，撒谎和背信弃义就是上帝对人类做出裁判的最后钟声。盖预言有云：基督再次降临之时，世间的忠信已难寻踪迹。②

---

① 引自法国散文家蒙田的《蒙田随笔》第 2 卷第 18 章《论说谎》。
② 见《圣经·新约·路加福音》第 18 章第 8 节。

第 2 篇　论死亡

　　成人畏惧死亡犹如小孩害怕走入黑暗；小孩对黑暗的恐惧是由于传闻与见识的渐渐增长，成人对死亡的恐惧亦是如此。不可否认，坦然面对死亡，应当视其为罪恶之根源亦或是圣洁之天堂，这肯定是纯洁而虔诚的举动；然而以恐惧之心看待死亡，把它看作是交纳给自然的贡品，则是一种愚蠢卑劣的行为。然而在虔诚的沉思中仍然会有虚伪与幻象交织的画面。在某些天主教修士的禁欲书里能够看到这样的内容：人应自忖，一根手指受伤又怎样，让死亡腐蚀肉体，这种痛又该如何承受。

　　事实表明，死亡的轮回之痛不比失去一根手指更痛，所以说人躯体最重要的部位并非是人体敏感之区。故而那位仅以哲学家和普通人定义自己的先哲话语准确：同死亡而来的常常比死亡更可怕。[①]哀伤和呻吟、面色的变化、亲人的悲痛、衣着和葬礼，通常这样的画面会令死亡显得更为可怕。然而实际上，人类为了生存于世所付出的一切激情，完全能够压倒死亡的可怕；人类有那么多能够挫败死亡的筹码，所以死亡对于我们来说并非是无法抗御的敌人。报仇之心能轻易征服死亡，爱恋之心不会在乎何时死亡，荣誉之心对死亡更为渴求，悲痛之心朝着死亡逼近，就算是畏惧之心也能感受到死亡；而且我们还知道，当罗马皇帝奥托拔剑自刎后，许多士兵由于哀怜之心（人类最脆弱之情感）也挥剑自戕，[②]他们之所以选择

　　[①] 引自罗马哲学家、政治家塞内加所著的《道德书简》第 24 篇。
　　[②] 参见古罗马历史学家塔西佗所著的《历史》第 2 卷。

死亡仅仅是出于对君主的忠心、同情和怜悯。

此外，塞内加也对苟求之心与厌倦之心进行了补充，他说：每天都思考着同一件事，这肯定很无聊乏味，想要死亡的悲痛者和哀怨者，必定是一些不再留恋凡尘趣味之人。① 即使一个人缺乏勇气同时也没有在生活中遭受磨难，然而他就是会由于一直做一件事而藐视生命的价值。值得我们注意的是，当死亡的气息笼罩在罗马帝国的恺撒头上时，他仍然从容万分，即便在生命终结的那一刻，在他的脸上仍然能够看到永不休止的意义。奥古斯都在世的时候还对他的皇后称赞不已，"永别了，亲爱的莉维亚，任何时候都要记得我们的这场婚姻的美好"；提比略在临终之际依然对自己的病情漠不关心，就像塔西佗所言："他已经完全没有力气，但是奸诈仍旧从未消失"；韦斯帕芗大限临头时还是独坐凳子上戏言："我应该是在朝着天堂飞翔，慢慢变为神祇吧"；伽尔巴的最后留言是："你们尽情地砍吧，假如这样做对我的罗马人民有意义的话，"边喊边将自己的脖子靠近砍头的刀；② 塞维鲁行即将病危离世时仍旧发号施令："如果还有什么需要我完成的事情，赶紧来吧，没有什么值得我抗拒。"③ 像这样视死如归的实例，数不胜数。

没什么值得怀疑的，斯多葛学派的哲学家们对于死亡估计的价值实在太高，但是因为他们为死亡准备得太多，因此使死亡显得更加的恐怖。尤维纳利斯④的说法很值得效仿，在他看来，死亡最终是自然给予我们的恩惠。死亡并没有什么地方值得在意，⑤ 就像生命的来临一样平常。但是在幼童眼里，生与死同样会带来不一样的痛苦。在执着追求死亡的人看来，死亡好比是那些在战场上拼命厮杀的士兵般会暂时忘掉杀伐所致的悲伤和痛苦；因而可以说，对于那些信

---

① 引自罗马哲学家、政治家塞内加所著的《道德书简》第 77 篇。

② 以上关于诸位罗马帝王之死的记述可见苏维拖尼乌斯的《罗马十二帝王传》。

③ 塞维鲁之死的记述可见狄奥·卡西乌斯的《罗马史》第 67 章。

④ 古罗马讽刺诗人，著有《讽刺诗》5 卷。

⑤ 对死而不觉之描述见于中世纪意大利诗人阿里奥斯托的长篇传奇诗《疯狂的罗兰》。

念坚定、一心向善的人来说，死亡的痛苦并不能阻挡他们继续追求生存；但是必须得相信，最动人的圣歌便是一个人实现了其崇尚目标与愿望后所歌唱的那首，"上帝啊，请允许你的仆人安然离开尘世吧"。死亡之所以能够开启名望之门并消除妒忌之心，就是因为"生前为人所妒忌，死后会深受人们之爱戴"①。

---

① 语见贺拉斯《书札》第 2 卷 1 首 14 行。

第 3 篇　谈宗教之统一

　　宗教是人类社会得以维系的主要纽带，故而保持它本身的真正统一是件极大的幸事。然而对于异教徒而言，与宗教相关的争论跟意见是向来不曾听说过的行为，是极为恶劣的。因为他们的神学领导者是一些才思敏捷的诗人，[①] 所以他们所尊奉的宗教不言而喻。然而就真正的上帝而言自会有其特定的意义，因为他完全是个"爱妒忌的神"[②]；因此对他的崇奉丝毫不容混杂，更不容许同饮一杯羹。有鉴于此，笔者应当对教会之统一做一番简论，更要深谈统一的好处为何，统一的限界为何，以及统一的手段为何。

　　（关于怎样取悦上帝自然不能包括在内）统一之好处应当有两点：其一是谈论关于教门外的俗人，其二是谈论教门内的会众。就前者而言，比任何丑行都更为丑恶的就是教门内的异端邪说和宗派分裂，这些行为跟仪典不纯相论而言，前者更加令人痛恨厌恶；这些就像是在正常人的身体内，比血脉违和更糟糕的是关节受到创伤或者脱臼，因此教会里的宗教事务也就是这样。因此最能阻俗人并驱会众于教门之外就是统一其中的破裂。因此假如说听见有人喊"看啊，基督在野外"，但是还有人喊"看啊，基督在屋内"，因此就会有人在异端集会处寻找基督的影子，然而却有人选择在教堂外面寻找耶稣之时，有种声音一直缭绕在凡夫俗子的耳边，"不要出

---

　　① 指古希腊、古罗马的宗教大都以诗人笔下的诸神为崇拜对象。
　　② 语出《圣经·旧约·出埃及记》第 20 章第 2—5 节中上帝对以色列人的训示："吾乃耶和华，汝等之上帝……尔辈除我之外不可再奉他神……吾乃爱妒忌的神。"

去"①。那位（他的特殊使命使他对未皈依基督者特别留意）异邦人的导师②曾经这样说："如果有不熟悉的外乡人过来，听见尔等所说所言之事，难免别人肯定会说你是疯狂的。"但是假如那些无神论者和世俗之徒得知教会的内部竟然会存在那么多的矛盾分歧，那么结果肯定会更加糟糕，这样只会使他们疏远教门并且"坐上嘲讽者的席位"③。

　　这仅仅是从相当严重的问题中证明一件根本不重要的小事情而已，但是这也足以证明异端教徒是如何的丑陋。曾经有一讽刺大师④在他虚构的一份书目中出现了《异端教徒的舞蹈》⑤这样一个奇怪的书名；在每个异端教派的身上都独自具有属于个人特殊的舞姿或媚态，然而他们的这些姿态只会使世俗之徒和腐败政客对其更加地嘲笑，因为像他们这种人好像就是为鄙视宗教事务降生的。

　　为了对教会公众有益只能是做到更好地统一，神恩的和平就在这其中体现得很明显；信仰的树立在于和平的建立，爱心也会被和平唤醒，人们内心深处的和平也会随着教会表面的和平而生成，因此将人们用来炮制和翻阅争辩之作的工夫用来撰写和披览修行积善的华章。什么才是制定统一的标准，确定这种标准的原则至关重要。但是现在有两个极端的问题摆在眼前。对于一些狂热派而言，任何和平言谈都是很可恶的言论。"和平与否，耶户？——和平与你何干？站到我身后去吧。"⑥狂热派所在乎的问题与和平无关，他们更擅长于拉帮结派，制造混乱。

　　但与之恰恰相反的是，某些老底嘉派信徒⑦和态度冷漠者反而以为他们不会有任何偏差，利用中庸之法巧妙地来调和教派纷争，就好像在上帝与世人之间他们完全可以作出公正的判断一样。类似这

---

　　①　以上引语可见《圣经·新约·马太福音》第 24 章第 25—26 节。
　　②　指圣保罗，以下引言见《圣经·新约·哥林多前书》第 14 章第 23 节。
　　③　见《圣经·旧约·诗篇》第 1 篇第 1 节。
　　④　指法国作家拉伯雷。
　　⑤　见法国作家拉伯雷的《巨人传》第 2 部第 7 章中庞大固埃在巴黎圣维克多藏书楼看到的那份书目。书名中的"异端教徒"指的是 16 世纪被迫改信天主教的摩尔人。
　　⑥　见《圣经·旧约·列王纪下》第 9 章第 18—19 节。耶户指以色列第十代王。
　　⑦　见《圣经·新约·启示录》第 3 章第 14—16 节。

样的极端思想是必须避免的，救世主亲自订下的基督教盟约倘若可以用以下两种说法相反的箴言加以正确而直白地解释——"不跟我们站在同一战线就是我们的敌对者"和"与我们站在同一战线就是我们的拥护者"，① 那么以上所说的两个极端完全可以避免，它很清楚地告诉我们，要清晰地分辨区分什么是信仰中关于宏旨的介绍的实质问题，什么是不完全属于信仰而只是属于个人理解、社会礼仪或概念分歧的小枝节问题上。关于这件事情在大多人眼里看来并不重要，而且已经得到解决，可是如果在解决这件事情的过程中可以少些偏心跟包庇，也许它会更加深受人们拥护，得到更多人的赞赏。

限于本篇文章的字数，笔者只是简单地给予我们忠告。作为普通凡人，对于以上两种争论必须端正自己的位置，不能有损上帝的尊严。

其一关于争论重点要分清主次，有轻重之分，不值得大动干戈，唇枪舌剑更是没有必要；这些就好像一位先哲所说："基督身上的衣服确实是无缝可寻，可是教会人士的长袍却是五颜六色，"紧接着说，"还是选择让这些衣服五颜六色吧，可是千万不要让它破裂"②。仅此而言，统一和划一是不相同的两个概念。而另一种争论是所争之重点，可是争到头来讨论的结果却越来越玄妙，没有合理的解释与答案，因此导致的结果就是争论的技巧多而有余，但是争论的结果却少得可怜。善于判断是非并且懂得分析事情的人有时偶尔会听到一些愚蠢的流氓争论不休，而且非常清楚那些人的不同言论根本就是言殊意合，但是事实却永远也找不到共同的答案；如果人与人之间因为判断力上的差异而造成上述情况的发生，那为什么我们不反过来这样想：深知我们人类心思的上帝完完全全可以看出世人争论不休的言论事实上有异曲同工之论，因此关于双方争论的问题都是报以认知的态度。对于此类争论的性质问题，圣保罗在对提摩太的告诫中已经有非常精辟的阐述："别卷入远离世俗的空想谈论和仅仅是被人误以为没有科学根据的愚蠢争论。"③ 世俗之人往往喜爱复

---

① 两句话分别参见《圣经·新约·马太福音》第 12 章第 30 节、第 9 章 40 节。

② 这里的"先哲"指圣伯尔纳（1090—1153），法兰西人，明谷隐修院的创立者。基督衣袍无缝的说法参见《圣经·新约·约翰福音》第 19 章第 23 节。

③ 见《圣经·新约·提摩太前书》第 6 章第 20 节。

制没有根据的学说跟争论，而且还会在原有的语言上加上更加新鲜的术语，而且将它们贴合得是如此亲密，天衣无缝，因此就会导致本应支配术语的内容但是恰恰被术语支配。和平或统一也有两种不同赝品：其中一种就是基于愚昧无知的和平，因为在蒙昧之中，形形色色的宗派均可和平共处；然而另一种是靠调节本身的根本矛盾而强行拼凑的和平，然而在关于此类形成的和平中，真理与谬误就好像是尼布甲尼撒王梦中那尊偶像脚里的金和土一样；① 他们可以相互依存，可是永远不会有交融之刻。说到实现统一的手段，人们必须要慎重掌握实现统一的标准方式，千万不可以在实现或加强宗教统一的同时将仁慈博爱之大义和人类社会的律法也无情地损坏了。最得心应手的有两柄利剑②即精神之剑和世俗之剑，当在维护宗教信仰的事业的时候，二者各有其相应的功能和职权。

我们不可以拿起的，也就是所谓的第三柄利剑穆罕默德之剑或与之相似之类。换种说法，即不可凭血腥迫害强迫世俗之人，或者是凭靠着金戈铁马达到传播宗教的目的，但是除非目睹有人公然诽谤教会，迫害教会本身的利益，亵渎上帝，又或者是将宗教的平常活动混淆为迫害国家的利益；更重要的是不可以鼓励煽动性言论，姑息阴谋和叛乱，让它们横生，将利剑给予颠覆的民众；因为此种行为好比是拿起第一块法版去毁灭第二块法版，③ 因此就会觉得世间之人全属基督教徒，似乎我们已经忘记他们最初的意义——凡人。当看到剧中阿伽门农竟然忍心用自己的亲生女儿祭祀那一幕时，④ 诗人卢克莱修曾经惊叹，感叹道："宗教居然能诱人如此行恶！"⑤ 倘

---

① 希伯来先知但以理在为巴比伦王尼布甲尼撒解梦时说："既然你梦见偶像之脚乃半铁半土，那你的王国就终将分裂。"（见《圣经·旧约·但以理书》第 2 章第 41 节。）

② 见《圣经·新约·路加福音》第 22 章第 38 节。

③ 第一块法版记载有人对上帝承担的 5 项义务，第二块则记载有人对同类的 5 项义务，二者相加即为"摩西十诫"。（见《圣经·旧约·出埃及记》第 20 章—34 章有关章节。）

④ 希腊统帅阿伽门农曾射杀一女神之爱鹿，愤怒的女神刮逆风将欲远征特洛伊的希腊舰队阻在奥利斯港。为息女神之怒，阿伽门农用女儿伊菲格涅娅献祭。欧里庇得斯曾用此题材写成悲剧。

⑤ 出自《物性论》第 1 卷。

若早些被这位诗人知晓法兰西那场大屠杀或英格兰的火药阴谋①，那么他又会有怎样的感慨？事实上他应该会变得更加安于享受世俗之乐，更加亵渎神明的存在。因此关于宗教的争执是否应该用世俗之剑加以批判应该要谨慎待之，因此将此剑授予平民之手根本就是荒唐之极；这些荒唐之极的事情就留给再洗礼派②和其他狂热派去做吧。

当撒旦说："我要上升至云端，与全能的至尊媲美。"③ 这样的言语根本就是亵渎上帝的尊严；但如果将上帝看作凡人，让他说："我要到地狱去走访，亲身感受那黑暗之王的力量，要与之抗战。"这样的话更是对上帝无可怀疑的亵渎；但是如果使宗教大业堕落成谋杀弑杀君主、屠戮残害百姓和颠覆社稷、颠倒是非黑白等凶残而卑鄙的行为，那么跟上面所说的亵渎上帝的行为有什么差异呢？不用怀疑，这种行为就好比是要把象征圣灵的鸽子④变成凶残的兀鹰或渡鸦，也就是要在基督教会的大船上拉起海盗和凶徒的旗帜。因此眼下务必着急的是：教会一定要遵守其教义与教令，君主们则一定得凭仗其持有的权利和所有表现基督精神与道德意识的学识，就像墨丘利利用他的魔杖⑤那样，把那些可能助长以上行为与邪说蔓延的人都送到地狱里并使其永无死灰复燃之时。在众多与宗教信仰相关的劝谕言论中，圣徒雅各的那句谏言首先一定得牢记于心，世人之愤怒并不能使上帝的正义实现⑥；此外，一位先哲的坦诚之言更是不得不注意，他说：一切欲劝人相信良心压力之人，通常都是由于其本身拥有不同于他人的动机才会如此。⑦

---

① 指 1572 年 8 月 24 日的圣巴托罗缪惨案和 1606 年 11 月 5 日福克斯等罗马天主教徒企图炸毁英国国会大厦、炸死英王詹姆斯一世的阴谋事件。

② 16 世纪初，由欧洲的下层民众组成的一个教派。该教派不承认婴儿时期所施的洗礼，主张成年后再次受洗，所以叫"再洗礼派"。其中的多数教徒极度仇恨封建制度和天主教会，曾参加过 1524—1526 年的德国农民战争。

③ 见《圣经·旧约·以赛亚书》第 14 章第 14 节。

④ 参见圣经《圣经·新约·路加福音》第 3 章第 22 节："圣灵如同鸽子降落到耶稣身上。"

⑤ 罗马神话中墨丘利手持魔杖送亡灵前往冥界。

⑥ 见《圣经·新约·雅各书》第 1 章第 20 节。

⑦ 这句话的出处不详，有学者推测可能出自迦太基主教圣西普里安之口。

第4篇　论复仇

　　复仇是一种原始的公道，人生来就对复仇的刺激没有抵抗力，法律便是铲除复仇的唯一标准。因为罪犯最开始只是藐视法律的效力，但私自施以报复，便是不尊重法律效力的行径。不可否认，一个人如果私自对损害自己利益的仇敌进行报复，那这种行为事实上和被报复者并没有什么差别；但如果他不予计较，宽厚待人，那么他的行为就显得尤为高尚，因为宽宏大量是高尚之人的行为。

　　笔者对所罗门所言毫不怀疑：宽宥害己者的过错是宽恕者最觉光荣的行为。① 过去为死神所有，已是不可挽回，况且往事如烟去而不返，但是明智的人更是努力着眼当前和将来之事，所以依然执著于过去的做法是愚蠢之人所为。世上找不到无因而选择作恶的人，作恶者之所以会选择作恶皆是想要获得名利或者与之相类似的东西。

　　如果仅是这样，我为什么要因为别人爱自己而且胜过爱我而对其发怒生气呢？还有，即便有人纯粹只是出于行恶而作恶，那么这种行为就像荆棘藜桔一般，刺扎戳钩全部因其本身没别的能力罢了。最可原谅的一类报复是针对那些没有法律惩治的罪行而施行的报复，可是这个时候报复者必须慎重考虑，必须让自己的报复行为也因不触犯法律的界限，而能逍遥法外，否则被施以报复的人依然还是会占上风，因为这种伤害的比例是二比一。有人在实施复仇行为之时想要让仇敌知晓这复仇究竟有何缘由。因为更痛快的报仇似乎不在于使仇敌皮肉受到伤害，而是要让其悔不当初；但是卑鄙而狡猾的

---

　　① 见《圣经·旧约·箴言》第 19 章第 11 节。

懦夫小人往往想要在敌人的背后暗中施放冷箭。佛罗伦萨大公科西莫①曾经用过非常强烈的言辞谴责他的朋友背信弃义或忘恩负义的这种小人行为，在他眼里，这种可恶的行为似乎是不会得到原谅的。他说，你可以在《圣经》的教诲里读到对自己的仇敌进行宽恕的语句，②可是你绝对没有希望读到要我们对自己的朋友进行宽恕的训喻。

可是到现在为止还是约伯的精神更高一筹，他说：为什么我们总是只喜欢上帝赐福而对上帝的降祸总是抱怨呢?③ 将这样的实例放在身边朋友的身上，亦会有这样的疑问。不用怀疑，总是一直放不下仇恨而斤斤计较的人，永远也不会让自己的伤口复合，而那种创伤原本是有可能愈合的。报公仇常常是能够给复仇者带来好运，像为死去的恺撒大帝报仇，为死去的佩尔蒂纳报仇，以及为死去的法王亨利三世报仇，等等。④ 然而报私仇却总是不会有那样的幸运；相反，只想着复仇的人，其生活犹如巫师般惨淡，他们在世时常常遭到别人的迫害，死亡对于他们来说更是可悲之至。

---

① 科西莫（1519—1574），梅迪契家族的人员，第二任佛罗伦萨公爵，第一任托斯卡纳大公，后来担任共和国的首脑。

② 参见《圣经·新约·马太福音》第 5 章第 38—48 节和《路加福音》第 6 章第 27—36 节。

③ 见《圣经·旧约·约伯记》第 2 章第 10 节。

④ 为恺撒报仇的人是屋大维，为佩尔蒂纳报仇的人是塞维鲁，为亨利三世报仇的人是法王亨利四世（亨利三世的堂妹夫）。

第5篇　谈厄运

　　幸运总是受到人们的欢迎，但厄运却往往使人们感慨万千，此乃塞内加仿斯多葛派风格所发表的一番高论。毋庸置疑，假若不同寻常便是人们眼里的不为寻常，那么它们常常是由厄运产生的。

　　还有一句更高深的金玉良言（此言由一名异教徒说出，真的是高明），说：兼具人的脆弱与神的超俗，那才称得上是真正的伟大。如果此言能够写成诗大概会更让人称赞，因为唯有诗歌才允准有更多的神的超俗，何况诗人们也确实一直在忙于对这些加以描写和修饰；因为这种不同寻常的力量都是从古之诗人对那部神奇的传奇①中的东西的想象中而来的，古人的想象似乎并非没有深邃之意，他们的思想好像和当下基督徒的情况还有些相似之处，就如在赫拉克勒斯去搭救普罗米修斯（象征人性的）时，他竟然可以借着一个陶瓮的力量渡过大海，② 而这种行为不就是对基督教徒永不言弃的精神最具体的描绘吗？原因就是基督徒借着脆弱的血肉之舟竟然横渡尘世之大海汪洋。通常而言，如果借助幸运这种行为就是节制，借助厄运这种行为就是坚韧，按照道德的标准定义，那么后者应该是居上而立。

　　幸运就是《旧约》所言的神的恩典，厄运则就是《新约》所言的福分，③ 后者往往将上帝最昭然的启示传递给世间的人们。可是就

---

　　① 指古希腊神话。

　　② 希腊神话中并无赫拉克勒斯凭借陶瓮渡海的情节，不过该英雄在建立另一项功绩时曾用金杯渡海。

　　③ 《新约》屡言受苦即福，尤其是《马太福音》第5章和《路迦福音》第6章把贫穷、饥饿、悲伤，以及受侮辱、受迫害均视为福。

算是在你倾听《旧约》中大卫王那柄竖琴之时，其中也会感受到与欢乐的歌曲一样的哀乐情仇；还有那支附有圣灵的笔①对约伯所遭受的苦难比对所罗门所遭遇的幸福做了更为详细的记述。

　　幸运中常常存在着更多的哀愁和祸患，因此在厄运中也能够得到种种慰藉与希望。我们能够从刺绣织锦中感受到，把亮丽的图案绣在灰暗的背景上比之把暗郁的图案绣在明丽的背景上更加悦目；那么便是在这样的比喻中感受到内心的情感世界。道德行为常常有如名贵的香料，在燔焚或是碾磨之后其香味会愈加浓烈；所以幸运令罪恶更为显明，而厄运令美德更为显著。

---

① 《圣经》作者皆受圣灵启示，所以有圣灵之笔一说。

第 6 篇　论伪装与掩饰

　　表面的伪装掩饰仅仅是为了更灵活处事或是一种暂时的计谋。倘若想要获知其何时会讲实话或是何时会流露真情更加需要有精明的头脑与坚韧的性情，所以那些从政者常常都喜欢运用掩饰伪装之术。塔西佗说："莉维亚，是从奥古斯都那里学得才智和谋略，从提比略那里学得掩饰的本领。也即兼具其夫的非凡才略与其子的深藏不露。"此外，根据塔氏的记述，穆奇阿努斯在劝韦斯帕芗兴兵讨伐维特里乌斯时说过："我们即将面对的既非奥古斯都那种洞察秋毫的敏锐力，也非提比略那种不露锋芒的心机和严慎。"① 显然这种智略与谨慎无法和平常的习性及才力相比较，因此一定要进行区分和研究；倘若一个人有明锐的洞察力，能够明白什么样的事情应该宣扬，什么样的事情应该被隐匿，什么样的事情应该是睁一只眼闭一只眼，而且可以分清这种计策应该是在何时对着何人（这实乃塔西佗所谓的安身治国之要术），那么掩饰伪装的行为对于他而言就是一种有利的帮助。

　　可是如果一个人没有办法做到明察秋毫，他平时只是故作姿态，只是将事实深深地隐瞒起；因为在他遇到事情并且不能控制局面或是随机应变的情况下，应该是采取这种策略，这种策略往往也是万无一失的策略，这就好比那些视力不好的人会选择缓慢地前行一般。毋庸置疑，由古至今的豪杰人士都是一些行事光明磊落的人物，信守承诺是他们共有的特点；他们就像接受过训练的骏马一般，在前进的过程中能够正确地判断何时该前进，何时该迂回；就是在他们看来这件事情必须要隐瞒而且要将这件事情合理地隐瞒之时，他们

---

　　①　上述引言分别出自塔西佗《编年史》第 5 卷第 1 章与《历史》第 2 卷第 76 章。

往往可以顺利地隐瞒世人，原因就是他们诚实守信的名誉早就被人们知晓，这就使他们的隐瞒之力不必大费周折。

关于自我掩饰有上、中、下三个计策：上策既是不露声色，守口如瓶，善用这种计策的人往往不会显露自己的破绽，不会被人们轻易地揭穿；中策为施放烟幕，欲盖故张，善用这种计策的人会故意留一些蛛丝马迹混淆人们的思想；下策则为弄虚作假，乔装打扮，善用这种计策的人往往会将自己装扮成与自己完全相反的另一类人。

说到关于上策，守口如瓶这是在说听人们忏悔的神父、嘴巴很严实的神父往往会听到诸多人们的忏悔，哪有人愿意向那些长舌之人吐露自己的心声甚至是最不愿意揭晓的一面呢？可是如果某人被认为是嘴巴很严实的人，那么就会有很多人愿意对他说心里话，就好像屋内的热空气轻易地吸引屋外的冷空气一样；这种心灵的倾诉往往是对自己灵魂的忏悔，只会让那些倾诉心事的人得到心理上的释然，不会被普通的世人当作利用自己的把柄，因此嘴巴严谨的人往往会利用这方面的优胜得到诸多常人不为所知的秘密，虽然世人只是乐于倾诉自己的心声而不愿意将自己的隐私透露。

简单地说，守口如瓶的人才有权利知道诸多世人的秘密。另外（实话实说），不管是敞露心胸亦或是赤裸身子，如果平时的行为举止不会太过显露头角，那么其本身总是会得到几分尊严。对于那些总是喜欢高谈阔论的人，他们一般全是喜好虚荣但又不讲信用之人，因为那些喜欢谈论自己所知道的事情的人往往也会喜欢谈论自己不知道的事情。因此请记住这句话：守口如瓶不但是一种策略更是一种品行。还有关于这一点，人的面容最好别越俎代庖司舌头之职，因为面部的表情往往是出卖秘密的一大致命点，它在很大的程度上不但会引人注意更加会使人怀疑。

关于中策，也就是施放烟幕，此策往往是用在有秘密不得不保守的时候。因此在某种角度上，如果不想泄密，则必须是个善施放烟幕的人。因为世人太过狡猾奸诈，不允许你有任何偏差跟信仰，不允许你心中有秘密，不允许你不让双方了解事情的真实性。他们为了引诱你开口讲实话，会提出一大堆挑战性的问题，一定会绞尽脑汁地想要套出你心中的秘密，倘若你想避免这种违情悖理的沉默，那么总是会在谈论的过程中露出某些自己不知道的破绽；所以即使你一直选择沉默不语，他们也会在你的沉默中得到答案，就好像你的话语中往往不小心透出风一般。至于闭口不答，隐隐显现，这只能是暂时地缓解气氛拖延时间罢了。因此如果不将施烟幕的才能稍稍发挥的话，所有的人都不会将秘密保守得当；因此烟幕往往是包装秘密的一种假象外衣。

可是说到下策，也就是所谓的弄虚作假，乔装打扮，除了那些罕遇的情况之外，这种计策与其说是一种计谋，还不如说是一种犯罪。因此弄虚作假（即用此下策）如果成为平时的习性，那么往往就会演化成一种恶习。这种行为的形成也许是因天生虚伪，也许是由于天生怯懦胆小，也许本身就是心中有鬼，因此不得不将这种恶性用在掩饰自己的弱点上，因此善于掩饰的人往往也会将这种行为习惯用在其他的事情上，所以不用担心他这种弄虚作假的技术会日渐消失。

伪装掩饰有三个好处：好处之一是可以将对手麻痹误导，而在其毫无戒备的情况下将其压倒，因此就像是人的意图一旦暴露就是对所有的对手拉响警报；好处之二是可以为掩饰的人留下条通畅的后路，因为假如一个人明确地说出自己所要做的事情，那么他就必须为自己说出的话负责到底，否则的话就会被对手抓住把柄；好处之三就是可以更好地了解他人的一举一动，因为倘若一个人的暴露没有任何的疑点，那么他的对手就不会对其有相反的意见，也许他们会让他更加肆无忌惮地暴露，从而将他们的语言自由演变成心里世界的放肆。来自西班牙人的有句精辟的至理名言：谎话可换取实情，掩饰伪装就是发现实情的唯一手段。与利益相比较，伪装掩饰也有三种弊端：其一是掩饰事实撒谎之人常常会显得心虚，而诸如此类的行为经常不利于其发矢中；其二是假象总是会令很多可能原本能够成为朋友的人疏远自己，最终就是作假者独自面对所有事情，实现其目标；其三也即最大的弊端，因为鱼目混珠常常会令世人丧失最重要的东西，即人与人之间交往的纽带——信任。所以最完善的人品须有诚挚的名声、秘而不宣的习惯和适当的隐瞒技巧，以及在无可奈何才为之的情况下才运用的伪装技术。

第 7 篇 谈父母与子女

父母总喜欢将喜怒哀乐藏于心底，可能是一些感受不可说，也可能是由于根本不想说。然而子女就能够让父母从痛苦中汲取快乐，可也会让父母的痛苦和哀怨更为沉重；子女常常能够让其父母对生活产生更多的忧虑，不过也能够减轻父母对死亡的畏惧和忧虑。人与动物都能繁衍生息，世代相传，但是唯有人才会在身后留下声誉、功德与伟业。我们必须接受的是，最伟大的功业总是都由那些无后嗣的人所创立，原因在于他们觉得无人继承他们自身的精神，所以就自己竭力发扬其精神之光，故而相较于平常人，无子嗣者常常更加关心后世。事业尚未成功便已成家的人总是会更加溺爱他们的孩子，他们认为孩子不单是血脉的延续，而且还是他们事业的继续，因此孩子对于他们就好像是创造的产物。

父母对子女的疼爱通常也不会做到毫无私心，甚至有时候还不是很恰当，母亲似乎更为严重。儿子聪明其父开颜，儿子愚笨其母报颜，[①] 这就是所罗门所说的话，看来还是有一定的道理。世人可见，假如一户人家子女的数量过多，那么在他们其中往往是年纪最大的最受重视，最小的则往往会受到纵容，居中的往往会在某种程度上受到忽略，但是事实证明往往是这些居中的孩子成功几率更高一些。倘若父母在孩子的零花钱上吝啬其实是有害无益，这种行为会使孩子变得卑劣，不得不开始欺瞒诈骗，甚至更为严重的是开始结交所谓的狐朋狗友，还有就是当以后有钱的时候就变得挥霍无度。

因此最好的经验是：为人父母应该要保持其权威不会受到损

---

① 见《圣经·旧约·箴言》第 10 章第 1 节。

害，可是不要保持其钱包不瘪。（无论是父母、教师还是家仆）父母往往喜欢在孩子小的时候鼓励他们兄弟姐妹之间进行竞争，其实这种做法通常会适得其反，会造成他们成年之后不能和平共处，因此家庭和睦就得不到圆满。意大利人教育孩子的方式很值得借鉴，对儿子、侄甥或其他近亲晚辈根本没有任何亲疏之分，只要他们是同属本族的晚辈，就算不是自己的亲生孩子也会一视同仁。事实上这些晚生似乎没有什么区别，因为我们常见某个当侄甥的有时更像其叔叔、舅舅或另一位近亲长辈，而跟自己的父亲并不是很相像，也是我们很常见的现象，这是由于血气使然。为人父母的应及早确定自己想让孩子从事的职业或者相关学业，因为随着孩子年纪的增长其本身的可塑性会越来越小；还有为人父母不可太过于注重孩子本身的意向，不要误以为父母想要做的事情他们将来也会喜欢做。毋庸置疑，如果孩子的喜好或是才能超群，那么父母自然不应当加以阻拦；然而对于普通人来说，选一条适合自己的最好的生活道路，习惯会使那条路变得更加轻松快乐，这句格言应用于此倒是非常合适。在兄弟中为次幼者常常都会非常幸福地受到上天的眷顾，然而一旦长兄被剥夺了继承权，那么这种幸运便会无法保全，甚或会由此消失。①

---

① 为弟者从小就知道以后要自立谋生，通常都有所建树并具有勤俭之风，所以说"幸运"；但他们只要因为继承遗产而富足，就极易弃俭从奢，这就是所谓的"福兮祸所伏"。

第8篇　谈结婚与独身

已有妻室儿女者对于将来已经是听之任之，因为妻室儿女乃是成就大业的最大阻碍，不管你要成就的大业是善是恶是好是坏。毋庸置疑，最有益于公众的丰功伟业历来皆由无妻室或无子女的人始创，因为此类人往往在感情上已经与公众结婚，而且还用他们的钱财替公众置办了丰富的嫁妆。

可是按照常理而言，有子女的人对未来应该更为关心之至，因为他们知道自己最宝贵的财产是孩子，孩子是属于未来，他们应该将这份宝贵的财产留给未来。在世界上存在着这样一种人，虽然他们过的是独居生活，可是却一心想着现在的自己，认为未来的一切与己无关；在世上还有这样一种人，在他们眼里妻子儿女只不过是应付的账单而已；更加不可思议的是，那些愚蠢而贪婪的富翁竟然会因为自己没有子女而觉得骄傲自豪，也许在他们的眼里这样做就会让自己更加富有；可能他们曾经听过这样一段对话，有人说"某某是个大富翁"，但是却有另外的人持有不同的意见，"是呀没错，但是他却有一大堆孩子需要养活"，这意思好像是证明那些孩子会影响他的财富一样。

但是大多数选择独立的原因其实还是因为享受自由，尤其对于那些享受自由主义的人更是这样，因为像他们这样的人其实经不起任何的失去自由的打击，以至于他们有可能会把腰带和吊袜带也视为自己人生的羁绊。崇尚独立主义的人通常意味着挚友、恩主或义仆，可并不代表全都是忠于国家的臣民，因为在他们的眼里没有任何的牵挂，以便于远走高飞，更重要的是浪迹天涯的人都是一些享受独立主义的人。僧侣修士更加崇尚独立主义，因为只是给家人的爱根本没有办法实现博爱的精神。

那些法官是不是独立根本就是无关紧要的问题，因为如果他们容易被人控制甚至是贪赃枉法，多数的始作俑者应该是要归结于他的妻子。关于那些士卒兵丁，笔者很容易就会发现将帅鼓励部下时总是让他们跟自己的家室联系在一起；同时笔者也会有这样的想法，土耳其人的士兵变得更为卑劣，原因就是他们对婚姻不尊重。

不用怀疑，妻室儿女就是一种人性的磨炼。独自一人生活虽然总是因为自己的花销很小因此就会常常施舍，可是当遇见另一方面的时候他们的态度往往会变得更加残忍（宜做审讯官吏），因为在这个时候他们的善意之神不会被唤醒。性情较为庄重的人因信奉习俗为圭臬而更加会忠贞不渝，因此通常皆为情深意切的好丈夫，仿佛就是传说中的尤利西斯，他宁愿放弃永生的机会而不会抛弃自己的妻子。① 贞洁的女人通常是很骄矜自负，非常的高傲，好像她们因为自身的贞洁之德而不会有任何意外的担心。如果想让自己的妻子觉得丈夫是明智之士，便是使其既贞洁又顺从的最有根据的保证，可是如果妻子发现丈夫妒忌不够大度，那么明智之士的称号就会被其他取而代之。

妻子的定义就是青年者的情人、中年者的伴侣、暮年者的随从；因此只要一个人说喜欢，他想何时娶妻都是他自己的自由。可是有位被称作智者②的人却有更高的认识，当其他人问他何时娶妻时他的回答是这样的：年纪小的时候根本就不可能，但是年纪大的时候根本没有必要。世人经常会遇见这样的事情，劣夫偏娶上贤妻，至于其中的原因更多的应该是劣夫会有一颗善良的心，也许是因为那些贤妻总是喜欢为自己的忍性而觉得自豪；可是只要那些劣夫是贤妻们没有经过亲友的同意而自行作出的选择，那么这种婚姻就不会以失败而告终，原因是因为如果失败的话，那些贤惠的女人们就无法证明自己的聪明才智。

---

① 荷马史诗中有记载，尤利西斯曾被困于一个小岛上，这个岛上的女神卡吕普索以爱相许并答应同他分享永生，可是尤利西斯拒绝了女神，最终回到妻子身边。

② “智者”指古希腊哲学家泰勒斯，相传他母亲曾多次敦促他结婚，但他屡屡找借口回拒，年轻时说太年幼，年长时又说太老迈。

第 9 篇　论嫉妒

在世人看来，爱情和妒忌是一切情感中最让人难以自拔的。原因在于这种情感往往是会引发世人心灵深处的欲望之神，更重要的是都能快速转变为想象与幻觉，可以轻易地为世人的眼睛所接受，这种事经常容易在那些喜欢爱和妒的人身上发生；这些就是蛊惑最初的起点，如果其确实存在于的话。我们能够在《圣经》里清楚地看到人们将嫉妒称作"毒眼"①，那些占星术士常常将不吉的星力称为"凶象"②，所以人们眼下仍然必须要承认，当产生嫉妒的心理时，嫉妒者往往会眼红或者曰红眼。更善于明察秋毫的人，竟注意到红眼最伤人之际莫过于被嫉妒者正踌躇满志或春风得意之时，因为那种得意劲儿会使妒火燃得更旺。另外在这种时候，被嫉妒者的情绪最溢于言表，因此最容易遭受打击。

但暂且不谈这些蹊跷之处（虽说这些蹊跷并非不值得在适当的场合思量），笔者在此只想探讨一下哪些人好嫉妒他人，哪些人会遭受嫉妒，以及公众的嫉妒和私间的嫉妒有何不同。

自身无德者常嫉妒他人之德，因为人心的滋养要么是自身之善，要么是他人之恶，而缺乏自身之善者必然要摄取他人之恶，于是凡无望达到他人之德行境地者便会极力贬低他人以求得平衡。

好管闲事且好探隐私者通常都好嫉妒，因为劳神费力地去打探别

---

① 见《圣经·新约·马太福音》第 7 章第 22 节。
② 凶象中的"凶"与毒眼中的"毒"原文都是 evil，其音形都和 envy（嫉妒）相近。另"星力"是一种占星学术语，在古代占星学看来，天体相互位置的不同会产生吉利或凶险的星力，此种星力会对人事祸福产生影响。

人的事情绝非是由于那些事与打探者的利害有关，所以其原因必定是打探者在旁观他人祸福时能获得一种观剧般的乐趣。而一心只管自家事的人无甚嫉妒的由来，因为嫉妒是一种爱游荡的感情，它总在街头闲逛，不肯待在家里，所以古人说"好管闲事者必定没安好心"。

出身贵族者在新人晋爵时常生妒意，因为两者之间的差距缩短；而且这就像是看朱成碧，明明是别人上升，他们却看成是自己下降。

宦官、老人、残疾者和私生子都好嫉妒，因没法弥补自身缺陷的人总要千方百计给别人也造成缺陷，除非有上述缺陷者具有勇敢无畏的英雄气概，有志把自身的固有缺陷变成其荣誉之一部分。这样人们就会说：某宦官或瘸子竟创下如此殊勋伟业；正如宦官纳西斯①以及瘸子阿偈西劳②和帖木儿③曾努力求得奇迹般的荣誉一样。

在大苦大难后升迁的人也好嫉妒，因为他们就像时代的落伍者似的，以为别人受到伤害就可补偿自己曾经经历的苦难。

那些因其轻薄和自负而想在各方面都胜过他人者亦常嫉妒，因为他们绝不会缺少嫉妒的对象，在他们想争胜的某一方面，肯定有许多人会胜过他们。罗马皇帝哈德良就是这种嫉妒者，他很喜爱艺术，因此他非常嫉妒真正的诗人、画家和技师。

最后还有同族亲友、官场同僚和少时伙伴，这些人在平辈人升迁时更容易产生嫉妒，因为对他们来说，平辈的升迁不啻是在批评自己的身份，是在对自己进行指责，这种升迁会更经常地进入他们的记忆，同样也会更多地引起旁人的注意，而旁人对这种升迁的传扬往往会令嫉妒者妒意更浓。该隐对其弟亚伯的嫉妒之所以更为卑鄙邪恶，就因为亚伯的供奉被上帝悦纳时并没有旁人看见。④ 关于好嫉妒之人暂且就说到这里。

接下来笔者要谈谈那些或多或少会遭嫉妒的人的情况。首先，有大德者步入老年后较少遭人嫉妒，因为他们的幸运已显得不过是

---

① 纳西斯（480—574），拜占庭帝国当中，一个出身于宦官的将军。

② 阿偈西劳（约前444—前360），曾当过斯巴达的国王，被称为"跛脚国王"。

③ 帖木儿（1336—1405），帖木儿帝国的创建者，人称"跛子帖木儿"。

④ 据《圣经·旧约·创世记》第4章记载，亚当夏娃有二子，长子该隐种地，次子亚伯牧羊，两人均献出产物供奉上帝，上帝悦纳亚伯之供奉，该隐心生嫉妒，遂杀其弟。

他们应得的报偿，而对应得的报偿谁也不会嫉妒，世人只嫉妒过于慷慨的奖赏和施舍。另一方面，嫉妒常产生在与人攀比之时，可以说没有攀比就没有嫉妒，故此为君者不会被其他人妒忌，除非妒忌者亦是君王。不过应该注意到，卑微之人在发迹之初最遭人妒忌，其后妒忌会逐渐减弱；与此相反，品质优秀者则是在他们的好运赓续不断时遭妒最甚，因为此时他们的优点虽依然如故，但已不如当初那样耀眼，后起之秀已使其黯然失色。

出身贵族者在升迁时较少遭人嫉妒，因为那看上去无非是出身高贵的必然结果，再说这种锦上添花似乎也不会给他们带来更多的好处。且嫉妒犹如日光，它射在陡坡峭壁上比射在平地上更使人感觉其热；与此同理，逐渐高升者比骤然腾达者较少遭人嫉妒。

那些一直把自己的显赫与辛劳、焦虑或风险连在一起的人较少成为嫉妒的对象，因为世人会觉得他们的高位显职来之不易，甚至有时候还会可怜他们，而怜悯往往可以治愈嫉妒。故此世人可见，一些较老谋深算的政界人物在位高权重时常常向人家诉苦，说自己活得多苦多累，其实他们并非真那样感觉，而只是想减轻别人的嫉妒而已。不过人们能体谅的是那种依命行事的辛劳，而不是那种没事找事的忙碌。因为最让人妒上加妒的事就是那种毫无必要且野心勃勃的事必躬亲的人；所以对位高权重者来说，保证各级属下的充分权利和应有身份是消除嫉妒的最佳方法，因为用这种方法不啻在自己与嫉妒之间筑起了一道道屏障。

大富大贵而趾高气扬者尤其易遭妒忌，因为这种人不炫耀其富贵就不舒服，结果他们或是在举止言谈上神气活现，或是总要压倒一切相反意见或竞争对手。可聪明人则宁愿吃点亏而给嫉妒者一点实惠，有时故意在某些与己关系不大的事情上让对手占占上风。但尽管如此，以下事实仍不谬：以直率坦荡的态度对待富贵的人比用虚伪狡诈的态度的人更少遭人妒忌，只要那直率坦荡中没有傲慢与自负的成分；因为用后一种态度者无非是否认自己的幸运，而那会让人觉得他自己都感到他不配享受福贵，因此他恰好是教别人来嫉妒自己。

最后让笔者赘言几句来结束这个部分。如本文开篇所言，嫉妒行为有几分巫术的性质，因此治嫉妒的最好方法就是治巫术的方法，也就是移开世人所谓的"符咒"，使之镇在别人头上。为达到这一目的，有些聪明的大人物总是让别人替自己抛头露面，从而使本会降到自己身上的嫉妒降到他人身上，这种他人有时候是侍从仆役，有时候是同僚伙伴或诸如此类的角色；而要找这种替身，世间还真不乏一些雄心勃勃的冒昧之徒，只要能获得权位，这种人不惜付出任何代价。

现在且来谈谈公众的嫉妒。虽说私人间的嫉妒有百害而无一利，但公众的嫉妒却还有一点好处，因为它就像陶片放逐法①，可除去那些位高专权者，所以它对其他大人物亦是一种制约，可使他们循规蹈矩。

这种在拉丁语中写作 invidia 的嫉妒在现代语言中又叫"不满情绪"，关于这点笔者将在谈及叛乱②时加以讨论。公众的嫉妒对国家来说是一种可能蔓延的疾病，正如传染病可侵入健全的肌体并使之犯疾一样，国民一旦产生这种嫉妒，他们甚至会反对最合理的国家行为，并使这些行为背上恶名；而为此采取笼络民心的举措也几乎无济于事，因为这正好表明当局害怕嫉妒，软弱可欺，结果造成的损害更大。这也像通常的传染病一样，你越怕它，它越要找上门来。

这种公众的嫉妒似乎主要是针对高官大臣，而不是针对君王和国家本身。但有一条千真万确的规律，那就是如果某位大臣并无甚过失却招来公众强烈的嫉妒，或是公众的嫉妒在某种程度上是针对一国之所有大臣，那嫉妒的矛头（虽隐而不露）实际上就是指向国家本身了。以上所言便是公众的嫉妒，或曰公众的不满，以及它与私人间的嫉妒之不同，而关于后者前文已经论及。

最后笔者再就嫉妒之情泛泛补充几句。在人类所有情感中，最纠缠不休的莫过于嫉妒，因为别的情感都是在一定的时间和场合里产生，仅仅是偶尔才出现；因此古人所言甚妙：嫉妒一直都不休假；

---

① 古希腊的一种政治措施，由公民将自己认为会危及国家安定的分子的名字写在陶片或贝壳上，进行类似于现代的投票，记名超过半数者要被放逐到国外 10 年。

② 参见本书第 15 篇。

因为它常在某些人内心作怪。人们还发现，爱情与嫉妒确实会令人形销骨立，而别的情感却不致这样，因为别的情感皆不似爱情与嫉妒这般长久。嫉妒也是最下贱、最可耻的一种情感，所以它是恶魔的原有特性，恶魔就是那个在夜里偷偷把稗种撒在麦田里的嫉妒者①；而就像从来所发生的一样，嫉妒也常常暗地里耍弄手段，暗中损害麦、黍等天下良物。

---

① 见《圣经·新约·马太福音》第 13 章第 25 节。

第 10 篇　论爱情

舞台较之人生更受惠于爱情。因为对舞台而言，爱情有时是喜剧，有时是悲剧；但对人生来说，爱情却总是招致灾祸，它有时候像一位塞壬①，有时候像一个复仇女神。

世人也许注意到，在我们所记得的古今伟人当中，还从不曾有谁被爱情弄到疯狂的地步，这说明高贵的心灵和伟大的事业均可抵御这种愚蠢的激情。不过有两人得除外，一是曾统治过半个罗马帝国的马尔库斯·安东尼②，一是曾当过罗马执政官及立法官的阿皮亚斯·克劳狄乌斯③；前者无疑是个沉溺女色的张狂之徒，但后者却是个老成持重的明智之人。由此可见，似乎爱情不但能钻进无遮无掩的心扉，而且（偶尔）还会闯入森严壁垒的灵台，如果守卫疏忽的话。伊壁鸠鲁有一句糟糕的格言，即"对我俩来说，彼此就是一幕看不够的剧"④，这话的意思像是说，一个本该思考天意、追求高尚目标的人，却因一事不做而只拜倒在一个小小的偶像面前，成为自己感官的奴隶。虽不是像禽兽之类的口喙之奴，但仍然是眼眸之奴，而上帝赋予人眼睛本是为了更崇高的目的。观察这种感情之放纵以及它如何对事物的本质和价值视而不见，那可真叫人不可思议。据

---

①　塞壬：希腊神话中半人半鸟的女妖，专门用歌声诱惑航海者，使其触礁遇难。

②　安东尼曾与屋大维平分权力，统治罗马帝国东方行省，后迷恋埃及女王克娄巴特拉七世，终招杀身之祸。

③　阿皮亚斯·克劳狄乌斯：公元前471—前451年曾担任罗马十执官之一，因企图奸污民女维尔吉尼娅，而引起平民叛乱，招致杀身之祸。

④　据塞内加《道德书简》第7篇记载，伊壁鸠鲁这句话并非对异性情人而言，而是对一位哲学家朋友而说。

此观察，无休无止的夸张言辞只适用于爱情，而不适用于其他任何方面，甚至亦不完全适用于下面这个警句，即"大大小小的恭维者相互间都明白，最讨自己喜欢的恭维者总是自己"，这说法尽管不错，但却肯定不能把热恋者也包括在内，因为与热恋者对所恋之人的荒唐恭维相比，再自傲的人也不曾把自己想得那般完美，所以古人说得好：爱情和智慧不可兼而得之。热恋者这一弱点也并非只是旁观者清，其实大多数被恋者也看得分明，除非被恋者与热恋者互相爱恋；因为这世上有条基本法则，那就是爱情总会得到报偿，要么得到被恋者的回恋，要么得到一种深藏于心的轻蔑。由此可见，世人应当更多地提防这种激情，因为它不仅会使人丧失其他东西，而且会使人丧失自我。至于会丧失其他什么东西，古代那位诗人在其诗中说得很明白：帕里斯更喜爱海伦，故而放弃了赫拉和雅典娜的礼物；[1] 因为任何过分看重爱情的人都会放弃财富和智慧。爱情泛滥之时往往正是人们软弱之际，也就是在人鸿运高照或背运倒霉的时候，不过这后一种情况历来较少被世人注意；其实这两种时候都容易点燃爱火并使之燃得更旺，因而也可说明爱情的确是愚蠢的产物。如果有人不得不接受爱，但却能将其摆在适当的位置，使之与人生的重要使命截然分开，那这人就算把爱情处理得最为妥当。因为若让爱情干扰事业，它就会影响人的时运，使之无法忠于自己的目标。我不明白军人为什么都多情好色，想来这与他们都贪杯好酒一样，因为冒险生涯通常都需要享乐作为报偿。人之天性中潜藏着一种欲施爱于人的倾向，如果世人不只是将爱施于某人或某几个人，那爱自然而然就会普及众生，从而使人变得高尚仁慈，像有时候见到的某些修士一样。夫妻之爱使人类繁衍，朋友之爱使人类完善，但淫荡之爱则会使人类堕落。

---

① 据希腊罗马神话传说，天后赫拉、智慧女神雅典娜和爱与美之女神维纳斯互相争美，请特洛伊王子帕里斯替她们裁决，三女神分别以财富、智慧和天下最美之女人行贿，帕里斯偏袒维纳斯而得美女海伦，遂引起特洛伊战争。奥维德、荷马和维吉尔都写过这段传说。

第11篇 论高位

占据高位的人可以说是三重奴仆：君主或者社稷之奴仆、民众舆论之奴仆、职权职责之奴仆，这使得他们失去了人身自由、行动自由以及时间自由。为追求权力而失去自由，抑或说为得到治人之权而丧失律己之力，此种欲望实在是令人困惑。想登上高位必须要经历千难万苦，但世人愣是愿吃苦头以获求更大苦头；钻营有时未免有失卑劣，但世人愣是以卑劣之行为谋求显贵。占据高位如临深渊，而退路就算不是垮台，至少也是退隐，其结果真是令人痛心、唏嘘。古人有云：既然昔日之得意不复存在，还有什么理由贪恋生命。[①] 然此言非也，占据高位之人常常是在想退时不可退，而应退时却不欲退，甚或到年老多病需要颐养时也难忍寂寞，恰似城中老翁还当街倚门而坐，徒让他人轻视老迈。不可否认，占据高位之人要借他人之感观才能觉自身之欢畅，如果仅以自己之感观加以判断就没有切身体会。唯当念及他人对其所思、对其所慕，他们才会在某种程度上认为自己快活，虽说此时他们内心的感受也许恰好相反；因居高位者虽对自身过失最为木讷，但对自己的烦忧却最为敏感。毋庸置疑，官运亨通者大凡都不复自知，由于事务纠缠，他们甚至连自家身心健康也无暇顾及。恰如古人之叹：悲哉，世人皆知死者何人而独死者无自知！[②]

居高位者有权行善，亦有权作恶，然作恶总会留下祸根；故消灾弭祸之前提一是无作恶之念，二是无作恶之力。但行善之权则是

---

① 引自西塞罗《致友人书简》第7卷第3篇。
② 引自塞内加的悲剧《提埃斯忒斯》第2幕。

谋权位者天经地义的目标，因善心虽蒙上帝嘉许，但若不付之于行，于人也无非只是场好梦，而要让善心变善举，就非要有权位作为有利依托。谋高位之目的在于建功立业，而自知功成名就乃安度余生之慰藉。如果人能分享上帝之所为，那他同样也能分享上帝之歇息。《圣经》有言道："上帝回顾所创万物，见一切无不美好；"① 于是便有了安息日。

为官者上任之初，须以最佳楷模为师，因仿效就等于全套准则；稍后则可以己为典范，并严审当初所为是否无可非议。前任失误之处亦不可忽略，这并非是要揭他人之短以显自家之长，而是要找出前车之鉴以免重蹈覆辙。故有改良之举不宜大肆炫耀，亦不可贬责旧时和前任；但仍须坚持己为，不仅要循合理之成规，而且要创良好之先例。凡事均应追本溯源，以观其由盛及衰之原因；但同时仍须向古今二时讨教，问古时何事最佳，问今时何事最当。行事之道须力求有规律可循，以便众人可知其所期，但此道也不宜过分死板，而遇本人违背常规时应详陈原委。本位职权须悉心维护，但职权范围则无须过问，宁可不声不响地操纵实权，不要大张旗鼓地要求名分。下属之职权亦应加以维护，切记坐镇指挥比事必躬亲更显尊贵。若有人就分内事进言或提供帮助，应欣然接受并加以鼓励，勿将报信者作为好事者拒之门外，应当乐意接待他们。

当权者有四种主要的恶习，即拖沓、受贿、粗暴和抹不开情面。若要避免拖沓，则须保证衙门畅通，严守约定时刻，尽快完成已着手之公务，非万不得已不可兼理数事。若要避免受贿，不仅须约束自己和属下使之不受，而且须约束求情者使之不送；因形成惯例的廉洁可约束一方，而公开昭示的廉洁和对贿赂的厌恶则可约束另一方，此举既能免错，亦可消疑。当权者朝令夕改，且有明显改变而无明显原因，这极易招受贿之嫌，故每逢要改变主张或办法，务必明确表示，公开宣告，并同时解释改变的原因，切莫打算悄然行事。如有属员或亲信与当权者过从甚密，但却无其他应受器重的明显理由，那世人往往会疑之为秘密行贿的后门。至于粗暴，此乃一种毫

① 见《圣经·旧约·创世记》第 1 章第 31 节。

无必要的招怨之因；如果说严厉使人生畏，那粗暴则招致怨恨。即便是责备下属，当权者亦应措辞庄重，切不可恶语痛斥。说到抹不开情面，这比受贿危害更大，因受贿不过是偶尔为之；但当权者若被人情关系牵着鼻子走，那他将永远也脱不了干系。正如所罗门言：徇私情并非好心，因锡金徇私情者会为一块面包而枉法。①

有句古话所言极是：当官便露真相。高位使有些人显得更好，有些人显得更糟。塔西佗谈及伽尔巴时说："倘若他从不曾统治帝国，也许人人都会认为他适于统治。"② 但他谈及韦斯帕芗时却说："当皇帝后而变得更好，韦斯帕芗乃唯一之人。"③不过塔西佗前句话是就治国之才而言，后句话则是就道德情操而论。登高位而德行愈增，此乃高洁之士的明显标志，因高位显职实则（或曰应该是）德行之所在；犹如自然界中，万物疾动而奔其所，一旦各就各位则静然处之，德行亦是如此，追求显职时则动，跻身高位后则静。任何升迁腾达都要顺小梯迂回而上，如在上升时遇到派系之争则不妨加入某派，但登上高位后定要保持中立，不结帮拉派。追忆前任时要给出公正评价，措辞谨慎，若是反其道而行之，那便会给日后自己卸任时留下一笔必须偿还的旧账。如有同僚，则尊重他们，宁可召见他们于其不欲求见之时，也不可在他们有事请求接见时不予接见。在和人私下交谈或回复私人请求时，切不可时刻想着或记着自己的地位，最好让人家去说：此公做官与居家实乃判若两人。

① 见《圣经·旧约·箴言》第 28 章第 21 节。
② ③ 见塔西佗《历史》第 1 卷第 49 章和第 50 章。

第 12 篇　说胆大

　　以下这个浅易的故事选自小学课文，可仍值得聪慧之人深思。故事中写到，有人向狄摩西尼提问：对于演说家来说居于首位的是什么？他说，动作。第二位呢？——动作。那第三位呢？——依然是动作。① 这个提问者对他所说的事情非常精通，却对他所力荐的动作没有与生俱来的优势。② 演说家的动作只是外在形式罢了，准确说来仅仅是演员的优点，但它竟然受到如此高的追捧，甚至还超过了众多重要的技巧，譬如题目选择与论辩方式等；不但这样，它几乎被说成是演说的唯一要素，好像它便是一切的一切，这听来真叫人觉得奇怪。然而这个缘由非常清楚。因人之天性中通常是愚钝多于聪明，故能让愚钝者开窍的技能才最具效力。有种情况与上文所说有惊人的相似之处，这就是国家事务中的胆大妄为。对国事而言什么最重要？——胆大。其次呢？——胆大。再其次呢？——还是胆大。可这种胆大只是无知和无赖的产物，与治国之才压根儿不能相提并论，但尽管如此，它却能蛊惑并控制那些愚钝或怯懦的民众，而这些人占国民之最大部分，更有甚者，聪明人一时糊涂亦会受它引诱。所以我们看到，在缺乏元老院和王公贵族的民主国家，胆大已经创造出惊人的奇迹，我们也看到，胆大总是在胆大者行动之初见效，不久之后便功效全无，因为胆大从来不守信用。正如替人看

---

　　① 实际上在西塞罗的《论演说家》、普鲁塔克的《十大演说家生平》中均有关于这段故事的记述。

　　② 这位演说家把石头含在嘴里练习发音的传说可能众所周知，然而极少有谁知道他也把剑悬在身侧对着镜子纠正自己的演讲动作。

病者有走方郎中，想必为国献策者也有江湖术士，这些人保证其良策会见奇效，而且有两三次试验也许已侥幸成功，但这种试验缺乏科学根据，所以终归不能持久；不止于此，我们还将看到胆大者屡屡创造穆罕默德式的奇迹。穆罕默德曾让人相信：他将把一座山唤到跟前，然后从山顶上为奉行他律法的信徒们祈祷。人们聚集到一起，穆罕默德一遍又一遍地呼唤那座山；山纹丝不动，可他一点不见尴尬，只是嘀咕道：即使山不肯到穆罕默德跟前来，穆罕默德也要到山上去。那些江湖术士也一样，只要他们的胆已大到能包天包地的程度，那即便他们保证要做成的大事遭到极其可耻的失败，他们也只会轻描淡写地嘀咕两句，然后干干脆脆地转身溜之大吉。毋庸置疑，在有见识的人看来，胆大妄为者只是一种可供消遣的笑柄，甚至在一般人眼中，胆大妄为亦有几分荒唐可笑；因为如果说荒唐应是嘲笑的对象，那切莫怀疑胆大包天也有几分荒唐。胆大者感到难堪时尤其值得一看，因为此时他们的脸会缩成一团，就像木头雕成似的；一般人感到难堪时会稍稍搓手蹭足，但胆大者面临此种场合却常常目瞪口呆，这就好比是棋局中王棋被困，尽管未给将死，但却已经没有棋子能动。然而此种场面更适合写进讥讽文章，而不适合写进一篇严肃评论。应当充分看到，胆大常常盲目，由于它看不到麻烦与危险。因此说，胆大不利于决策，却有利于实施决策，所以对胆大者一定要知人善任，永远都不能放手由他们指挥全局，只能叫他们居于他人之下做副手，因为在做决策时要预见一切风险，而实施决策时则要无视风险的存在，除非那些风险关乎人命。

第13篇　论善与性善

笔者以为善之真义乃造福于人的愿望，也就是古代希腊人所谓的仁爱之心，而用时下流行的"人道"一词来表示它还稍嫌不足。我称善为人之习性，而性善则为性格之倾向。在人类高尚美好的品性中，善乃至高至美，因为善是上帝的特性。倘若无善，人类将变得庸庸碌碌，有害无益，如同虫豸蠹蛆之类。善与神学三德①中的博爱相符，也许会被误施，但永远不会过度。权欲之过度曾导致天使们堕落，②求知欲过度曾导致人类堕落，③但博爱却无过度之虞，天使和人类均不会因之而遭受危险。善心深深地植根于人性之中，以致善若不施于人类，也会施于其他生物，如同世人在土耳其所见那样。土耳其人是个残暴的民族，可他们对禽兽却很仁慈，甚至为狗和鸟发放施舍物。据比斯贝克④记述，一名基督教青年在君士坦丁堡开玩笑时塞住了一只长喙鸟的嘴，结果差点儿被人用石头砸死。善心或博爱有时的确会被误施。意大利人有句令人不快的谚语：对谁都行善则无善可言。而意大利学者马基雅弗利则大胆地将这种看法诉诸笔墨，他几乎直截了当地写道："基督教信仰已把善良的人们作

---

① 即基督教徒应具之三德：信仰、希望、博爱；或曰：有信、有望、有爱。

② 指撒旦及其同伙欲篡上帝之位未遂而被罚入地狱事。参见弥尔顿《失乐园》第1卷第27—81行。

③ 指夏娃携亚当偷吃智慧树禁果而被逐出伊甸园事。参见《圣经·旧约·创世记》第3章。

④ 比斯贝克（1522—1592），佛兰芒学者，曾作为神圣罗马帝国皇帝斐迪南一世的特使驻君士坦丁堡。

为牺牲品献给了那些专横无道的暴君。"① 他之所以这么说，是因为与基督教相比，确实从不曾有过任何律法、教派或信仰如此劝人从善。因此，要避免上述诋毁和危险，就应该懂得如何才能不误施善心。必须追求为他人造福，但不可被他人的厚颜和妄想所支配，因为那样只会是讨好或软弱，而讨好和软弱会让诚实的人作茧自缚。也不要把宝石给伊索那只公鸡，因为它大概更高兴得到一把麦粒。上帝创下的先例便是最正确的榜样：他让阳光照好人，也照坏人，他降雨给善人，也给恶人。② 但他从不把财富、荣耀和德行平均地施予芸芸众生，因一般的恩惠应该人人分享，但特殊的恩惠则须有所选择。而且世人须当心，别在画肖像时把原型给毁了，因为上帝要世人以爱己为原型，而爱他则只是照着这原型画像。耶稣说"卖掉你所有的财产，把钱捐给穷人，然后来跟随我"。③ 但除非你真要跟耶稣去，或者说除非你真得到神召，使你用其微薄的财产也能像用万贯家财一样行善于天下，那你最好还是别卖掉你所有的财产，不然你就是在竭泉注川。这世上不仅有受真理引导的善性，而且有些人天生就具有从善的倾向；可另一方面，人世间亦有一种天生的恶性，因为有些人生来就不具有为他人造福的愿望。恶性较轻者只是性格暴躁、鲁莽、好斗和固执等等，但恶性较重者则会妒忌并伤害他人。这种人好像是专以他人的痛苦和不幸为乐，因而总爱落井下石；他们甚至不如替拉萨路舐疮的那些狗④，而只像那种一见伤口就围上去嗡嗡叫的苍蝇。这种"憎恨人类者"把引人上吊当成职业，可他们连泰门也不如⑤，因为他们的花园里连一棵供人上吊的树也没有。这种恶性是极大的人性之误，但却是造就高官大员的最佳材料；正如弯曲的木材适宜造须颠簸于风浪的船舶，而不适宜造须岿然不

----

① 引自马基雅弗利的《论李维》。不过培根在这里似乎是断章取义，因为马氏在这段话后面紧接着就说："这种看法是错误的……"

② 见《圣经·新约·马太福音》第 5 章第 45 节。

③ 见《圣经·新约·马可福音》第 10 章第 21 节。

④ 见《圣经·新约·路加福音》第 16 章第 21 节。

⑤ 因泰门公开宣称他愿提供一棵树供走投无路者上吊。参见莎士比亚戏剧《雅典的泰门》。

动的房屋。善具有诸多要素和特征。要是某人对外邦人谦恭有礼，那说明他是个四海为家者，他的心不是一座与世隔绝的孤岛，而是与其相连的一片大陆。如果他对别人的苦难会产生同情，那说明他的心就像那种高贵的树，宁可自己受伤也要奉出香膏。倘若他对别人的冒犯能宽容不究，那说明他的心远在伤害之上，因此他不可能受到伤害。假使他对滴水之恩能涌泉相报，那说明他看重人的精神而不看重他们的钱财。但最重要的是，如果他能像圣保罗那样完美，能为拯救自己的兄弟们而甘愿被逐离基督，① 那就充分说明他已经具有一种神性，与基督本人已有了一种共同之处。

---

① 保罗在《圣经·新约·罗马书》第9章第3节中说："为了我的兄弟，我的骨肉之亲，就是自己被诅咒，与基督分离，我也愿意。"

第 14 篇　谈贵族

　　说到贵族，笔者将首先对其作为国家的一个阶层进行谈论，然后再对其作为一种个人身份进行谈论。对于君主国家，如果国内不存在一个贵族，那么它便会与土耳其一样一直是个专制国家；由于贵族会使君权削弱，甚至有时能使公众的视线不再关注王室。不过对于民主国家，它们并非一定要有贵族，比起有豪门望族的君主国家，民主国家往往更为安泰而少有兵变；由于民主国家的人注重职责而非个人，或者就算是他们注重个人，那也是职责使然，是要考察个人能不能胜任其职，而非要看其出身和血统。我们能够看到瑞士社稷昌盛，虽然那儿存在着宗教歧异与州邦差别，但是联邦的纽带是由共同利益而不是贵族豪门来维系的。① 尼德兰联省共和国政府②治国有方，因为那里有一种平等制度，所以他们的磋商会议较不偏不倚，各省纳税付捐也较欣然。③ 一个强有力的贵族阶层可增加君主的威严，但同时亦会削弱君主的权力；贵族可为国民注入活力与生机，但同时亦会降低国民的身份。较为理想的情况是，贵族阶层不致强大到凌驾于君权和国法之上，但又保持一定的高位，这样下民的犯上作乱就得先与贵族碰撞，而不会过早地触及君主的权威。贵族人众会导致一国之贫困，因为贵族的花销是一笔额外的负担；

---

　　① 培根在撰写该篇文章时（1625 年），开始时是反对哈布斯堡王朝而结成的"永久同盟"已经随着各州的相继加入而形成了瑞士联邦。

　　② 又称荷兰共和国，尼德兰北方七省在尼德兰资产阶级革命后脱离宗主国西班牙而建立的世界上第一个资产阶级共和国。

　　③ 恐怕还因为各省进入国务会议（共和国最高权力机构）的委员人数按各省纳税多寡而定。

此外随着时间的推移，许多贵族豪门必然家道中落，这便会造成一种尊号与财富不相称的情况。

接下来且谈作为个人身份的贵族。当看见一座尚未破败的古堡或古宅，或是看见一棵依然枝繁叶茂的参天古树，谁都免不了会肃然起敬；而当目睹一个曾历经岁月沧桑的贵族世家，这种恭敬之情当然会更深更甚！因为新封的贵族不过是权力所致，但古老的贵族却是时间造就。贵族世家的第一代祖先往往比他们的子孙更有才干，但却不如子孙们清白；因为少有追逐高位者不在其雄图大略中掺杂以阴谋诡计。不过后人只记得祖先的长处，其短处早就和死亡一起埋进了坟墓，这也算是理所当然。一出生就是贵族的人大抵都不勤勉，而本身不勤勉的人常常会妒忌勤勉者；并且一出生就是贵族的人升迁的可能性不大，而难以高升之人见别人荣达不免会心怀嫉妒。然而另一方面，世袭贵族会消灭他人对他们潜在的妒忌，由于他们生来就享有那份尊荣。不可否认，拥有贵族中的精英的君主应当注意到，他能随心所欲地运用这些贵族人才，而他们也可轻而易举地做好本职工作，因为民众认为他们生来就有发号施令的权力，因而也就自然而然地听从他们。

第 15 篇　论叛乱与骚动

　　国民的保护者要知道国内风谲云诡的征象，而此种谲诡往往在所有力量处于均势时最是急剧。就像自然界的风暴在春分前后最为猛烈，又像暴风雨来临前，谷间有阵风、海中有暗潮，国家的局势变幻也有很多征象：太阳常常警示我们面临秘密暴动的危险，密谋叛变与隐藏的战争正处于酝酿中。① 对政府的恶意诽谤、对内阁的肆意诋毁和诸如此类的对国家不利的流言蜚语，皆为动乱之征兆，特别在诽谤诬蔑频繁并公开的时候，在流言蜚语不胫而走并普遍被相信的时候。维吉尔在对"谣言女神"的家世进行叙述时说她的姐姐乃提坦众巨神：她的母亲大地之母是怀着对众神的愤怒产下她，她是科俄斯与恩刻拉多斯最年幼的妹妹。②

　　如此说来，谣言似乎是从前神祇叛乱的遗物，然而它的的确确又是未来叛乱之前奏。但不管怎么说，维吉尔正确地指出了一点，即举行叛乱和以谣言煽动叛乱的差别不过就像兄妹之间或男女之间的差别。尤其当谣言导致严重后果时，这种差别更加细微，如当政府最值得称道并最该赢得民心之最佳举措因谣言而被曲解被诽谤之时；因为它引导了极大的怨愤，而正如塔西佗所说：当对政府的厌恶之情弥散时，政府的行为无论好坏都会激怒民众。但别以为既然谣言是动乱的征兆，那对其严加查禁便可防止动乱；其实到处去辟

---

　　① 引自维吉尔《农事诗》第 1 卷。
　　② 引自维吉尔《埃涅阿斯记》第 4 卷。培根引此诗似乎是以"大地之母"喻民众，以奥林匹斯山"诸神"喻统治者，以"提坦（又译泰坦）神"喻叛乱者。

谣只会引起公众久久不消的疑惑，而对其置之不理往往是制止谣言的最佳手段。除此之外，对塔西佗曾言及的那种"忠顺"也须有所察觉，他说："某些人食国家俸禄，但对上司的命令却乐于非议而不乐于执行。"可对于命令和指示，无论是争长论短、吹毛求疵还是借故推诿，都是一种不服管辖和违令抗命的尝试，若遇下述情况则更是如此，即在此类争论中，赞成服从者说话战战兢兢，反对服从者说话则肆无忌惮。

另外，正如马基雅弗利所指出的那样，本应为万民之父母的君主自成一党或偏向一方的时候，也就是他们将像载重不平衡的船舶倾覆之时。此例最早见于法兰西国王亨利三世时代，起初国王为根除新教而偏向天主教同盟，但不久之后该同盟就反过来要根除国王本人；因君王的权威若是仅仅被作为某个事业起装饰作用的纽带，那当有比君权更结实的纽带出现时，君王差不多就该被逐出该事业了。

再者，明目张胆的党同伐异和钩心斗角亦是政府失去威望的信号，因若用古典天文学理论[1]来做比喻，政府要员的行为就该像第十重天下天体之运动，即每一天体受第一运动支配的公转应迅疾，而本身的自转则应和缓；故若是大臣要员们自行其是时行动迅疾，或像塔西佗所言"其行动之自由与尊君之道不符"，那就说明这些"天体"已偏离常轨。君王的尊严乃上帝赋予，因此只有上帝可威胁要取消这种尊严，比如说"我要解开列王的腰带"[2]。

如上所言，当政府的四大支柱（宗教、法律、议会和财政）中之任何一柱遭猛烈动摇或严重削弱之时，人们亦需祈祷风平浪静。关于动乱之先兆就暂谈于此（不过读者从后文中还可对其有进一步的了解），现在且让笔者依序来谈谈叛乱之要素、叛乱之动机以及防止叛乱的方法。

叛乱之要素值得认真注意，因为（要是时间允许的话），防止叛乱的最稳妥措施就是消除这种要素。须知只要有备好的柴薪，

---

[1] 指由古希腊天文学家托勒密在《大综合论》里提出的"地球中心说"。
[2] 见《圣经·旧约·以赛亚书》第45章第1节。

就很难预测何时有火星会将其引燃。叛乱的要素有二：一是贫者甚众，一是不满甚广。毋庸置疑，破产的业主越多，赞成叛乱的人也越多。卢坎对罗马内战前的状况描写得恰如其分："于是有了吃人的高利贷和贪婪的重利，于是将有信誉危机和对众人有利的战争。"① 这种"对众人有利的战争"便是国家将有叛乱和暴动的明确无误的征兆；而若是有产可破者之贫困与贱民的缺衣少食连在一起，那么危险就已迫在眉睫并将致命，因为为填饱肚子而举行的叛乱最难戡平。至于不满，政府内部的不满情绪和人心中的抑郁不平一样，都容易积成一种异常的愤怒喷发而出。为人君者不可凭民怨是否合理来衡量其危险，因那样就把民众想得太理智了，其实他们连自己的好东西也经常摒弃。君王亦不可凭产生不满的痛苦大小来估量危险，因为在最危险的不满情绪中恐惧的成分往往大于痛苦，而"痛苦是有限的，但恐惧无限"②。再说迫于高压，使人产生忍耐力的痛苦也会使人丧失勇气，但对恐惧来说则不然。作为君王或政府，切不可因为屡见不鲜或由来已久的不满并未导致险情而对其掉以轻心，因为虽说并非每一团乌云都会化为暴雨，而且乌云有时候也会被风吹散，但暴雨始终有降下的可能。有句西班牙谚语说得好：绳子终究会被轻轻的一拉扯断。

叛乱的原因和动机通常有：宗教之改革、赋税之增减、法律之更新、惯例之变易、特权之废除、压迫之普遍、小人之重用、异族之入侵、供应之不足、兵士之遣散、内讧之激化，以及任何会激怒国民并使其为一共同目标而抱成团的事件。

说到防止叛乱的方法，笔者将讨论一些常规对策；至于具体措施，那得视具体事态对症下药，故应留待临时定夺而不作为通例。

第一种方法，或曰预防措施，就是尽可能消除上文谈及的第一个致乱要素，即消除国内的贫困。欲达此目的可采取以下步骤：开放并平衡贸易，保护合法厂商，消除游手好闲，禁止铺张浪费，改良并耕耘土地，控制市场物价，以及减轻捐税贡赋等等。一般说来，

---

① 引自古罗马诗人卢坎的史诗《内战记》第 1 卷。
② 引自古罗马作家小普林尼的《书信集》第 8 卷。

须注意别让一国之人口超过该国可供养他们的财富（在该国人口未因战争锐减时尤须注意）。考虑人口不可仅凭数量，因为少数消费大于其积累者比多数积累大于其消费者能更快地使国家财富消耗殆尽。由此可见，若贵族和官吏的增长超过了与平民人口的合理比例，那国家很快就会陷入贫困。神职人员的过度增长也有害无益，因为他们并不为国家创造财富。培养的学者人数超过任用他们的职位亦属此类情况。

同时也须牢记，鉴于任何国家的财富增长均须依赖别国（因本国的财富总是此得彼失），又鉴于一国可向外输出的东西只有三种，即天然物产、工业产品和商务运输，所以只有这三个轮子正常运转，财富方会像春潮般滚滚而来。而且往往会出现"劳作胜于物产"①的情况，即劳作和运输比物产更值钱，更能为国家增加财富，如荷兰人就是明显的例证，他们拥有世界上最好的地上矿藏②。

最重要之步骤是采用良策以保证国家的财富不致被聚敛到少数人手中，不然就会出现国富民穷的局面。财富犹如肥料，不广施于田就毫无效益。要使财富合理分配，就须严令禁止或至少着手整治高利盘剥、垄断商品和毁田畜牧③等唯利是图的交易。

至于如何消除不满情绪，或至少消除不满情绪中之危险成分，我们知道，各国都有两类臣民，即贵族和平民；当这二者之一心怀不满时其危险并不可怕，因为平民若无贵族煽动往往不会轻易作乱，而贵族若得不到平民的支持则力量不足。真正的危险在于贵族们恰好等到平民的不满情绪爆发时才表明他们自己的不满。诗人们讲过这样一段故事，说有一次众神想缚住主神朱庇特，这一密谋被朱庇特闻知，于是他听从帕拉斯的建议，召来百臂巨人布里阿柔斯相助。这段故事无疑可作为一则寓言，说明为君王者若能得民心是何等安然无虞。

适当给予民众发泄其悲愤不满的自由，这也不失为一种防乱措

---

① 引自奥维德的《变形记》第 2 章第 5 节。
② 指工业和贸易。
③ 指英国从 15 世纪开始的"圈地运动"。

施（只要这种发泄别过于肆无忌惮），因为若让人把怨气往肚里吞，或是把脓血捂起来，那就会有积郁成疾或恶性脓肿的危险。

在消除不满的事例中，埃庇米修斯之所为很可能适合于普罗米修斯，因为再没有比那更好的方法可消除不满。当各种痛苦和邪恶飞出箱子之时，埃庇米修斯终于盖上了箱盖，从而把"希望"留在了箱底。① 毫无疑问，能巧妙地孕育并怀有希望，且能引导民众从一个希望到另一个希望，此乃治疗不满这种流毒的最佳良药。一个明智政府的明智之举无疑该是：当其没法用令人满意的手段赢得民心时，仍能凭各种希望使民心所向；当某种天灾人祸出现时，仍能泰然处之，仿佛灾祸并非不可避免，而是还有某种避免的希望；这后一点做起来不太难，因为不管是个人或党派都容易为还有希望而暗自庆幸，或至少容易装出不相信大祸临头的样子。

此外还有一种虽众所周知但仍不失为上策的预防措施，即预见并提防某些适合心怀不满者向其求助并在其麾下麇聚的领头人物。余以为能充当这种为首者的人大凡都拥有伟绩和声望，深受不满现政的党派之信任和尊崇，同时他们自己也被认为对现政心怀不满。对这种领头人物，政府要么用切实可行的方法对其加以争取并使之归顺，要么就使其同党中有另一领头人物与之对立以分割其声望。概而言之，对各类反政府的党派集团实行分化瓦解，调弄离间，或至少使其内部互相猜疑，这并非一种最糟的手段，因若是拥护政府者内部四分五裂，而反对政府者内部却万众一心，那将是极危险的情况。

笔者注意到有些出自帝王之口的趣言妙语曾引起叛乱。恺撒曾戏言："苏拉②非才子，故不会独裁。"结果为他招来杀身之祸，因为此言使那些以为他迟早会放弃独裁的贵族元老们彻底失望。伽尔巴则因其口头禅"只征募士兵但不收买士兵"而毁了自己，因为他的话使想得到赏赐的士兵们失去了希望。③ 普罗巴斯④也同样因言罹

---

① 这是希腊神话中对这个故事的又一种叙述，与我们熟悉的潘多拉开箱之说稍有不同。

② 苏拉（前138—前78），古罗马著名的统帅、政治家。

③ 参见张竹明等译的《罗马十二帝王传》第275页（商务印书馆1995年版）。

④ 普罗布斯（约232—282），罗马皇帝，被叛军杀害。

祸，他说"只要我在世，罗马帝国就不再需要士兵"，这话令他的士兵们感到绝望。此类祸从口出之例，不胜枚举。因此在事态微妙或时势不稳之际，为君者务必出言谨慎，说只言片语时尤须当心，因这类短句会像箭矢一般不胫而走，且往往被视为君王吐露的心声；而长篇大论则会由于枯燥无味而不甚引人注目。

最后要说的是，为防意外，君主身边要有一名或者很多名勇猛将领，以备将叛乱消灭在举事之始；不然叛乱一起朝中就会惶惶不安，政府就会面临像塔西佗所言的那种危险，就是叛乱之始人们的普遍想法："真敢为祸首者寡，但乐意参加者众，而人人对叛变都会默认。"① 然而这种骁将要是忠诚可信且声名远扬之人，而不是喜欢结党营私并哗众取宠之人；他们还要与政府中别的要员相一致，否则这种治病良药就会比疾病本身还要有害。

---

① 引自塔西佗《历史》第1卷第28章。

第 16 篇　谈无神论

　　笔者宁信《圣徒传记》①《塔木德经》② 和《古兰经》中所有的虚构故事，也不信宇宙之既定秩序中没有神灵。只因上帝创造的自然万物已证明无神论之悖谬，故他无须创造奇迹来使无神论者悔悟。毋庸置疑，对哲学的一知半解会使人倾向于无神论，但对哲学的深入研究则会使人心皈依宗教。因为当人之心智专注于零散的第二动因③之时，有时不免会以之为源而不再穷根；但当人注意到所有第二动因都相互关联并环环相扣之时，其心就必然会飞向天道和造物主了。不啻如此，连那个最被世人斥为无神论派的哲学学派（即以留基伯、德谟克利特和伊壁鸠鲁为代表的原子说派）也几乎证明了有神存在，其原因如下：原子说派认为大量无限小的原子或不固定的粒子无须神的支配便可造就这大千世界的道与美，而亚里士多德学派则认为宇宙的道与美由四种可变元素和一种不可变的第五元素恰如其分并周而复始地配制而成，其中无须神力相助，两相比较，把后者作为无神论之说比前者可信千倍。《圣经》有言：愚顽者心中说没有上帝；④ 但《圣经》并不是说愚顽者心中想，所以与其说愚顽

---

　　①　由 13 世纪热那亚大主教雅各布斯·德沃拉日勒所著，因其广为流传故又名《黄金传记》。

　　②　一部关于犹太人生活、宗教及道德的口传律法集，为犹太教仅次于《圣经》的主要经典。

　　③　第二动因又称次因，此处指由于第一动因之推动而产生的个别事物和运动的原因；亚里士多德学派认为第一动因是一切事物的最后目的和运动的最终原因，牛顿则用它指最初推动一切行星由静止而开始运动的某种外来力量；第一动因亦是上帝的别称。

　　④　见《圣经·旧约·诗篇》第 14 篇和第 53 篇。

者心里那么说就可能那么想，倒不如说他完全有可能相信上帝，或者说有可能使其相信；因为除了那些可从无神论中捞取好处的人外，没人会否认世间有上帝。以下事实最能说明无神论者之口是心非，无神论者总是不厌其烦地大谈其主张，仿佛他们因心里没底而乐意用他人的赞同来增强信心似的；更有甚者，世人可见无神论者也像各宗教教派一样拼命招收信徒；而最有意思的是，世人还可见某些无神论者宁愿备受折磨也不愿放弃其主张。可要是他们真以为根本就没有上帝之类的神灵，那他们为何要如此折磨自己呢？伊壁鸠鲁曾断言有神之存在，但认为神只顾自己逍遥快活而不问世事，此说被斥为他为其声望之故而散布的掩饰之词。于是人们说他圆滑世故，说其实他心中并不认为有神存在；但这无疑是对他的中伤，因为他的言辞既崇高又虔诚，他说：不信俗人所谓之神并非亵渎，亵渎在于把俗人之见加于神灵。恐怕连柏拉图也难说出比这更精辟的话语；而且尽管伊壁鸠鲁有胆量否认神对世事的支配，但他却没有能力否认神之本质。西印度群岛的蛮族虽不知上帝之圣名，但他们却为自己崇拜的神取有各种名称；似乎古代欧洲的异邦人也只有朱庇特、阿波罗和玛尔斯之类的称谓，而没有天神这个字眼；这说明那些尚未开化的民族也早就有神的概念，只不过他们的概念不甚清晰。因此在反无神论这一点上，甚至连野蛮人也站在缜密的哲学家一边。好沉思的无神论者并不多见，一个迪亚哥拉斯①、一个彼翁②，或许还有个卢奇安③和其他一些人，但他们似乎显得人多势众，其原因是所有对公认的宗教或迷信表示怀疑的人都被其反对派贴上了无神论的标签。不过十足的无神论者的确都是些伪君子，他们总在谈论圣事圣物，但却没有丝毫感觉，所以他们到头来必然会变得麻木不仁。无神论之产生有若干原因，首先是宗教分裂，虽说一次大分裂可为分裂之双方增添热情，但分裂的教派太多却会导致无神论。另一个

---

① 迪亚哥拉斯，公元前5世纪雅典哲学家及诗人，后因不敬神灵而被判死刑，逃往科林斯避祸。

② 彼翁，公元前3世纪希腊哲学家，曾撰文嘲讽诸神，相传他病入膏肓时曾忏悔其所为。

③ 古希腊作家卢奇安曾在其《演悲剧的宙斯》一文中批驳神造世界之学说。

原因是神职人员有辱宗教的丑闻，尤其是出现圣贝尔纳①曾说过的那种情况："如今我们不能说神父就像俗人，因为现在的俗人并不比神父败坏。"原因之三是对圣事圣物的嘲讽和亵渎蔚然成风，这种风气一点一点地损害了宗教的尊严。最后一个原因是学术昌盛的时代，尤其是这种时代兼有太平和繁荣，因为祸乱与不幸倒更能使人皈依宗教。无神论者可毁掉人之高贵，因为人类在肉体方面无疑与野兽相似，而如果在精神方面再不与神灵相近，那人类真会成为一种低级下贱的动物。无神论亦可毁掉人的高尚品质并阻碍人性之升华；若以狗为例，世人可见当狗意识到有人收养它时会显示出何等的豪情和勇气，因为人于狗就是神灵，或曰一种更高级的生命，而若无对一种比自身更高级的生命之信赖，狗无论如何也不可能拥有它显示出来的那种勇气。人也是如此，如果他信赖或使自己确信有神的庇护和恩宠，他便会获得人性本身无法获得的力量和信心。由此可见，正如其在任何方面都可厌可恨一样，无神论在这一点上也不例外，因为它会剥夺人性借以自我升华并超越脆弱的工具。此理于人如斯，于国家民族亦然。人世间再没有比罗马更高贵的国家，而关于这个国家，且听西塞罗所言："诸位元老，我们尽可以为自己感到骄傲，虽说我们论人数不如西班牙人，论体力不如高卢人，论灵巧不如迦太基人，论计谋不如希腊人，甚至论对这片土地和这个国家的眷恋之心，我们也不如土生土长的意大利人和拉丁人；但若是论虔诚和宗教信仰，论把不朽的诸神视为万物之主宰这一智慧，我们却胜过了所有的国家和所有的民族。"②

---

① 圣贝尔纳（1090—1153），法国基督教神学家。

② 西塞罗把传说中的故事当作了罗马的起源。据希腊罗马神话传说，特洛伊人在战败之后跟随英雄埃涅阿斯出海寻觅新的国土，最终在意大利建立了罗马。

第 17 篇　说迷信

　　关于神灵，宁可一无所知，也不妄自评论；因为前者仅是不信神，而前者却是亵渎神。毋庸置疑，迷信神就是侮辱神。在这一点上，普卢塔克所言甚妙，他说"我宁可让人们说世间从未有过普卢塔克这个人，也不想让他们说曾有个名叫普卢塔克的吃了他刚出世的孩子"，一如诗人们说萨图尔努斯①那样。世人要知道，越是侮辱神灵，面临的危险就会越大。无神论会把理智、哲学以及法律，骨肉亲情与名利之心留给世人，而这一切都能将人引往一种美德，即使没有宗教做路标；但迷信却会使人丧失所有这些向导，并在人心中建起一种绝对的专制统治。由此可见，无神论不曾扰乱过社稷，因为它使人谨小慎微，别无他顾，而且世人可见倾向于无神论的时代（如奥古斯都时代）都是太平盛世；然而迷信却在许多国家引起过混乱，因为它带来一个新的"第十重天"，使政府的其他九重天都脱离常轨。迷信的主人乃民众，而且在所有迷信中都有一种本末倒置，即往往是智者去追随愚者，理论去符合行为。在经院派②学说占上风的特兰托宗教会议上，③ 一些主教们曾严肃地指出，经院派学者

---

　　①　罗马古神萨图尔努斯（在希腊神话中是指克洛诺斯）曾是宇宙的统治者，有预言称他的儿子会取而代之，于是他的孩子们刚出世就被他吃了，他的妻子瑞亚以石块代替出世不久的朱庇特（又名宙斯）让他吞掉，后来预言最终应验。

　　②　指中世纪欧洲的经院神学家，他们曾试图以亚里士多德学说的原理来规范教规教义。

　　③　天主教在意大利北部特兰托城举行的第 19 次宗教会议，断断续续历时 18 年（1545—1547 年，1551—1552 年，1562—1563 年），目的是反对宗教改革，维护天主教的地位和教皇的最高权威。

就像某些天文学家，后者曾想象出偏心圆、本轮和诸如此类的轨道模具，用以解释行星运动现象，[①] 然而他们知道他们的想象纯属子虚乌有；而经院派学者也以同样的方式杜撰出无数玄妙难懂的准则和原理，用以解释教会的行为。导致迷信的原因有：悦人耳目刺激感官的宗教仪式、华而不实拘泥形式的假装虔诚、对只能加重教会负担的传统之过于尊重、高层教士为个人野心和金钱而玩弄的诡计、对迎合别出心裁和标新立异的良好动机之过分偏爱、由只会引起胡思乱想的人主持圣事和所有缺少文化教养的时期，特别是那些既有天灾又有人祸的时期。迷信的面纱只要被揭开，就会显得丑陋至极。一如猿之似人令其更显丑恶，迷信想披上宗教的外衣也令其更显畸形；又如对健康有益的鲜肉在腐败后会滋生小小的蛆虫，完美的教规教礼在腐败后也会变成繁琐的礼节。然而如果人们觉得越是远离之前的迷信越是有益的话，那就会出现一种为了躲避迷信而产生的迷信。故而恰似拿药物催泻须谨慎一般，纠正迷信也要注意不能矫枉过正，但是要让平民指挥改良的话，那他们极有可能会做出这种傻事。

---

① 实际上托勒密用本轮、均轮和偏心圆轨道模型对行星运动规律的解释是科学的，这种解释使观测与推算基本符合。

第 18 篇　论远游

　　远游于年少者乃教育之一部分，于年长者则为经验之一部分。未习一国之语言而去该国，那与其说是去旅游，不如说是去求学。余赞成年少者游异邦须有一私家教师或老成持重的仆人随行，但随行者须通该邦语言并去过该邦，这样他便可告知主人在所去国度有何事当看，有何人当交，有何等运动可习，或有何等学问可得，不然年少者将犹如雾中看花，虽远游他邦但所见甚少。远游者有一怪习，当其航行于大海，除水天之外别无他景可看之时，他们往往会大写日记，但当其漫游于大陆，有诸多景象可观之时，他们却往往疏于着墨，仿佛偶然之所见比刻意之观察更适于记载似的。所以写日记得养成习惯。远游者在所游国度应观其皇家宫廷，尤其当遇到君王们接见各国使节的时候；应观其讼庭法院，尤其当遇到法官开庭审案之时；还应观各派教会举行的宗教会议；观各教堂寺院及其中的历史古迹；观各城镇之墙垣及堡垒要塞；观码头和海港、遗迹和废墟；观书楼和学校以及偶遇的答辩和演讲；观该国的航运船舶和海军舰队；观都市近郊壮美的建筑和花园；观军械库、大仓房、交易所和基金会；观马术、击剑、兵训及诸如此类的操演；观当地上流人士趋之若鹜的戏剧，观珠宝服饰和各类珍奇标本。一言以蔽之，应观看所到之处一切值得记忆的风景名胜和礼仪习俗，反正打探上述去处应是随行的那名私家教师或贴身随从的事。至于庆祝大典、化装舞会、琼筵盛宴、婚礼葬礼以及行刑等热闹场面，游者倒不必过分注意，但也不应视而不见。若要让一名年少者在短期内游一小国且要受益甚多，那就必须让他做到以下几点：首先他必须如前文所述在动身前已略知该国语言；其次他必须有一名上文所说的那种熟悉该国的私家教师或随从；其三他得带若干介绍该国的书籍地图以资随时查阅释疑；他还必须坚持天天写日记；他不可在一城一镇久居，时间长短可视地方而定，但不宜太久；当居于某城某镇时，他须在该城不同地域变换住处，以便吸引更多人相识；他得使自己与本国同胞交往，而且应在可结交当地朋友的地方用餐；当从一地迁往另一地时，他须设法获得写给另一地某位上流人物的推荐信，以便在他想见识或了解某些事时可得到那人的帮助。只要做到上述各点，他就能在短期游历中受益良多。至于在旅行中当与何等人相交相识，余以为最值得结识者莫过于各国使节的秘书雇员之类，这样在一国旅行者亦可获得游多国之体验。游人在所游之地亦应去拜望各类名扬天下的卓越人物，如此便有可能看出那些大活人在多大程度上与其名声相符。旅行中务必谨言慎行以免引起争吵，须知引发争吵的事由多是为情人、饮酒、座次或出言不逊。游人与易怒好争者结伴时尤须当心，因为后者可能把游人也扯进他们自己的争吵。远游者归国返乡后，不可将曾游历过的国家抛到九霄云外，而应该与那些新结识且值得结识的友人保持通信。他还须注意，与其让自己的远游经历反映在衣着或举止上，不如让其反映在言谈之中；但在谈及自己的旅行时，最好是谨慎答问，别急于津津乐道。他还须注意，勿显得因游过异国他邦就改变了自己本国的某些习惯，而应该让人觉得自己是把在国外学到的某些最好的东西融进了本国的习俗。

第 19 篇　论帝王

　　所欲之事甚少，所惧之事甚多，这是一种令人为之悲哀的心态。但是这常常就是为君主者的心理。他们自称孤家寡人，九五之尊，所以缺少更高的希望，这就令他们内心苦思甚多；不过与此同时他们身边又常常险象迭生，这又令他们内心很少获得安宁。此情也是《圣经》所说"君主之心高深莫测"[①] 的原因之一。因为如果没有一种居于支配地位的企望来纠正妒羡戒疑等众多情感，所有人的内心都是难以推测或不可推测。如此一来常常也有君主为自己营造欲望，将心思都放在一些小事上：要么设计一座建筑；要么新创一种祭礼；要么培养一位臣子；要么精通一种技艺，像尼禄精通竖琴，图密擅长射箭，康茂德善于角斗，卡拉卡拉长于驱车；[②] 与之类似的事例，不胜枚举。在某些人看来这好像不可想象，竟不知这正是"天之高，地之厚，帝王之心摸不透"。

　　人之天性使然，即在小事上有所进取比在大业上停滞不前更使人心情舒畅，精神振奋。世人尚可看到，有些帝王早年东征西讨无往而不胜，但由于征服不可能无限，成功总有尽头，结果他们在晚年或变得迷信，或郁郁寡欢，例如亚历山大、戴克里先和世人尚记得的查理五世[③]等等。因习惯勇往直前者一旦发现自己止步，往往会

---

　　① 见《圣经·旧约·箴言》第 25 章第 3 节。
　　② 尼禄（54—68 在位）、图密善（81—96 在位）、康茂德（177—192 在位）、卡拉卡拉（211—217 在位），四人都是罗马皇帝，均以暴虐著称。
　　③ 亚历山大（前 356—前 323），马其顿国王，曾先后征服希腊、埃及和波斯，创建亚历山大帝国，不幸死于疟疾；戴克里先（约 243—约 316），罗马皇帝，284—305 年当政 21 年后自己退位；查理五世（1500—1558），神圣罗马帝国皇帝，1519—1556 年当政 37 年后隐退。

自暴自弃，不复故我。接下来且说帝王权力之平衡。这种平衡很难保持，因为平衡和失衡均由王权和自由这对矛盾构成，不过平衡是让这对矛盾融为一体，失衡则是让这对矛盾交替出现。关于这点，阿波罗尼乌斯[1]给韦斯帕芗[2]的答复极富教益。后者问："尼禄因何被推翻？"前者答："尼禄虽善弹琴并善调琴，可治理帝国却时而把弦绷得太紧，时而把弦放得太松。"而毫无疑问，最有损于帝上权威者莫过于既不合时宜又极不均匀地使用权力，忽而滥施淫威，忽而放任自流。

不可否认，近代君王巩固霸业之智谋与其说是可防患于未然的真谋实策，不如说是待灾难临近时如何消灾避难的权宜之计；然而这纯粹是在同运气较量。君王们务须注意，别忽略或容忍欲作乱者备下柴薪，因为谁也没法阻止火星迸发，而且也难测火星会来自何方。君王巩固其霸业之困难既多又巨，但最大的困难往往是在他们心里。因为君王们想法矛盾是常有的事，（正如塔西佗所说）"为人君者之欲望通常都极其强烈但又互相矛盾"[3]；因既想达目的又不忍用其手段乃当权者之致命错误。君王们不得不与之打交道者有其接壤邻邦、妻子儿女、高级教士、王公贵族、新贵士绅、市贾商人、平民百姓以及士卒兵丁，而为君者若稍有不慎，以上人等均会带来危险。

关于如何与邻国打交道，由于情况多变，故不可能有一成不变的规律，但有一条原则永远适用，即为君者须保持应有的戒备，勿让任何邻国（通过领土扩张、贸易垄断或重兵压境）而过分强大，以致给本国造成前所未有的威胁。预见并阻止上述情况之发生通常应是政府枢要的工作。在英王亨利八世、法王法兰西斯一世和神圣罗马帝国皇帝查理五世三雄鼎立的年代，三国之间就这样互相监视，一方若得巴掌大一块领土，其余两方也会马上着手使之均衡，或以结盟之手段，必要时则诉诸战争，绝不会牺牲本国利益以换取和平。

---

① 阿波罗尼乌斯，希腊著名的哲学家，活动于公元 1 世纪，在罗马帝国时期成为神话式的英雄，自称有创造奇迹的本领。

② 韦斯帕芗，罗马皇帝，公元 69—79 年在位。

③ 这句话实际上出自罗马史学家萨卢斯提乌斯的《朱古达战记》一书。

与上述情况相似的还有由那不勒斯王斐迪南、佛罗伦萨共和国僭主洛伦佐·美第奇和米兰大公卢多维卡·斯福尔扎结成的联盟（圭恰尔迪尼①称该联盟为意大利的安全保障）。某些经院哲学家对战争的见解并不可信，他们认为战争的原则是人不犯我，我不犯人，殊不知对潜在危险之恐惧亦是发动战争的正当理由，即使那种危险尚未变成现实。

说到帝王们的后妃，历史上不乏祸起后宫的残酷事例。莉维亚②因毒死其丈夫而声名狼藉。奥斯曼帝国苏丹苏里曼一世之宠后罗克婆拉娜不仅是害死太子穆斯塔法的罪魁，而且是扰乱皇家宫廷、混淆皇家血统的祸首。③ 英王爱德华二世之后亦是废黜并谋害她丈夫的主谋。④ 所以当后妃们密谋让自己的儿子继位，或者是当她们与人私通之时，君王尤须提防上述危险。

至于君王们的子嗣，由他们引发的祸乱也屡见不鲜，而不幸的悲剧通常都始于君王们对其子嗣的怀疑。上文提到的穆斯塔法之死对苏里曼家族就是一场灾难，因谢利姆二世被认为是其母的私生子，故时至今日世人还怀疑自苏里曼一世之后的历代土耳其君主均非正统。君士坦丁大帝处死年轻有为的大儿子克里斯普斯，这对他的家族亦是一场灾难，结果他的儿子都死于非命，他另一个儿子康斯坦提乌斯结局亦不见佳，因为他虽说是死于疾病，但那是在朱里安起兵反他之后。⑤ 马其顿国王腓力五世诛其子季米特

---

① 圭恰尔迪尼（1483—1540），意大利著名史学家，著有《意大利史》。

② 莉维亚是奥古斯都的第二位妃子，据说她为了确保自己的儿子提比略能够登上王位而毒死了丈夫。

③ 苏里曼一世受皇妃罗克婆拉娜的挑唆杀死了皇太子穆斯塔法（与前妻所生的长子），穆斯塔法的弟弟也因此而自杀身亡。罗克婆拉娜的亲生子巴耶赛特后来因为谋叛而被杀，另一个亲生子谢里姆最终继承王位称谢里姆二世，但因为他的相貌和性格与苏里曼一世相差太大，人们都怀疑他不是皇室嫡传，培根也因此在后面说他是私生子。

④ 爱德华二世的皇后伊莎贝尔与她的情夫莫提默共谋，罢黜并害死了爱德华二世。

⑤ 君士坦丁大帝的妃子乌斯塔为了让自己的亲生子登上王位，而诬告克里斯普斯（大帝与前妻的长子）调戏她，后者遂被父亲处死。后来，大帝其他的儿子康斯坦提努斯和康士坦斯死于动乱，康斯坦提乌斯死于起兵征讨谋反的朱里安的途中。

里乌斯，后因发现系误杀而悔恨身亡。① 历史上这类事例不胜枚举，但少见为父王者从对子嗣的猜疑中得到好处；不过儿子们公开举兵反叛当属例外，如苏里曼一世诛逆子巴耶塞特，又如英王亨利二世败其三个逆子②。

高级教上妄自尊大亦可给君王造成危险，如当年的两位坎特伯雷大主教安塞姆和贝克特，他俩曾试图用主教的权杖与君王的利剑抗衡，只是他们不得不与之抗衡的是几位顽强而自信的君王：威廉二世、亨利一世和亨利二世。这种危险并非由于教会本身，而是由于教会有国外势力③撑腰，或是由于神职人员之选任不是靠君王或有圣职授予权者的决定，而是靠平民百姓的拥戴。说到王公贵族，对他们敬而远之并不为过。对贵族加以抑制虽可加强王权，但却会减少君王的高枕无忧，而且在实施其主张时也不那么随心所欲。笔者在拙著《英王亨利七世传》中对此已有过评述。亨利七世④对贵族加以抑制，结果他执政时期充满了麻烦和骚乱，因为贵族们虽说继续忠于皇室，但对亨利进行的事业却不予合作，所以他实际上不得不日理万机。

至于新贵士绅，鉴于他们只是个松散的阶层，故不会对君王形成多大危险。他们有时会高谈阔论，但那几乎无甚妨害。何况他们是一种中和力量，可使王公贵族的势力不致过于强大；而且由于他们是君王与平民间的直接纽带，所以他们最能缓和民愤。

至于市贾商人，他们好比国家的门静脉，若门静脉血量不盛，国家即使有健全的四肢也难免会出现血管供血不足的情况。对商人课重税于君王的岁收好处甚微，因为从小处所得将会失于大处，原因是若各项税率增加，商贸的总量反倒会减少。

平民百姓对君王几乎不构成危险，只要他们没有强有力的领头人物，或是君王不对他们的宗教、习俗和生活方式横加干涉。

---

① 季米特里乌斯是腓力五世的第三子，因为被其兄伯尔修捏造叛国罪而被父亲下令处死。

② 指1172—1173年，亨利二世的三个儿子杰弗里、约翰和查理联合反叛。

③ 指教皇。

④ 亨利七世（1457—1509），1485—1500年间担任英格兰国王。

说到兵卒，如果让他们编制不变、长驻一方，并对领赏习以为常，那就会危及君主。土耳其御林军的骄纵及古罗马禁卫军的贪残都可以为后世提供借鉴。防范的办法是让帅无常师、驻无常地，并不予以封赏，这样君主便能高枕而卧了。

　　君王就像天上的星宿，能使国泰民安，也能使世道混杂。他们为人所尊奉，可却也不得安宁。一切对君王的要求事实上可归结为两点：其一是不要忘记你是凡人，其二是不要忘记你代表着神或者本就是神；前者制约着君王之权，后者则约束着君王之欲。

第 20 篇　论进言与纳谏

人与人之间最大的信任莫过于接受诤言。因为在别的信托中，人所托付的只是其生活之一部分，如田地、财产、子女、信贷或某项具体事物；但对自己心目中的诤友或谏官，从谏者则往往是以身家性命或江山社稷相托；所以进言者务须是忠义两全。明智的君王不必以为求言从谏会有伤其龙颜或有损其君威。上帝若不倡从谏，就不会把"劝世者"这一称谓作为其圣子的诸多尊号之一①。所罗门曾曰"从谏如流方可长治久安"②。凡事都有其波动，只是或早或迟；若不任其颠簸于室议廷诤之中，它们就将颠簸于命运的波涛之上，而后一种颠簸犹如醉汉之蹒跚，说不定何时一个趔趄就摔跟头。正如所罗门深知从谏之必要，其子罗波安也领教了进言的力量，因那个上帝宠爱的王国当初就因为他听信狂言而南北分裂。③ 作为后事之师，今人往往可凭此谏例明察两种偏辞谵语：一是乳臭小儿议人之妄说，二是张狂之徒议事之狂言。

古人早已用形象的故事阐明：君王与智慧本是一体，君王的智慧与之巧纳忠言也密不可分。故事之一讲众神之王朱庇特曾娶智慧女神墨提斯，其寓意是说君权总与智谋联姻。故事之二是之一的延续，讲墨提斯与朱庇特结婚后珠胎暗结，但朱庇特不容她分娩便将

---

① 见《圣经·旧约·以赛亚书》第9章第6节。

② 《圣经·旧约·箴言》第 20 章第 18 节："从谏如流方可长治久安，多见听纳才能百战不殆。"

③ 据《圣经·旧约·列王纪上》第 12 章记载，所罗门之子罗波安拒绝老臣们要他善待北方十支臣民的忠告，反而听信一班少壮臣僚的狂言，结果北方十支以色列人分裂而成以色列国，只剩下南方二支称犹太国。

她吞食，于是神王自己身怀六甲，最后从他头颅里生出了全身披挂的帕拉斯女神。① 这段荒唐的故事中暗藏着一则君王治国的秘诀，即君王该如何利用朝议廷净。他们首先应把欲决之事交顾问们讨论，这就好比最初结胎或曰受孕，但当所议之事已在智囊之子宫中孕育成形的时候，君王切不可让策士谋臣继续行分娩之事，不可显得行此事非智囊莫属，而应当把所议之事收回到自己手中，并让世人觉得最后颁布的敕令谕示均出自君王本人（这些谕旨因其深谋远虑和极富效力而可比那位全身披挂的智慧女神），不仅出自君王的绝对权威，而且出自君王的足智多谋（如此更能提高君王的声望）。

接下来且谈谏议的弊病和除弊之法。求言纳谏之弊病已见者有三：其一是议事外传，于保密不利；其二是有损君威，显得他们并非无所不知；其三是有佞臣进谗言的危险，结果从谏对进言者比对纳言者有利。为除掉这三种弊端，意大利和法兰西的某些君主曾分别提倡或实行过密室顾问会议，可这除弊之法比弊端本身更有危害。

说到保密，君王无须把欲决之事告诉每一位顾问，而是可以择善者而言之；何况征询该用何法者也无须言明他将用何法。只是君王们得当心，勿让自己的秘密从自己口中走漏。至于密室顾问会议，下面这句台词可谓一语道破天机，"我真是漏洞百出"②；因为只要有一个以饶舌为荣的白痴，其他人都懂沉默是金也乃白搭。毋庸置疑，有些事需要高度保密，知者除君王和一两名亲信外不可再有他人。讲言者寡也并非不是好事，因为除有利于保密外，其所陈意见往往都一致而无分歧；不过在这种情形下，纳谏者须是既英明睿智又能独行其是的君王，进言者亦须是足智多谋之辈，尤其是得忠于君王的宏旨。此例可见于英王亨利七世，他每行大事总是秘而不宣，

---

① 神话讲朱庇特（或宙斯）的第一个妻子大洋女神墨提斯（字面意思乃智慧）怀孕时曾预言，说她将生下一个比朱庇特更强大的孩子；朱庇特为防患未然将妻子吞下，但胎儿却在他体内继续生长，最后从他的头颅里生出了智慧女神及女战神雅典娜（后来又名帕拉斯·雅典娜）。

② 引自古罗马喜剧作家泰伦提乌斯的喜剧《阉奴》第 1 幕第 2 场。

最多只与莫顿①和福克斯②商议。

　　说到有损君威，前文讲那则神话之寓意时已讲明了弥补之道。而且与其说君王坐进议事厅会有损其威望，不如说会增加其尊严。再说从不曾有哪位君王因与臣议事而丧失他独有的王权，除非有某位议臣羽毛过于丰满，或是有某些拉帮结派者过从甚密。但此类情况都容易发现并不难制止。

　　说到最后一弊，即有人进言是抱着私心；须知"他在这世间将难觅忠信"③之说无疑是就时代的风气而言，并非是就个人的天性而论。有些人天生就忠信两全，坦诚兼备，而非阴险狡诈，诡计多端；君王尤其要注意招纳这类忠义之士。另外谏官议臣通常并非抱成一团，反之他们往往是互相戒备，所以若有人为党派利益或个人目的而进言，真相多半都会传进君王的耳朵。不过最好的除弊之法是：为君者当如议臣知其君王般知其议臣。盖"君王之大德在于知人善任"④。而与之相反，进言者则不该过分探究君王的好恶。一名称职的议臣当通晓君王的事务，而非熟知君王的脾性，如此他们有可能直言进谏，而不会曲意逢迎。君王若能既私下求言又公开纳谏，其效益当会非常显著；因私下发表意见多直言不讳，公开提出规谏则多有顾忌。世人在私下里更勇于陈述己见，在公开场合则更容易人云亦云，故君王最好是兼而听之；求言冗官小吏于密室，以促其畅所欲言，征询高官大员于公堂，以保其出言谨慎。若君王只为用何法行事而广开言路，却不为用何人行事而集思广益，其求言纳谏也终归枉然；盖因欲行之事乃无生命之计划，其实施执行之活力全在于用之得人。考虑人选的品格素质不可仅凭其等级地位，正如不可仅凭自己的模糊记忆或他人的精确描述，因大错之铸成或大智之显示都在于人之选择。有言道死者乃最称职的谏官，因即便生者因畏罪而结舌，书本也会直言进谏。故为君者博览群书不无裨益，尤

----

　　①　莫顿，亨利七世时期任过坎特伯雷大主教、大法官。

　　②　福克斯，亨利七世时期任过威斯敏斯特主教、枢密院顾问、国务大臣和掌玺大臣等职。

　　③　见《圣经·新约·路加福音》第18章第8节。

　　④　引自古罗马诗人马尔提阿利斯的《铭辞》第8卷第15首。

其当读那些曾经也是君王的人所写的书。

今人议事多如亲友集会，对所议之事往往议而不辩，结果议题轻而易举就变成了议会的条例和法规。对重大问题之议论，最好是提前一天公布议题，待次日再付诸审议，俗话说"夜晚乃智谋的时辰"。"英格兰苏格兰合并事宜联合委员会"① 就采用过这种做法，该委员会曾是个庄严而有序的立法机构。笔者赞赏议院为请愿安排出日期，这种安排使请愿者更清楚他们何时可来议院，同时也让各类会议有工夫讨论国事，从而使当务之急得到及时处理。关于议会各临时委员会的人员，最好是选那些无偏无党的中立者，不应为造成一种均衡势态而选任对立双方的死党。笔者亦赞成建立一些常设性委员会，诸如负责贸易、金融、战争、诉讼和某些殖民地事务的委员会；因为既然有各种各样的议会特别会议，但却只有一个议会（和西班牙一样），那么这些特别会议实际上就等于是常设委员会，只是它们的权力更大些而已。应该由各常设委员会先听取各相应行业人士（如律师业、航海业和皇家铸币厂的人士）向议会的报告，然后在适当的时机再提交议会；勿让报告者成群结队而来，亦不容他们慷慨激昂地陈词，因为那不是在向议会报告，而是在胁迫议会。安排会议座次或沿长桌、方桌，或绕墙置位，这看上去似乎只是形式问题，但却有实质上的不同；因若在长桌旁开会，坐首端的少数人实际上会左右整个议程，而若以其他形式排座，那位次较低者的意见便会多被采纳。君王主持会议时须当心，切莫就其提供讨论的问题表明自己的倾向，不然与会者只会投其所好，结果他听到的将不是各抒己见，而是一曲"吾将愉悦吾主"②。

---

① 该委员会于 1604 年 10 月 20 日成立，同年 12 月 6 日解散，委员会上通过了"合并提案"，也得到了上议院的批准，但因为种种原因，合并之事直到 1707 年才实现。

② 见拉丁文本《圣经·诗篇》第 114 篇第 9 节。

第 21 篇　说时机

时运总是如集市般，你如果在那里逛得久一些，物价或许就会下降；然而它有时又若西彼拉的那套预言集[1]，起初以整套索价，接着焚毁其中几册，不过索价仍旧不变。因为时机（就像那句谚语所言），它如果把额发伸向你而你却拒绝去抓，那就仅剩下没有头发的后脑勺；[2] 也许你至少听说过这句格言：时者难得而易失，且失不再来。所以任何事能抓住最初的时机就是大智。想要行事的人要知道，表面上显得不足畏的危险常常是可畏的，让人虚惊一场的危险则一直都比逼迫人的危险多；除此之外，对一些危险最好是在其迫近之前就主动出击，而不可长时间地监视它的逼临，因为如果监视时间过于长久，监视者就极有可能会懈怠。反之，为假象所炫惑而出击太早（在弯月低垂、敌影拉长时曾出现过此种景况），或是由于打草惊蛇而造成"引蛇出洞"，则是另一极端。如上所言，时机成熟与否得时时悉心掂量。而一般说来，每行大事须派百眼巨人阿耳戈斯当先，再派百臂巨人布里阿柔斯随后，即首先明察秋毫，然后则雷厉风行；因为对明智者而言，普路同[3]那顶隐身帽便是议事之隐秘和行事之神速。事情一旦付诸实施，保密之最佳手段就是迅雷不及掩耳；犹如出膛的子弹，其追风逐日之速目力所不及也。

---

① 即《西卜林书》，古罗马的一部神谕集。传说，预言家西彼拉去见罗马国王塔奎尼乌斯，要卖给他 9 卷经书，要价很高，国王拒绝了；她便烧掉了其中 3 本，依然以原价卖给国王，在遭到国王的又一次拒绝后，她又烧了 3 本；此时，国王经占卜师提醒，才知道此书是宝，所以用原价将剩余的残卷买下，藏于卡匹托尔山神庙。
② 这个比喻最早见于古罗马作家加图的《道德箴言》第 2 卷。
③ 希腊罗马神话中的冥界之王。

欲言某事又不想把自己牵扯于其中，狡诈者之一法是借用世人名义，你不妨说"人人都在议论……"或说"四下里都在传闻……"

笔者曾认识一人，此君写信时总把最要紧的事作为附言写在信末，仿佛那事是被附带提及似的。

笔者还认识一个人，此公发言时总把他最想说的话留在最后，往往是海阔天空地说上一阵后再谈正题，而且谈的方式就像他在讲一件差点儿被忘掉的事情。

有些人在其欲施加影响的客人来时爱佯装感到意外，仿佛来客是不期而至似的，这时他们往往是手里正捏着一封信，或是正在做某件他们不常做的事情，其目的是想让客人就他们本来就想说的事情发问。

狡诈之又一要术是让某些话从自己口中道出，存心让他人拾此牙慧去调嘴学舌，从而占他的便宜。笔者认识两位伊丽莎白时代的旧同僚，他俩为国务大臣一职相争，但仍然保持交往，而且常就任职之事交换意见。其中一人说，在王权衰落的时代当大臣很伤脑筋，他可不想揽这种棘手的事情；另一位马上就捡过此话，并对其三朋四友说，他没理由要在这王权衰落的时代当一名大臣，最初说这话那人抓住时机，设法让此话传进了女王的耳朵，"王权衰落"四字令女王大为光火，从此她再也不听那另一个人的请求。

另外还有一种狡诈，我们英国人管它叫"锅里翻饼"。其做法是一个人把他对另一个人说的话翻过来说成是另一个人对他所言。而实话实说，既然这事只有那两人才知道真相，所以要弄清这话出自谁人之口实属不易。

以败事有余的方式证明自己有资格替他人担保，从而置被担保人于不利境地，这也是某些人采用的伎俩；这就如同说"这等事叫我就不会干"。当年提格利努斯替布鲁斯说话就用过这种方式：他对陛下并无二心，只是想确保皇上平安。

有些人备有一肚子的奇闻轶事，以致他无论想影射什么，都可以让自己的话披上传闻的外衣，这样既可以保护自己，又可使听话人乐于去传播自己的话。

在自己的要求和措辞中体现出自己想要的答复，这也不失为一种狡诈之招，因为这样便可使答话人少些困惑。

有些人在言欲言之事前，所拖沓延宕之久、所绕的弯子之大，以及所东拉西扯之多都令人不可思议。这样做需要极大的耐心，但却往往收到奇效。

趁人不备时没头没脑地突然发问，往往可令对方措手不及，从而使其暴露无遗。这就像有个已改名换姓的人在圣保罗教堂散步，另一个人突然在他身后直呼其真名，前者必然会回头一样。

此类狡诈之花招伎俩可谓不计其数，能为它们开出份清单实乃大功大德；因为对国家来说，最大的危害莫过于把狡诈之徒当作明智之士。

但毋庸置疑，一些人就是仅知事物之起始兴衰，却搞不清起始兴衰的因由；这就好比一栋房子仅有方便的楼梯与门户，却无一间体面的房间。因此世人可见，这样只知其然者在进行判断时可能会侥幸说中，不过却一定没有能力审时度势。但是他们却常常由于其无能而获得益处，竟然时常被当作安邦治民的人才。某些人官运亨通与其说是靠本身不懈的努力，不如说是凭借利用别人，或（就像笔者在前文所谈论的那样）是靠欺诈别人；然而所罗门曾说：智者的智体现在明道上，愚者的愚体现在欺诈上。

第 22 篇　论狡诈

笔者以为狡诈乃一种邪恶或畸形的智慧。毋庸置疑，狡诈者与聪明人之间有天壤之别，区别不仅在于诚实，而且还在于能力。牌桌上有人善弄手脚，但论牌技却并非高手；官场上有人善游说拉票，结党营私，但除此之外就一无所长。须知人情练达是一回事，世事洞明则是另一回事；盖精于鉴貌辨色者大有人在，可这些人做大事却不甚能干，此乃只揣度他人之腹而不披览古今之书者的一大通病。这等人适合做收发文牍而不宜参政议事，他们也只在自家的球槽里才能滚出好球。若被送到陌生人中间，他们就会晕头转向；所以亚里斯提卜①那条老规则对他们刚好适用，那位先哲曾说：把两个人赤裸裸地置于陌生人中间，你便可从两人中分辨出上智下愚。鉴于狡诈者都像是些小商小贩，故说说他们店里的货色也并不为过。

与人交谈时注意察言观色乃狡诈之一要点，正如耶稣会会士在其戒律中所规定的那样，② 因为许多聪明人心能保密但脸却无遮无掩。不过在察言观色时目光往往得假装谦恭，亦如耶稣会会士通常所做的那样。

另一个要点是，当你迫不及待地为获得某事某物而请求某人时，你得先拐弯抹角地东拉西扯让那人高兴，以免他因过于清醒而拒绝你的请求。我曾认识一位枢密院顾问兼国务大臣，他每次去请伊丽莎白女王签文件时，总要先引女王与他谈论国事，如此女王便不可

---

① 亚里斯提卜：古希腊哲学家，昔勒尼学派创始人之一。
② 耶稣会是天主教一主要修会，由西班牙贵族罗耀拉创建于巴黎，其目的是反对宗教改革，重振天主教会，维护教皇权威，其行动信条是为达到目的可以不择手段。该会会士一般不穿教服，不住僧院，而是以各种职业为掩护广泛接触社会，从事阴谋活动，甚至暗杀不与教皇合作的政界要人（如法王亨利三世和亨利四世均被耶稣会刺杀）。

能有更多的心思去注意她签署的文件。

与上一点相似，你亦可趁某人忙得不可开交时突然向他提出请求，这样他便无暇对你的请求加以仔细考虑。

如果你反对某人即将提出的某项提案，而你又觉得那人的论据之充分将足以使该提案有效通过，那你必须装出对该提案非常赞同，并在会上由自己将它提出，但当然要用一种能使之被否决的方式。

欲言之事刚说半截又戛然而止，仿佛你突然意识到自己失言，如此往往会引起听话人想听下半截话的欲望。

鉴于经问询而得知之事总比不打自招的话可信，你不妨设下诱饵引他人来探询你欲言之事，譬如说你装出一副与往日不同的表情，以便别人有机会问你脸色变化为何故，就像尼希米当年所为：我素来在王面前没有愁容①。

在难言与不快的事件上，最好是让那言语没有什么大价值的人先开口，然后再让那说话有力量的人装作偶然进来的样子，如此可使君上关于别人所说的事件向他发问。例如那西撒司向克劳狄亚斯报告梅沙利娜和西利亚斯的结婚事件时就是如此做的。②

欲言某事又不想把自己牵扯于其中，狡诈者之一法是借用世人名义，你不妨说"人人都在议论……"或说"四下里都在传闻……"

笔者曾认识一人，此君写信时总把最要紧的事作为附言写在信末，仿佛那事是被附带提及似的。

笔者还认识一个人，此公发言时总把他最想说的话留在最后，往往是海阔天空地说上一阵后再谈正题，而且谈的方式就像他在讲一件差点儿被忘掉的事情。

有些人在其欲施加影响的客人来时爱佯装感到意外，仿佛来客是不期而至似的，这时他们往往是手里正捏着一封信，或是正在做某件

---

① 《圣经·旧约·尼希米记》中记载，流亡到波斯宫廷的犹太领袖尼希米想要返回耶路撒冷（当时被巴比伦毁灭），所以故意在波斯国王面前流露愁容，引起国王的发问，在表明心迹后得以返回，并重建耶路撒冷。

② 罗马皇帝克劳狄亚斯的第三任妻子梅沙利娜与情夫西利亚斯秘密举行婚礼。皇帝的秘书那西撒司先派官中的两个女人向皇帝通风，然后再亲自汇报此事。最后，皇帝处死了梅沙利娜。

他们不常做的事情，其目的是想让客人就他们本来就想说的事情发问。

狡诈之又一要术是让某些话从自己口中道出，存心让他人拾此牙慧去调嘴学舌，从而占他的便宜。笔者认识两位伊丽莎白时代的旧同僚，他俩为国务大臣一职相争，但仍然保持交往，而且常就任职之事交换意见。其中一人说，在王权衰落的时代当大臣很伤脑筋，他可不想揽这种棘手的事情；另一位马上就捡过此话，并对其三朋四友说，他没理由要在这王权衰落的时代当一名大臣，最初说这话那人抓住时机，设法让此话传进了女王的耳朵，"王权衰落"四字令女王大为光火，从此她再也不听那另一个人的请求。

另外还有一种狡诈，我们英国人管它叫"锅里翻饼"。其做法是一个人把他对另一个人说的话翻过来说成是另一个人对他所言。而实话实说，既然这事只有那两人才知道真相，所以要弄清这话出自谁人之口实属不易。

以败事有余的方式证明自己有资格替他人担保，从而置被担保人于不利境地，这也是某些人采用的伎俩；这就如同说"这等事叫我就不会干"。当年提格利努斯替布鲁斯说话就用过这种方式：他对陛下并无二心，只是想确保皇上平安。①

有些人备有一肚子的奇闻轶事，以致他无论想影射什么，都可以让自己的话披上传闻的外衣，这样既可以保护自己，又可使听话人乐于去传播自己的话。

在自己的要求和措辞中体现出自己想要的答复，这也不失为一种狡诈之招，因为这样便可使答话人少些困惑。

有些人在言欲言之事前，所拖沓延宕之久、所绕的弯子之大，以及所东拉西扯之多都令人不可思议。这样做需要极大的耐心，但却往往收到奇效。

趁人不备时没头没脑地突然发问，往往可令对方措手不及，从而使其暴露无遗。这就像有个已改名换姓的人在圣保罗教堂散步，②

---

① 引自塔西佗《编年史》第 14 卷第 59 章。提格利努斯是罗马皇帝尼禄的宠臣。布鲁斯是尼禄的禁卫军统领。

② 伦敦的圣保罗教堂在当时是一个供人散步、聊天的公共场所。

另一个人突然在他身后直呼其真名，前者必然会回头一样。

此类狡诈之花招伎俩可谓不计其数，能为它们开出份清单实乃大功大德；因为对国家来说，最大的危害莫过于把狡诈之徒当作明智之士。

但毋庸置疑，一些人就是仅知事物之起始兴衰，却搞不清起始兴衰的因由；这就好比一栋房子仅有方便的楼梯与门户，却无一间体面的房间。因此世人可见，这样只知其然者在进行判断时可能会侥幸说中，不过却一定没有能力审时度势。但是他们却常常由于其无能而获得益处，竟然时常被当作安邦治民的人才。某些人官运亨通与其说是靠本身不懈的努力，不如说是凭借利用别人，或（就像笔者在前文所谈论的那样）是靠欺诈别人；然而所罗门曾说：智者的智体现在明道上，愚者的愚体现在欺诈上。在有些事件上若果有一个人不愿意把自己搅在里边的话，一种狡猾的办法就是借用世人的名义；譬如说"人家都说……"或"外面有一种传说……"是也。我知道有一个人在他写信的时候，他总要把最要紧的事情写在附言里头，好像那是一件附带的事一样。

我还认得一个人，在他说话的时候，总要略过他心中最想说的话而先说开去，再说转来，说到他想说的事情就好像是一件他差不多忘了的事一样。

有些人想对某人施行某种计谋，他们就在这人会出来的时候，故意装出惊惶，好像那人是不意而来的样子；并且故意手里拿一封信或者作某种他们不常做的事；为的是那人好问他们，然后他们就可以把自己心里想说的话说出来了。

狡猾又有一术，就是自己说出某种话来，这种话是要别的一个人学会而应用的，然后再借此为由，陷害其人。我知道有两个人在女王伊利萨白之世争取部长的位置，然而他们依然交好；并且常常互相商量这事；其中的一个就说，在王权衰落的时代作一个部长是一件不很容易的事，所以他并不怎么想这个位置。那另外的一个立刻就学会了这些话，并且同他的许多朋友谈论，说他在王权衰落的今日没有想做部长的理由。那头一个人抓住了这句话，设法使女王听见；女王一听"王权衰落"之语，大为不悦，从那次以后她再也不肯听那另一个人的请求了。

有一种狡猾，我们在英国叫做"锅里翻猫"的，那就是，甲对乙所说的话，甲却赖成是乙对他说的。老实说，像这样的事若在两人之间发生，而我们要发现是原先提出来的，是不容易的。

有些人有一种法子，就是以否认的口吻自解，从而影射他人；如同说"我是不干这个的"。例如梯盖利纳斯对布斯之所为一样，他说："他并无二心，而唯以皇帝的安全为念"。

有的人常备有许多故事，所以无论他们要暗示什么事，他们都能把它用一个故事包裹起来；这种办法既可以保护自己，又可以使别人乐于传播你的话。

把自己要得到的答复先用自己的话语说出一个大概来，是狡猾的上策之一；因为这样就可使交谈的人少为难些。

有些人在想说某种话的以前，其等待之久，迂回之远，所谈的别事之多，是可异的。这是一种很需要耐心的办法，然而用处也不小。

一个突然的，大胆的，出其不意的问题的确常常能够使人猛吃一惊，并且使他坦露他心中的事。这就好像有人改了名姓在圣保罗教堂走来走去，而另外的一个人突然来到他的背后用他底真名姓呼唤他，那时他马上就要回头去看一样。

狡猾的这些零星货物与小术是无穷的，而把它们列举出来也是一件好事，盖一国之中再没有比狡猾冒充明智之为害更烈者也。

但是，世间确有些人，他们懂得事务的起因与终结，而不能够深入其中心，就好像一所房子有很方便的楼梯和门户，而没有一间好屋子一样。所以你可以看见他们在事件的决议中找出许多可以取巧规避的漏洞来而完全不能审察或辩论事务。然而他们通常却利用他们的短处，要令人相信他们是能够发号施令，善于替人作决断而不善于与人讨论的人。有些人做事的基本是在欺骗他人和（如我们现在所谓）在他人身上玩花样，而不在乎他们自己处理事务之坚实可靠的。然而所罗门有言，"智者自慎其步骤；愚者转向欺骗他人"。①

---

① 见《圣经·旧约·箴言》第14章第8节。

第 23 篇　谈利己之聪明

　　说到为己谋生，蚂蚁可以说是一种聪明的动物，不过对于果园花圃而言，它却是一种有害生物；而不用怀疑，过分为己者也会对公众造成伤害。所以人应当理智对待私利和公利，不能为了给自己牟利而损害了他人的利益，尤其不能损害君主与国家的利益。以自我为中心的常人的行为是一种不幸，因为那就有如地球仅围绕它的轴心运转，而和各重天道有亲和力的全部天体都围绕其他中心而运转并对它们所围绕的中心有益。① 任何事都以自我为中心，这对君主尚能说得过去，因为其并非只是代表其本身，他们的祸福还和民众的安危密切联系在一起；然而对一般的臣子或者公民，任何以自我为中心的行为都是不可宽恕的罪恶，因为凡事经这种人之手，他们都会使其适合自己的目的，而他们的目的往往都与君王和国家的目标背道而驰，由此可见，君王或国家不可选这种人作为臣仆或公仆，除非只让他们做一些无关紧要的琐事。谋私利的更大危害是使纲常失调。置臣利于君利之先已是违常乱纲，而为臣之小利损君之大利则更是大逆不道。然而这正是那些贪官污吏所为；腐败堕落的大臣、司库、使节和将军，无不为其蝇头小利而偏离正道，从而破坏其君王的宏图大业。而总的说来，这些人所获之利通常只与他们的财富相称，可他们为获私利而牺牲的公利则往往与其君王的财富成正比。为烤熟自家鸡蛋而不惜烧掉公家房屋，这无疑就是极端利己者的本性；然而这类利己者却往往得到主人的信任，因为他们的心思全在

---

　　① 在作者生活的时代，人们还是相信托勒密的"地心说"，而怀疑哥白尼的"日心说"。

于如何讨好主人，怎样为自身牟利；他们会为哪怕一丁点好处而置主人利益于不顾。

因为自私而耍弄的那些聪明，归根究底是一种卑劣的聪明。它乃老鼠之聪明，由于大屋即将倒塌，鼠必先逃之；它乃狐狸之聪明，由于獾掘洞穴，狐占而居之；它乃鳄鱼之聪明，由于其欲食之，必先哭之。不过有一点须指出，那些（就像西塞罗笔下的庞培①）只爱自己不爱其他任何人的人，最终常常都是悲哀的；虽然他们经常牺牲别人来成就自己，并自以为命运的翅翼已经被自己的聪明所缚，但是他们最后终究也会成为变幻莫测的命运的牺牲品。

---

① 庞培（前106—前48），古罗马的著名统帅、政治家。

第 24 篇　谈革新

犹如动物初生时都其貌不扬，新生事物刚出现时亦模样丑陋，因为新事物乃时间孕育的产儿。但尽管如此，如同最初使家族获荣誉者通常比保持荣誉的后人更值得尊敬一样，最初开创之（有益）先例通常亦非凭模仿便能获得。因为对误入歧途的人来说，恶就像落体运动，越下落力量越大，而善则如抛物运动，只有起初那股力最强。毋庸置疑，每一种药物都是一项创新，不愿用新药者也得面临新的疾病，因为时间就是最伟大的创新者。如果时间循其正道使事物衰败，而人之智慧与灵性又不使其更新，那结局将会如何？但不可否认，由习惯形成的旧例虽欠优良，可至少还算适时合世，与长期并行的陈规旧俗似乎也相辅相成；而新生事物与之却难和谐融洽，虽说新东西因其效用而有助益，但也会因其令人不适而引起麻烦；再说新事物就像远方来客，往往是可敬而不可亲。然而千真万确的事情是，假设似箭如梭的时间停滞不前，那固守旧俗的做法也会像开创新风一般引起动荡；故对旧时代过分崇尚者只会成为新时代的笑柄。由此可见，世人之革新最好是循时间的榜样，时间之革故鼎新不可谓不大，但却进行得非常平缓，缓得几乎不为世人所察觉。如若不然，任何革新都会令人感到意外，而且对社会有所改良亦会有所损伤；受益者固然会视之为幸事并将其归功于时代，可受损者则会视之为犯罪并将其归咎于革新之人。而且最好别搞政体改革实验，除非情势万不得已，或是其功效十分明显；务须注意，革新应是可带来变化的改良，而非假装改良的喜新厌旧之变化。最后还须注意，虽说不可拒绝新鲜事物，但仍须对其有所质疑，正如《圣经》所言：我们停于古道，然后环顾四野，找出那条笔直的坦途，于是顺路前行。[①]

---

① 见《圣经·旧约·耶利米书》第 6 章第 16 节。

第 25 篇　谈求速

对于将行之事而言，急于求成是极其危险的一个因素，因为那有如医家所说的预先消化①，定然会在身体里留下很多无法吸收的物质，并埋下不可察觉的病根。因此衡量办事是快是慢不能以所花时间之多少为依据，而应该依照事情的进展。就像奔跑的速度并不是由步伐的大小或者抬足的高低所决定，办事的迅捷也不是由一次办理多少，而是由办理态度的认真与否所衡量。有的人仅关心能在较短的时间里做好工作，或是想法使事情看起来已经做完，这样他们就能显得做事干脆利落。然而靠精心算计来省时和靠敷衍了事来求速完全是两码事；要知道这样做完的事并没有真正做完，而以多次会议或是数轮会期来做完的事往往都反复多次，不太顺利。我相识的一位智者曾有一习惯用语，他见人急于求成时爱说："少安毋躁，这样我们可以早点了事。"

但另一方面，真正的求速求快则十分宝贵，因为正如金钱是商品价值的尺度，时间亦是办事效益的尺度；若办事慢条斯理，那办成事情所付出的代价就会高昂。斯巴达人和西班牙人以慢条斯理著称，故有"让我的死神从西班牙来"一说，因为如果那样的话，死亡肯定会姗姗来迟。

最好耐心地听取有关人士就有关事务的概要汇报，宁可在其汇报之前就进行施令发号，也不要选择在其汇报之中将别人的思路打断；因为被打断思路者经常会颠三倒四，一直重复讲过的话，然而跟他顺着自己的思路讲相比较，他这种做法只会更加冗长乏味；但

---

① 采用模拟消化过程的加工方法预先处理食物，通常用于伤病人员。

是会议主席比发言者更加让人讨厌并不是很常见。

一直重复所说之话通常会浪费时间，可是如果想要节省时间重点就是要对所讲要点进行重复，这种做法就消除了很多可能会接踵而来的冗言赘语。演说时拖拖拉拉就好像奔跑穿长袍披风。开场白、过渡语、客套话，以及关于发言者其自身的瞎扯空聊，都是一种浪费时间的行为；这些话听起来好像很谦虚，但事实上是在自夸。但是应该注意，当参加会议的人对你的发言持有反对的意见之时，然则不要开门见山地将观点亮出，原因是脑子里的偏见往往需要用开场白去磨灭，就好像要让药膏之药性发作需要热敷一般。

不得不说的是，有条不紊、各就其位和重复重点是办事敏捷的重点问题，还有分配职责不要过于粗心大意，因为没有分职责者对事情会不闻不问，分配职责过多的人就会忙得不计后果。选择好机会就是时间上的节省；不符合适宜的行动只不过是浪费时间。所有的事情都必须要经过三个步骤，那便是制定、讨论（或者说审议）以及实行。但是倘若你注重速度就一定得注意，仅有讨论这个步骤才允许更多的人参加，制定跟实行这两个步骤只能让少数人参加。①一些写在纸上的议事提纲能够极大地提高效率，即便提纲遭到彻底否决，那么较之于无纲可循的漫谈，那些否决的意见也是更具指导意义的，就像植物在土尘中不如在柴灰中生长得更好一样。

① 这句话中的"你""更多的人"与"少数人"当分别说的是当时的英国国王、国会与枢密院。

第 26 篇　谈貌似聪明

　　在世人看来总是有种看法，一致认为法国人事实上要比看上去更聪明，然而西班牙人则看上去比实际上更聪明；暂且不说民族之间存在的这类差异已经到何等程度，人与人之间似乎也真的就是这样，就好比圣保罗所说：有的人虚有虔诚的外表，但事实上并没有虔诚的内心。[①] 因此对于智慧和能力来说，那么世间就当然会存在虽然不懂得做事、极少做事、或许只能"费劲地做点小事"[②] 的聪明能干之人。倘若可以看出此类徒有其表的人是利用何种手段和方法使虚显实，使浅显深并使小显大，在那些明智之士看来都只会觉得荒唐无知，总会觉得类似这样的事情应该是写篇文章进行讽刺。他们之中总会有些人讳莫如深，因此他们的货色也只能是在暗处进行，关键是有时候还总会显得有所保留；其实此类人心里虽然也很了解他们对于自己的所言所行往往都不甚了解，但是在表面上却也总是装出其实他们知道很多但也许只是不想用言语表达的事理。而有些人看上去聪明，实际上全部是靠借助于面部表情及其手势，这类人就好像是西塞罗所形容的庇索[③]："当你回答说对于虐待表示不赞成之时，其中一道眉毛扬到了额顶，另一道则垂到了腮帮。"某些人会认为借助吹牛说大话和专横

---

　　① 　见《圣经·新约·提摩太后书》第 3 章第 5 节。

　　② 　引自罗马作家泰伦乌斯的喜剧《自责者》第 3 幕第 5 场。

　　③ 　鲁基乌斯·庇索，恺撒的岳父，任执政官时曾与保民官克劳狄乌斯一起控告西塞罗违法，使之流亡到希腊、马其顿等地，公元前 57—前 55 年担任马其顿总督，卸任后返回罗马在元老院遭到西塞罗的弹劾。下文的引言便引自西塞罗的弹劾之词（参见西塞罗《斥庇索》第 6 节）。

独断这种方式就可以显得自己聪明，而且还会进一步认为只要他们可以得到允许就应该会担任其根本没有能力胜任的职务。某些人对自己根本不明白的一切也是会装出鄙薄的样子，或者是将其认为是荒唐古怪之事睨而视之，认为这样做就会显得自己的无知其实很有见识。不管何事，任何人都有自己与众不同的看法，而且经常用诡辩去误导世人以便于回避正在谈论的问题；杰利乌斯曾经就为此类人下过一些定义，认为他们只是"用模棱两可的华丽词藻延误大事的白痴"①；对这类人的代表普罗蒂库斯，柏拉图也曾在其对话《普罗塔哥拉篇》中进行过讽刺，② 他让那个善于诡辩的人发表了一篇从头到尾都在利用与众不同的见解写成的演说。通常而言，此类人总是乐于持否定态度就在其审议任何提案之时，而且还希望可以凭借其持有反对意见和预言困难从中得到声望；因为就在提案被否决之后他们就会万事大吉，但是倘若提案已经被通过就必须要重新开始新的工作；类似这般骗人的聪明确实是国家大业的一大祸害。总之，这些不学无术者就像负债的商人和破产的阔佬一心想保住他们富有的名声一样只是一心想要保住的就是自己一直精明能干的名声罢了，但是倘若为了保住名声而玩弄过多的花招，后者与前者相比较那就是小巫见大巫。貌似聪明的人可能会凭其自身的某种手段大获名声，可是当政者万万不可以挑选此类人担任某种要职；因为不可以否认，就算是任用那种看似愚笨之人也要胜过任用这种徒有其表的聪明人。

---

① 这句话出自古罗马修辞学家昆提利安的《雄辩术教程》，而不是古罗马作家杰利乌斯笔下。

② 普罗塔哥拉和普罗蒂库斯均为公元前 5 世纪末至公元前 4 世纪初希腊智者派的哲学家，而智者派是柏拉图一生的主要政敌，他称该学派为诡辩派。

第 27 篇　论友谊

爱享受孤独的若非兽便是神,[1] 即使是讲这句名言的人只怕也无法再以其他精辟之言这样巧妙地将真理与谬误结合在一起了吧，因为在世人对社会所表现出来的与生俱来的、不曾显露的憎恶中必然会存在一些兽性，但是要是说内中也存在神性则是非常不准确的，除非那种憎恶之情并非出自享乐和孤独，而是出自人对另外一种更为崇高的生活的喜爱与憧憬；像这种更为崇高的憧憬在传说中多出现在异教徒中，譬如克里特岛人埃庇门笛斯与古罗马国王努马、西西里岛人恩培多克勒以及蒂尔那人阿波罗尼乌斯,[2] 在现实生活中则比较常见于古代的很多退隐之士和教会中的诸多神父。然而普通人往往不知道具体的孤独的含义，也不清楚孤独会随之蔓延；其实在爱心不存在的地方，熙熙攘攘的人群中并没有属于自己的伴侣，来来回回的面孔只不过是条画廊，而互相交谈也不过是铙钹作声罢了。此情此景有句拉丁格言可以进行描绘：一座都市就是一片荒野。原因在于都市之大使得身边的朋友分散，因此很多人因此难以找到生活在小镇上的那种纯真友谊。可是笔者应该可以更确切地肯定，纯粹而可悲的孤独就是没有真正的朋友在身边，这个世界上如果没有真正的友谊那么也只不过是一片荒野；然而就算是在此种意义上的

---

① 引自亚里士多德《政治学》第 1 章第 2 节。

② 埃庇门笛斯是公元前 6 世纪希腊的诗人、哲学家，传说他曾在洞里沉睡了 57 年；努马是古罗马王政时代的第二任国王，相传他曾在一个山洞里得到过仙女埃吉丽亚的教诲，从而创立了宗教历法和宗教礼仪；恩培多克勒是古希腊的哲学家，传说他跳进埃特纳火山口而死，因为这样突然消失会使世人以为他是神；阿波罗尼乌斯参见第 19 篇《论帝王》下的注释。

荒野里，倘若有些人生来就缺乏交友的倾向，那么相信他的天性是来自兽类，而并不是来自人类。

友谊可以宣泄积压的感情，使心情舒畅，这是其主要作用，然而喜怒哀乐的情感都可以使得情满欲溢的状态发生，人人都知道滞疴郁疾对人体会造成极大危害，应该要知道情感上的郁积基本上也就是这样。菝葜剂可以疏肝，铁质丸可以浚脾，硫黄粉可以宣肺，海狸香可以通脑，但是除了真正的友谊外，这个世界上再也没有什么灵丹妙药可以让其舒心；人只有面对知心朋友之时才可能将其忧伤、欢乐、恐惧、希望、猜疑、忠告，以及压在心头的任何感情进行吐露，这种方式就好比是一种教门外的对世俗的深切忏悔。

要知道帝王君王们对于笔者所谈论的这种友谊是多么地看重，世间之人肯定觉得不可思议，君王为何要对这种友谊如此地看重，而且还经常为求所得而全然不顾自己的生命之安全和身份之高贵。由于帝王与臣仆之间的地位有所悬殊，在他们之间本来不可以发生这种高贵的情谊，但是除非（为使之可能）他们将一些人的地位提升到差不多与自己平起平坐之时，可是这往往会带来很多麻烦。现代人称此类人是宠信或者亲信，好像对于他们职位的高升只是因为得到了君王的恩宠或者是同君王之间的关系过于甚密；可是在古罗马语中这种人被称为"分忧者"，这个名字更能准确地解释其自身的作用和高升的真正原因，因为只有为君臣分忧解难他们之间才会存在真正的友谊。世人应该可以清楚地看到，不止是那种软弱无能、多情善感的君主与臣下结为莫逆之交，而且还有那些具有雄才大略、能称霸于世的帝王，此类帝王也会常常与臣下交为挚友，而且彼此之间还会以朋友相称，并且允许其他人在非公开场合可以选择同样的方式进行互称。

在苏拉统治罗马期间将庞培提升到高位（之后还将"伟大者"称号授予他），后来导致庞培骄傲地称自己已经胜过苏拉；由于有一次庞培没有顾及苏拉的感受将自己的一个朋友提升到了执政官的位置，苏拉当时对此事有所不满，而且自此之后开始用帝王的口吻对其说话，但是庞培竟然对其发起愤怒，其实事实上还用命令的口吻让他不要开尊口；因为"崇拜朝阳的人比赞美落日的人会更多"①。恺撒也授予了德基摩斯·布鲁图可向其施加影响的身份，以至于前者竟然在其遗嘱中也指定他为继其甥外孙之后的第二顺序继承人，但是也正是这个人具有将其推向死亡的能力；原因是当恺撒已经认识到某些不好的预兆之时，关键是想到妻子卡尔普尼娅②所做的不祥预兆的梦，当正准备取消那次元老院会议的时候，就是布鲁图将其胳膊挽住，将其轻轻地从座椅上拉起，而且还说他不希望元老们会因为恺撒失望，更不希望恺撒等到其妻子做了好梦后再召集元老院开会；③ 这样的举动足以证明他是怎样的受宠至深，就好比西塞罗在一篇抨击安东尼的演说中全文引述的一封安东尼的信所讲述的那样，在该信中安东尼把布鲁图称作巫师，好像恺撒就是受到他巫术的蛊惑一般。出身低微的阿格里巴④曾经被奥古斯都擢升到高位，以致后来当他为了女儿尤丽娅的婚事问玛塞纳斯⑤之时，后者直接就说："既然你已经授予了他如此显赫的地位，那么倘若你不将女儿嫁给他那么就只能选择将其杀死，除了这样没有什么其他的路可以走。"塞雅努斯⑥曾在提比略当政时期爬到非常显赫的位置，以助于后来别人将他俩视为并称作一对朋友，提比略在一封写给他的信中读道："由于我们至深的友情，我从来没有将这些事情对你有所隐瞒。"⑦ 元老院还一致决定建座友谊祭坛，为了表示对他俩的伟大友谊的敬重，仿佛就像是为一位女神建的祭坛一般。塞维鲁与普劳蒂亚努斯之间

---

① 公元前 81 年，庞培率军从非洲胜利而归时，强迫苏拉在凯旋仪式上所说的话。

② 卡尔普尼娅：恺撒的第三任妻子。她曾劝阻恺撒不要去元老院，恺撒不听，结果遇刺。

③ 恺撒被刺前的详情可参阅商务印书馆 1995 年版《罗马十二帝王传》第 41—43 页。

④ 阿格里巴，平民出身的古罗马统帅，战功卓著，深得奥古斯都信任，两次出任执政官，并娶了奥古斯都之女为妻。

⑤ 玛塞纳斯：奥古斯都的密友和顾问，古罗马著名的政治家、文学赞助人。

⑥ 塞雅努斯：古罗马政治家、阴谋家，提比略的宠臣，长期担任禁卫军的统领，公元 31 年出任执政官；曾与提比略的媳妇莉维亚合谋毒死提比略之子德鲁苏斯，后因对提比略构成威胁而被处死。

⑦ 引自塔西佗《编年史》第 4 卷第 40 章。

的关系就好像上面说的，① 也可以说还有过之而无不及；由于塞维鲁的大儿子受其强迫娶了普劳蒂亚努斯的女儿为妻，而且还可以容忍普劳蒂亚努斯公开地侮辱自己的儿子；同时他还在写给元老院的一封信中说："吾对此人的感情至深，希望他可以比朕长寿。"② 倘若上面所说的诸位皇帝都可以像图拉真或马可·奥勒留③，那么在世人的眼里肯定会认定他们的行为是只是由于其本身天性太过善良，可是上面所说之人全都是属于诡计多端、威猛强悍、作风严谨并且实属极端自私之人，这些就已经足以证明了虽然说他们的大富大贵已经达到了世人无法估计的地步，但是他们还是会觉得有所缺陷，而这个缺陷只有朋友可以将之补充完整；还有不得不说明的是，这些帝王都是妻室儿女成群，但是这种天伦之乐还是没有办法取代友谊的地位。

在这里不得不说的是康明④对他的第一位主人勃艮迪公爵查理的评述，据说查理从来不会向任何人倾吐自己心中的秘密，特别是那些让他最为烦恼的隐秘。紧接着他又说道：查理的这种生活方式到后来损伤了，也可以说在某种程度上他的判断力被毁了。毋庸置疑，假如康明愿意，关于上面的评述他也完全可以一字不改地用于路易十一——他的第二个主人身上，就是因为这位国王守口如瓶也确实让自己的精神备受折磨。毕达哥拉斯那句三字格言虽然有点难理解但是却可以一语点破：勿食心（Corneedi-to）；倘若勉为其难地将其解释为可以被理解的话，那么其大体的意思就是没有朋友可以将自己的心迹吐露者实乃食其心者。但是其中还有一点更让人觉得不可思议（笔者就借此来结束关于友谊的第一种作用的讨论），那么就是在跟自己的朋友倾吐完心声以后会产生两种相反的结果，其一是使

---

① 普劳蒂亚努斯与前面提到的塞雅努斯情况类似，在塞维鲁当政期间担任过禁卫军统帅，后来因密谋篡位而被杀。

② 引自狄奥《罗马史》第75章第6节。

③ 两人都是罗马皇帝，在位期分别是公元97—117年和公元161—180年。其实，这两位皇帝同样穷兵黩武。

④ 康明（约1447—1511），法国著名的历史学家，曾先后在勃艮迪公爵查理、国王路易十一和查理八世手下任职。著有《回忆录》8卷。培根引用的评述选自该书的第5卷第3章。

欢乐加倍，其二便是使烦忧减半；因为凡是可以跟朋友共享快乐的人都会觉得更加的快乐，然而凡是将自己的忧愁向朋友倾诉者则会觉得忧愁减半。因此友谊对人心所能涉及的作用仿佛就像炼金术士的点金石对人体所起到的作用一样，原因就是点金石对人体所产生的作用也恰恰相反，可是它们却都具有好的性质。① 但是就算不替炼金术士鼓吹，平常也只是一种很明显的类似比喻，也就是说不管哪种物质之类聚都可以增强并且保持其本身的天然作用，但是同时也可以削弱并减轻外力所带来的影响；自然万物如斯，人之心亦然。

就好像友谊的首要作用对于感情是一种健康的升华一般，友谊的次之作用对于理智上的健全非常有益；友谊的力量之大不可随意估计，它可以将感情上的暴风骤雨转变成风和日丽，也同时可以把理智上的混沌暗夜变为朗朗晴空，类似这样的变化不可以只是被理解为由于得到了朋友的忠告；事实上在得到忠告之前，很多烦恼与苦难只要与朋友进行讨论分析，他也不至于一直苦闷，也会找到出路，在心智上也会更加开朗，以便于更容易表达自己的想法，对其自身整理思路会更加有帮助，而且还会意识到将自己的思想转化成语言时是何等样子，最后往往是会变得更加的明智。这就是所谓地一小时深谈就可以胜过自己一整天沉思。特米斯托克利②对波斯王讲了一番非常好的话，他说："语言就好像是展开的挂毯，所有的心象意念都在其图案之中显现；然而思想就好像是没有打开的挂毯，心象意念也只是被裹在里面罢了。"关于友情可以开辟人的思维这种说法，它也不单单只是局限在那些可以给予忠告的朋友（类似这样的朋友确实是很好），因为就算是没有这样的朋友，世人同时也可以听自己说话，也可以将自己的思想敞开，就好像磨刃于石一样对其进行深刻地磨砺，必须要知道此刃对砺石造成伤害。言而总之，就算是要随着一尊塑像或者是一幅绘画将自己的心声吐露，也不要选择闭口不言，将自己的秘密封闭。

---

① 传说中的点金石既可以使人延年益寿，又可以替人消灾去病，前一功用为加，后一功用为减，但都对人有益。

② 特米斯托克利（约前524—前460），曾担任古雅典执政官，政绩显著，后来被贵族派放逐，流亡至波斯，受到波斯国王的善待。

为了对友谊的第二种作用进行充分地说明，那么就让笔者再进一步言说那本身其实很明白但是平常人却没有办法说明白的一点，也就是朋友的忠告。来自赫拉克利特的一句晦涩的名言：Dry light is ever the best①。然而不用怀疑的是，与仅仅只是凭借自己的理解判断所得到的答案相比较，依据朋友所给予的忠告形成的看法通常更加的容易被接受，也更加完善，原因是由于一个人的理解力和判断力仅仅只能是停留在自己的喜好还有习惯当中。因此朋友给出的建议和自己的主张相比较总是会产生很大的差异，这就好像是朋友的忠告和谄媚的奉承者之间存在很大的差别；因为最喜欢奉承自己的人也就是自己，而可以医治这种自以为是的最好良药也只能是朋友的忠告而已。然而忠告一般可以分成两种，一类就个人的品行来讲，另一类就事业而论。关于品行这方面，朋友的真诚告诫就是让其心灵保持健康的最好药物。太过严于律己有时会难以避免太过尖酸刻薄，然而诵读劝善说教之类的书籍又似乎太过乏味，而借鉴别人很多时候跟自己又不太符合；因此最好的药（也是最有疗效且最易服用的药物）就是来自朋友的忠告。有些事情真的会让人觉得不可思议，很多先人（尤其是一些英雄豪杰）之所以会铸下大谬极误原因就在于没有能进忠言的朋友在身边，因此将自己的名声和好运毁了；因为他们这种人就好像是圣雅各说的那样，偶尔的也会照照镜子，可是一转身竟然就将自己的模样忘记。② 关于事业方面，只要一个人是愿意的，他完全可以认为一双眼之所见并不少于两双眼睛所能看见的，或者是说当局者总是比旁观者更为清楚，或者是正在发怒的人要比在心中默念过二十四个字母的人更加明智③，或者说步枪举在手上和放在架上射击的准确率一样高，言而总之，他为了证明自己便是一切的一切，就会竭尽所能发挥其幼稚而傲慢的想象能力，可是当这一切的进展过后，他就会发现唯有忠告才可以使事业朝着正

① 学者对这句话的解释存在很多争议，本书译者将此格言理解为"不带个人偏见的看法才是最明智的"。
② 见《圣经·新约·雅各书》第1章第23—24节。
③ 在培根生活的时代，英文字母只有24个，i和j，u和v尚未区别。另外，西方人认为在生气时只有默念一遍字母就可以平息怒火。

确的方向走。假如有人认为，他愿意接受忠告，可是只是选择零散的方法，也就是对一事同此人进行商议，遂于另一件事与其他人进行讨论；这种方法当然很好（跟完全不请教人相比较更好），可是他这样做就会冒两种风险：其一是有可能他不会得到真正的忠告，因为除了自己的挚友知交以外，很少有人在替自己出主意的时候不会为己之利做打算；其二是他得到的建议也许是出于好意，可是却不一定可靠甚至存在伤害，也就是说他得到的建议不但不是良药而且也可能是祸根。这就好像是你有病需要求医，找到了一位善于治疗你身患的疾病可是对于你的身体状况却毫不知情的医生，那么他也许会将你所犯之病医好，可是同时也将你的健康损害，这就是所谓的虽将疾病医好但是却杀害了病人。可是如果替你拿主意的人倘若是一位对你的事业很熟悉的朋友，那么他就会注意不要只是为了做好你眼前的事务而引起其他不必要的麻烦。因此对于零散的建议最好不要依赖，因为它们通常只会引起混乱而且误导你的思想，很少会对其起到稳定正确引导的作用。

除了上面所提到的作用之外（也就是除平息感情和加强理智之外），友谊还存在一种作用，然而这种作用就好像是石榴，属多籽水果；其比喻的含义就是这种作用在各种日常行为和各种场合均会常见。关于这一点，要生动地说明友谊给生活带来的种种好处，最有效的方法就是去生活中看看到底有多少事自己完成不了；得到证实之后就会觉得"朋友就是另一个自己"这种话说得有些谨慎，原因是一个朋友远远多于一个自己。生死难为天命，多少人在临终之时还有某件抛不开的心事，比如说子女生活的安顿、未完成的工作等等。可是假如临终者身边有位挚友，他就不会有诸如此类的担忧，因为他明白身后之事自会有人帮着料理；然而对于其所无法放下的事情来说，同时也可以说这个人的生命有两次。一个人只有一个身体，然而一个身体不能同时出现在两个地方，可是假如一个人在远方有位挚友，也就可以说那个地方为他和他的代理人提供了最好的办事场所，原因是他可以允许他的朋友在那里做事情。再者而言，人的一生到底有多少自己难以启齿或者不适宜开口说的事？比如有人不能既自己表功又要表现得很谦虚，对于自己的功绩大吹大擂更是不必言说；又比如有时候世人不可以低三下四地去央告或者恳求；这种不适合自己直接去言说的话实在太多，然而这些话自己说出就会很没有面子，但是出于朋友之口就会显得很体面。再者，一个人在社会中的所扮演的角色会令其有许多不可摆脱的关系，比如以父亲的身份对其儿子说话，以丈夫的身份对其妻子说话，与其仇敌说话的时候更是要考虑到自己的身份，不过要是朋友出面说话，这些事情便不会显得过于难以应付，根本不用考虑其本身与听话者有何关系。此类事例不胜枚举，所以笔者曾提及一条规则：如果一个人不能在某方面非常好地扮演其本身的角色，更悲哀的是又无一个朋友，那么他还不如从此不再上舞台。

第28篇　谈消费

　　赚钱就是为了消费，但是消费的过程应该要考虑荣誉和善行，就是因为这个原因，大笔花销必须要以其用途的价值大小作为衡量的标准，必须要知道有人为了祖国和为了天国甘愿破产；但是平常的消费必须要以个人的财产的多少为衡量标准，必须要考虑量入为出，不要受到仆人的欺瞒，而且要尽量地安排得合理恰当，使外人的估计要高于实际的花销。毋庸置疑，倘若一个人只是想要在收支上保持一定的平衡，那么他的平常花销应该是他收入的二分之一，但是假如他想变得更加富有，那么其平常的花销则应该是其收入的三分之一。做大事的人问到并清查自己的财产并不会认为有失身份。然而有些人却避免这种举动不单单是因为疏忽，更多的是担心别人发现自己破产而平添忧愁；可是假如身体有创伤但是却不进行检查，那么就更不用说治愈这种病。不对自己的财产进行盘查的人必须要用人得当，而且还要经常辞旧雇新，因为雇佣新的家仆多畏怯而少奸诈。不对自家财产经常进行盘查者必须要对自己的收支有个明确的规定。如果在某一方面的花销太大的人必须要在另一方面做到节约，就比如说膳食费用较高者必须在穿衣方面做到节省，而在居室的建设上耗资巨大者必须要在马厩上减少花费；因为如果到处花钱都是大手大脚就难免会造成入不敷出的情形，造成家族败落。将债务过快地清偿跟任其延误的时间过久所造成的危害一样，原因在于急于便宜地推销常常跟多付货物利息一样都会带来严重的亏损。关键是选择一次清偿债务的人比较容易走借贷的老路，由于他发现当自己将困境摆脱之后很可能会旧态复发；可是选择慢慢还清债务的人通常会养成节省的良好习惯，然而这种方式对他的头脑和家业都会带来很大的利益。想要将自己的家业振兴的人固然不可以忽略小细节，必须要知道节省不必要的开支常常要比屈尊以求小的利益更为实际。而对于一旦选择开始就会持续的长期性支出必须要谨慎行之，可是对于一次性消费就不必考虑太多。

第 29 篇　论国家之真正强盛

　　虽说雅典人特米斯托克利所说的话由于过于炫耀自己的功绩而显得极为自傲，但是却历来被当作真知灼见而且普遍适用于世人。在一次宴会上，有人请他弹琴，他答道："我虽不精通琴艺，但是却擅长将小城变成大城。"① 只要稍稍凭借隐喻之法，这些话便能表明政府中人具有两种不同的才能。因为如果对从政者做一番仔细的检查，世人就会发现，在这些人当中（少数人）能把小国转变为大城的人没有一个擅长琴艺，然而大多数对于琴艺精通的人不但不具备把小国变成大邦的能力，相反，具有一种相反的能力——那就是可以将一个繁荣昌盛的国家引向灭亡。然而不用怀疑，既然有那么多的官员就是凭借这种已经蜕化的能力跟本事让君王们喜欢之同时也赢得百姓的赞扬，那么这样的功夫本事除"弹琴"之外就不配再有更好的称呼；原因在于这种旁门左道的雕虫小技只是可以引起世人的一时喜欢，暂时让玩弄者觉得自己体面，可是他们对于国家之繁荣进步根本没有任何帮助。当然其中也有些政治要员可以被称作"称职"，他们可以合理地处理国家事务，避免其陷入危险之境地还有不必要的麻烦，但是其本身却远远没有能力将此国家的国力增强，使得国库充裕，使得国运更加昌盛。但是官员们究竟是何等之人暂且不用关心，笔者在这里只涉及国事的大事本身，也就是谈谈一个国家真正强盛的原因还有其强盛之道。这是一番值得雄主明君阅览

---

　　① 普鲁塔克在其《希腊罗马名人列传》中记载，特米斯托克利非常爱慕虚荣，只要抓住机会就自夸自耀，常常在公民大会上显示自己的功劳；这里的引言就是出自《列传》中的《特米斯托克利篇》第 2 章第 3 节。

的议论，其中的目的有两个方面，其一是让君主们不要因为太过高估其势力从而对徒劳的计划过分热衷，其二是让他们别因太过低估自己的能力而屈从于怯懦的提议。

一个国家的疆土大小可以通过测量得知，每年的收入多少可以经过计算而知晓，人口数量的多少可在户籍名册上查明，在舆地图表上可查阅城镇的数量；但是在国政事务之中，对于国力上强弱的判断仍然是最难做到准确无误并最容易出错的一个重点难点。天国的概念没有被比喻成任何硕大的果核，然而只是被比作一粒芥子，芥子的体积相对于其他种子都显得小，可是却具有生长速度快、蔓延广的特征和活力。① 因此这些国家虽然疆域辽阔，但是却不容易将其领土扩张或者控制其他国家；然而有些国家虽然只有弹丸之地的大小，但是那弹丸之地却造就了成为庞大帝国的基础。

假如一国之民缺乏英武骁勇的气概，那守城、武库、骏马、战车、巨象和大炮之类也只不过是披着狮皮的小绵羊而已。假如一国之兵没有了战斗士气，那么就算有再多的军队也没什么作用，就好像维吉尔所说："狼从来也不在乎面对的羊在数量上是多是少。"② 当年埃尔比勒平原上的波斯军队就好像是一片人海，因此亚历山大军中的将领见到这种景象也会有几分惊惶，他们进谏亚历山大，期待他可以下令进行夜间偷袭，但是亚历山大却说他不想用这种方式获得胜利，然而结果是马其顿人很轻松地将波斯军队击溃了。③ 亚美尼亚国王提格拉尼一世曾经率领四十万大军在一山头驻守，当他看见前来进攻的罗马军队仅仅只有一万四千人时，他暗自笑道：来的人倘若是个使团那么人数太多，但倘若是支军队那么人数就太少；可是在那天太阳下山之前，他竟然发现来的人已经足以将他的军队屠宰并追得他丢盔弃甲。④ 像这种以气战胜数量的战例数不胜数，所

---

① 见《圣经·新约·马太福音》第 13 章第 31—32 节。
② 引自维吉尔《牧歌》第 7 首。
③ 这里叙述的是公元前 331 年的埃尔比勒战役，亚历山大大帝在此役中以少胜多彻底击败了大流士三世。
④ 这里叙述的是史家所谓的"第三次米特拉达梯战争"中的一次战役，执政官卢库鲁斯是罗马军队的统帅。

以世人可以肯定地说，一个英勇善战的民族是每个国家强大的关键。但是有的人却浅薄地以为战争的力量就是靠金钱，有所不知的是士兵双臂的力量倘若因为民族的卑微柔弱而渐渐消退，那么金钱也不能注入战争的力量。当克罗伊斯①兴致勃勃地向梭伦②炫耀其黄金时，梭伦曾经很善解人意地对他说："陛下，倘若有他人来过这里，且来者的钢铁比你的更硬，那么这些黄金的新主人就是他。"因此而言，倘若本国军队不是全部是由优良品质而且英勇善战的国民组成，每一个君王或者政府都可以过高地估计其自身的国力；可是另一方面，倘若一个国家的臣民拥有尚武的性格，这个君王就可以很自信地夸耀自己的力量，除非他的臣民在其他方面有所或缺。对于用钱从国外招兵买马这种行为，虽然说这也可以充当一种补救措施，可是所有的事实都证明，依靠这种力量的国家或君王也只能是一时得意，不可能会一直威风。

犹大和以萨迦的使命不可能会重合，同一个部族或民族根本不可能既是威武的狮子又是担任负重的驴子；③ 与之有相同之理，一个勇敢尚武的民族不可能会是一个赋税过重的民族。可是征得国民代表的同意的征税对士气民心影响不会太大这是不用争执的事实，荷兰的国内货物税④很明确地证明了这一点，英国的王室特别税⑤也在某种程度上可以说明这一点。读者不得不注意的是，这里讨论的并非钱包问题而是民气问题；因此虽然说自愿缴纳或强迫征收的税款都是来自同一个钱包，可是对民心士气的影响却有着截然不同的影响。因此可以得到下面的结论：帝国的臣民不应该担负太多的捐税。

那些旨意在于强盛的国家必须要注意，不要让本国的贵族和缙绅的增长速度过快；如果那样做只会使平民阶级逐渐沦为萎缩不振

---

① 克罗伊斯：吕底亚国的末代国王，靠敛财成为巨富。

② 梭伦（约前638—前559），古雅典政治家、诗人，"希腊七贤"之一，曾担任过执政官，并进行积极的政治改革（即"梭伦立法"），任满后出国旅行，到达小亚细亚。

③ 犹太人的祖先雅格在临终前把儿子叫到跟前，预言他们及其后代的命运。他说，犹大将是威武的狮子，以萨迦将是负重的驴子。参见《圣经·旧约·创世记》第49章。

④ 一种用于国家和军队开支的间接税。当时西班牙对荷兰的威胁还没有完全消除，荷兰人民同仇敌忾，所以无人抱怨这项税收。

⑤ 由英国议会征收的、用于给王室发放特殊津贴的一种税收。

的雇农和贱民，事实上就是上流阶级的奴隶。萌芽林之培养更能证明这种情形，倘若你将优势树苗栽种太过严密，那么你永远也别想见到中间木或者被压木，原因是优势木下只会生长灌丛荆棘。因此如果一国的缙绅数量过多，自由民的地位就会变得低下卑微，那么所造成的结果将是百人之中难有一人宜戴军盔，也就更别说充当步兵，然而步兵乃是一国军队的主力，民众而势微的情形就会在那时出现。英法两国间的比较就是笔者以上所论之最好的例证，法国的疆土和人口都要远远地超过英国，但是英国一直就是法国最强大的对手，因为就是英国的中产阶级可以创造优秀的士兵，然而法国的乡农村夫根本就无法实现。英王亨利七世关于这方面的计策也可以说是深谋远虑，很值得赞扬（关于这点笔者在拙著《英王亨利七世传》中已经有很详细的论述）；在农庄和牧户之间制定一个严格的标准，也就是给他们保留一定比例的土地，保证他们的生活在富裕的条件下，而并不是在奴隶一般的情景中，而且还要使耕者都有自己的耕田，而并不只是雇农；① 这般励精图治，国家就可以达到维吉尔所形容的古意大利的国家盛况：一个有着强兵沃土的国家。②

还有其中一个社会阶层也不能被忽略（根据笔者所知道的，这个阶层几乎只有英国所具有，可能还存在于波兰，除了这里在任何地方都不存在），笔者这里指的是贵族和缙绅家中具有自由民身份的仆从阶层，原因是论从军打仗，他们与自耕农子弟相提并论也毫不逊色；因此毋庸置疑，贵族豪绅家所习惯的大方阔绰、善于好客及使用大批随从的确对恢宏尚武精神很有帮助；与之相反的是，贵族豪绅家如果采用的是节制的封闭生活方式那么就会导致兵源的匮乏。

不管怎么说也必须让尼布甲尼撒梦中那棵王国之树的树干有足以承受其枝叶的健壮之躯；③ 这个比喻是在说该国统治的异族臣民须与本国之本土臣民要形成合理的比例。因此那些对于异族臣民的归

---

① 15世纪末开始，由于"圈地运动"的盛行，很多的英国农民被迫离开家园，沦为流浪者。这造成了严重的社会动荡和兵源锐减，为此亨利七世于1489年颁布了《反圈地条例》，以保护农民耕地，限制牧场规模。

② 引自维吉尔《埃涅阿斯记》第1卷第531行。

③ 见《圣经·旧约·但以理书》第4章。

化都是保持开明态度的国家都会比较容易成为帝国。所以不难想象，一个渺小的民族虽然可以因为其本身智勇绝伦而荣获广大的土地，但是它也只能是维持一段时间，时间久了就会崩溃。斯巴达人对于外族人的归化问题一直是保持着歧视态度，因此当他们固守本土时可以坚不可摧，但是如果对外扩张其本身就会不堪重负，最后的结果也只能是像风吹果落一样突然灭亡。关于接纳外族人入籍这件事情上，没有一个国家可以同古罗马相提并论，所以罗马人的生活才会一帆风顺，逐渐演变成世界上最强大的帝国。他们最直接的方法就是授予外族人罗马国籍（他们称之为公民权），而且是最完整地授予，不但要授予其财产权、通婚权和继承权，而且还要授予其选举权和被选举权，这种合法的权利不但是向个人授予，而且还向整个家庭、整座城市授予，有时甚至会是整个民族。还有就是罗马人习惯于殖民，将罗马本土的籽苗移到异国他乡的土壤中进行栽培，而且还会将其不同的习俗合并，所以可以说并不是罗马人在向整个世界扩张，而是整个世界在向罗马蔓延，这便是最强大的治国之道。笔者很多时候还会对西班牙感到惊异不已，不知道是什么原因使得数量少得可怜的西班牙人可以获得并保持那么大的宗主权；但是西班牙本土确实是一株巨大的树干，跟罗马和斯巴达兴国之初相比较更胜一筹。除了这些，虽然说他们从来没有让其他民族的人自由入籍的惯例，可是他们却有一种仅次于授予国籍的方法，那就是他们几乎一视同仁地招募各个民族的士兵，甚至有时候还会选择异族人担任高级将领；不但这样，在西班牙国王刚颁布的国事诏书中可以看出，他们这个时候好像已经意识到了本土人丁不旺的缺陷。①

不用怀疑，凡是需要在室内长时间坐着的技术性工作（只需动指头而不需要用臂力的）跟精巧细工在本质上与军人的性格格格不入。一般说来，崇尚武力的民族看上去似乎都有些懒散，都很喜欢冒险而且不喜欢劳动；但是倘若要对他们的尚武精神一直保持下去，那么就不应该过分改变其自身懒散的习惯。因此古代的斯巴达、雅

---

① 西班牙国王腓力四世在1622年颁布国事诏书，规定要鼓励结婚，优待有6个孩子以上的家庭。

典、罗马诸国都使用奴隶，这种方式无疑是对他们最大的好处，因为那些既浪费时间而且对强身无益的工作通常都是让奴隶去完成。可是介于基督教的戒律，蓄奴制基本上已经不复存在。当今与蓄奴制比较近似的做法就是将上述所为留给异族人去做（异族人也就有了更易于在移居国容身的理由），因此就会把绝大多数本国平民局限在三种职业上，其一是有耕地的农夫，其二是享有自由民主身份的仆从，其三是比较适合男子汉充当的工匠，例如铁匠、木匠和砖瓦匠等。这里并没有涉及职业军人。

可是如果想要成为真正强大的帝国，非常重要的一点就是国家必须公开承认崇尚武力从事军业属于最大的荣耀、最高的目标和最佳的职业；因为上面所讲的那些都只不过是进行战争的能力而已，可是如果没有目标跟行动，有能力又能怎样呢？根据罗马人的传说，罗穆卢斯在升入天堂之后曾经给过他们一道神谕①，对他们说最重要的事情是权力效法于战争，这种方式就可以成就世界上最强大的帝国。斯巴达国家的组织结构②完全是为了达到适应扩张帝国的目的（虽然说那种结构并不明智）。波斯人和马其顿人曾经一度地建立起庞大的帝国。高卢人、日耳曼人、哥特人、撒克逊人、诺曼人以及其他一些民族也都曾经强盛一时。直至今天土耳其人仍旧还有奥斯曼帝国，虽然其国势已经大大的衰微。现如今在欧洲的基督教国家中，实际上拥有帝国势力的只有西班牙；③ 但是每个人都是在其本身最专注的事业上获得利益，这种现象很明显，没有必要继续啰嗦。笔者只是需要指出：倘若一个国家不直截了当地宣称自己崇尚武力，那么就永远也别指望会有强盛的一天；还有一方面，（就好像古罗马人和土耳其人那样）一直坚持不懈地挑起事端，每一个国家都会产生奇迹，这就是时间给予的一道最为可靠的神谕；关于那些只是在某个时间段崇尚武力的国家，虽然说它们往往只是会在这个时期荣

---

① 罗穆卢斯相传是战神马尔斯的第三个儿子，是罗马城的创建者，"王政时代"的第一个国王。这里提到的神谕一事，参见李维所著的《罗马史》第1卷第16章。

② 如"双王制"结构，一个国王专门管理国内事务，一个国王专门带兵打仗。

③ 当时，不仅美洲的墨西哥、秘鲁、智利、哥伦比亚、西印度群岛和亚洲的菲律宾群岛是西班牙的殖民地；而且在欧洲，西班牙也是绝对的霸主。

获强盛国家的地位，可是这种荣誉就算是其军事能力已经衰弱，同样也可以起到保护它们的作用。

随之而来的要点则是一种需要，也就是说国家的需要应该有可以提供（可以说出口的）战争理由的法律或者是惯例，因为正义感人生来就具有，因此倘若没有某些至少应该是显得公正合理的理由，普通的人们往往是不会投入（将会造成无穷灾难的）战争。土耳其人常以传播其宗教为由兴师征战，那是他们随时都可以使用战争借口。罗马人虽说把拓展帝国疆域视为建此大功的统帅们之殊荣，但他们并非只凭这一个理由对外发动战争。鉴于此，欲尚武图强的国家须做到以下两点：其一是对他国施加于本国边境居民、过境商人或外交使节的无礼行为要非常敏感，并且对如何处置挑衅不可讨论太久；其二是随时准备以最快的速度出兵援助盟国，就像当年罗马人所做的那样；当年罗马人的原则是，若一受外敌入侵的盟国与其他国家也订有防御盟约并分别向多国求援，罗马人的援军总是最先赶到，绝不把这份荣誉留给他国。至于古人为了某党某派或某国的政府性质而进行的战争，笔者也不知如何证明其理由正当；如罗马人为希腊的自由而进行的一场战争①，又如斯巴达人和雅典人为在希腊各城邦建立或推翻民主政体或寡头政体而进行的战争②，再如一国或以主持公道、或以提供保护、或以解救他国受专制压迫的国民为理由而发动的战争等等。总而言之，凡不敏于找兴兵之由的国家都别指望强盛。

人体不运动不健壮，政体不运动不强盛；而对国家来说，师出有名的体面战争无疑就是最好的运动。国内战争固然如同感冒发烧，可对外战争的确就像运动发热，有益于保持身体健康；因为在歌舞升平中，民气易变阴柔，民风易趋堕落。但不管尚武对升平康乐有何影响，它对国家之强盛都有利无弊；它可使国家保持一支常备军，虽说维持一支劲旅耗资不菲，但它通常能使一国对邻国发号施令，或至少在邻国中保持强国的名声。此例可见于西班牙，它在欧洲各

---

① 即公元前 200—前 197 年的第二次马其顿战争。

② 即公元前 431—前 404 年的伯罗奔尼撒战争。

地驻扎精兵差不多已有一百二十年历史。

　　拥有海上霸权是一个强国的象征。西塞罗在致阿提库斯的信中曾谈及庞培准备对付恺撒的计划，他说："庞培的计划显然是特米斯托克利当年采用的策略，因为他认为谁控制了海洋谁就控制了一切。"而毫无疑问，若庞培不因过于自负而弃舟登陆，他肯定能拖垮恺撒。① 海战之重大影响世人皆知。亚克兴战役决定了罗马帝国的归属。② 勒班陀海战③则抑制了土耳其人的扩张。以海战决战争胜负的例子不可胜数，这固然是因为各国君王或政府历来就推崇并依赖海战。但至此可以肯定的是，拥有海上霸权者也拥有了战争的主动权，战与不战或战多战少均可随心所欲；而那些只拥有强大陆军的国家仍常常陷入进退维谷的境地。不可否认，当今之欧洲占有极大的海上优势（这种优势亦是大不列颠王国得天独厚的一个方面），这一是因为欧洲国家多半不是内陆国，它们的国界大多濒海，二是因为东、西印度④的财富似乎在很大程度上只是海上霸权的附属品。

　　与古代战争赋予军人的光彩荣耀相比，现代战争都未免显得黯然失色。如今也有些为鼓舞士气而设立的骑士称号和勋位，但却往往被不加区别地授予军人和非军人；此外也许还有诸如荣誉纪念册和伤残军人医院之类的东西。然而在古代，他们有在战场上竖起的纪念碑，有在葬礼上吟诵的追悼颂词，有为阵亡将士建立的纪念馆，有奖给个人的花环和花冠，有后来被各大国君主借用的 emperor⑤ 这

----

　　① 公元前 48 年，庞培在"法萨罗战役"中被恺撒打败。史家认为庞培失败的原因是指挥不当和贻误战机，因为当时他的势力优于恺撒，决战时尚有 60 艘舰船停在海上没有动用。

　　② 亚克兴战役发生在公元前 31 年，屋大维取得了这次战役的胜利，成为罗马帝国的第一仕皇帝（即奥古斯都）。

　　③ 勒班陀海战发生于 1571 年 10 月，西班牙、威尼斯联合舰队在这次战役中打败了土耳其舰队。

　　④ "东印度"是西方人使用的一个不确切的地理名称，指印度、印度支那半岛、马来半岛和马来群岛地区；"西印度"是因为哥伦布航行终点的偏差而产生的一个地区名，指现在的南、北美洲地区。

　　⑤ 古罗马士兵在打胜仗之后习惯向统帅欢呼"imperator"（英语译作 emperor，意为统帅或凯旋将军），奥古斯都创建帝国以后将此称号当作终身的头衔，此后这个字的意思便成了"元首"或"皇帝"。

一称号，有将帅们班师时的凯旋仪式，还有遣散军队时的慷慨赏赐。这一切都能激发士兵们的勇武精神，但其中最值得一提的是古罗马人的凯旋式，那种仪式并非显摆或炫耀，而是曾有过的一种最为明智且高贵的习俗；因为凯旋式包括三项内容，一是给凯旋将军以荣耀，二是用战利品充实国库，三是给士兵们以赏赐。不过这种荣耀也许不适合君主国，除非得到这种殊荣的人是君王或其子嗣，这与罗马帝国时代所发生的情况非常相似，君主们将凯旋式占为己有，凯旋式专为自己与儿子们获取的胜利举行，而那些班师回朝的将领只能得到凯旋服装。

总之，尽管（就像《圣经》所说）人再操心也不能让其躯体长高一寸①，但是对于国家政体来说，君王或政府的能力却能让国土更广阔、国势更强盛；因为只要贯彻实施了上文所谈到的那些谋略、规则与惯例，他们就能为后世子孙留下强盛的种子。可惜这类大事往往不受重视，唯有任其听天由命。

---

① 见《圣经·新约·马太福音》第6章第27节。

第30篇　谈养生之道

　　此道中有一种医家规则没有包含的智慧。什么有益健康，什么会伤身体，人对此的自我观察才是保健之最佳良药。不过更安全的观察结论应该是"这于我不甚相宜，所以我将弃之"，而不应该是"我觉得这对我无妨，所以我要用之"。须知少时的血气方刚往往纵容过度行为，而行为无度终将欠下一笔年老时须还的旧债。应该意识到年龄的增长，别老想做事不减当年，因为岁月毕竟不饶人。对主食之骤然改变须非常谨慎，如果非改不可，则副食品亦须有相应改变；须知自然之道和治国之道有一个相同的秘诀，即百事之更新比一事之鼎革更为安全。[1] 应经常审视你衣食住行等方面的习惯，若判定某种习气有害，则须设法逐渐将其戒除；但若发现因改变某习性而引起不适，你也不妨故态复萌；因为很难区分何为公认的有益于健康的习惯，何为对你个人有益并相宜的习性。日常生活中应该无忧无虑，自得其乐，此乃延年益寿的秘诀之一。至于人之所感所思，当避免嫉妒、焦虑、忧愤以及过度欣喜和暗自悲伤，亦当避免思其力之所不及、其智之所不能。应该让心中怀有憧憬，怀有并非狂喜的愉悦和并不过量的多种情趣，并怀有仰慕和惊叹以及由此产生的新奇感；还应让头脑中充满庄重而多彩的思考对象，如历史、神话以及对自然的研究。若你从不用药物维护健康，当你一旦需用药物时身体将不适应；而若你平时使用药物太多，生病时用药则不会有显著疗效。笔者赞成按季节变换食品，而不赞成经常服用药物，除非服药已成为一种习惯；须知营养食品对身体多有调护而少有伤

---

[1] 马基雅弗利《论李维》第 1 章 26 节中有言："新君即位须革新百事。"

害。对身体的异常情况不可掉以轻心，而需及时请医求诊。生病时应注重调养，健康时应注重锻炼，因为平时注重锻炼者患微恙一般都不必求医，只需注意饮食和调养便可痊愈。塞尔苏斯若非一个哲人而只是一名医生，那他就绝不可能把以下见解作为健康长寿的要领：人应交替采用截然不同的生活方式，不过应倾向更宜人的一种，如时而节食时而饱餐，但更多的是饱餐；时而熬夜时而早眠，但更多的是早眠；时而静养时而运动，但更多的是运动；① 诸如此类，不一而足。这样生理机能可得到呵护，同时亦可防止疾病。有些医生对病人的脾气过于迁就，以致不坚持正确的治疗措施；有些医生则过分遵循医书药理，以致对病人的体质情况不予充分的考虑。应该请那种介于这二者之间的医生，若此等良医难觅，则各请一名综合之。最后别忘了，有病时既要请医道高明的名医，又要请熟悉你身体状况的大夫。

---

① 塞尔苏斯是公元 1 世纪时的罗马医学家，著有《医学篇》流传于世，该书被公认为一部优秀的医学文献。培根这段话引自《医学篇》第 1 章第 1 节，但与塞尔苏斯的原义有很大出入。

第31篇　说疑心

疑心就像蝙蝠一样，总现身于傍晚。不用怀疑，疑心应当被消除，最起码也要受到压制，因为它会使大脑看不清真相，对友谊造成破坏并妨碍公务，从而令事业发生阻滞。疑心令君王容易施行暴政，令丈夫容易产生嫉妒，并令聪慧之人也迟疑不决，抑郁难安。疑心不是心病，而是脑疾，因为甚至是性情最坚韧的人也会生疑，譬如英王亨利七世。若说疑心之重与性格之坚，没有谁都比及亨利七世，而如果具有此种禀性，疑心便不会产生多大危害；因为具有此种禀性之人往往不会轻易相信自己的猜疑，而是认真予以审视，辨别猜疑是真是假。然而对于软弱之辈而言，一旦生疑，其疑心就会迅速滋长。最易令人产生疑心的事就是对实情不甚了解，因此要想消除疑心就应对情况多加了解，而不应让疑虑笼罩在浓雾里。世人为何要多疑呢？难道他们以为他们所雇所交之人都该是圣贤？难道他们以为别人就不应该替自己打算？难道他们以为别人不该更忠于自己而该更忠于他们？由此可见，减轻疑心的最好办法是一方面把疑点视为真从而加以提防，一方面又将其视为假从而对疑心加以抑制；因为此人只应将猜疑用作一种防范措施，应想到所疑之事即便是真，它也有可能不造成任何伤害。头脑中自然滋生的疑团不过是嗡嗡蜂鸣，然而由谣言人工合成的疑云常常却长满螫刺。消除此种疑云，最好的方法莫过于坦诚地向被怀疑者说出自己的猜疑，如此一来疑者一定会更加了解被疑者，同时也能令被怀疑者日后注意，不要再由于言行不慎而遭人怀疑。不过坦率言之不适合生性卑劣之人，因为这类人只要发现其成为被怀疑的对象，他们自此便会永远虚伪。意大利人常说"疑心乃忠诚之护照"，好像疑心确实是忠诚离去的通行证一样；实际上疑心更应当激发忠诚者证明其不可怀疑。

第32篇 谈辞令

某些人在言谈中更欣赏能自圆其说的趣言妙语，而不注重可辨明真伪的判断能力，仿佛值得赞赏的应该是知其所言，而不应该是知其所思。某些人熟谙老生常谈，并善于就此高谈阔论而少有发挥，这种贫乏之辞多半都单调沉闷，而且一经察觉会显得荒唐可笑。善于辞令者的可贵之处在于能提起话头，缓和话锋并转移话题，这种人可谓是交谈的指挥。言谈话语最好能有抑扬张弛，如在时事中加以论证，在铺叙中加以推理，忽而提问忽而酬答，有时调侃有时认真，因为老用一种腔调平铺直叙会令人感到乏味，就如人们时下爱说的"简直没劲儿"。说到调侃，须注意有些事不可成为调侃的对象，如宗教、国务、伟人，以及任何人的当务之急和任何值得同情的病症；然而有些人以为言辞不刻薄就不足以显示其风趣，这是一种应加以制止的倾向，小伙子哟，请少用鞭子，多拉缰绳。① 况且一般说来，听话人应该能辨出何为风趣何为尖刻。所以好冷嘲热讽者固然会使别人怕他的妙语，但他也肯定有必要担心人家的记忆。交谈中善于提问者不仅自己会获益匪浅，而且可使他人也得到满足，尤其是当他针对别人的专长提问之时，因这样他就使别人乐于开口，而他自己则可不断地获取知识；但所提的问题不可太难，因为太难的问题只适合老师考学生。若作为席谈的主人，务必保证让人人都有说话的机会，如果有人谈锋过健，悬河滔滔而不绝，就应设法转移话题，引其他人加入交谈，就像当年乐师们对付加利亚舞舞迷所

---

① 引自奥维德《变形记》第2章第127行。

做的那样①。若对别人确信你懂得的事偶尔佯装不知，那下次你对不懂之事保持沉默别人也会以为你懂。交谈中应少提自己，提及时应出言谨慎。我曾认识的某人爱说一句风凉话，曰：过多言及自己的人肯定是智者。只有在一种情况下人可以既称赞自己又不失体面，那就是在谈另一个人的优点之时，尤其是所谈的那种优点说话人本身也具有。议论应尽量避免针对具体的个人，因为交谈应像一片原野纵横阡陌，没有直达某人家的专道。我曾认识两位贵族，都是英格兰西部人，其中一位有嘲弄人的癖好，但却爱在家中设华宴款待宾客；而另一位则爱问去过他家的赴宴者："请说实话，难道席间没人被他讽刺挖苦?"客人们常常回答有诸如此类的事情发生，于是问话的一位常说："我早料到他会糟践那桌佳肴。"慎言胜过雄辩，所以与人交谈时，话语中听比妙语如珠或有板有眼更为重要。善滔滔大论而不善酬答显反应迟钝；善应酬答对而不善侃侃长谈则显浅陋单薄。就像世人在动物界所见，不善久奔者多敏于腾挪转身，一如猎犬和野兔之分别。谈要点之前铺陈太多会令人生厌，但毫无铺陈又显得生硬。

---

① 加利亚舞是一种轻快的三节拍双人舞，跳舞者往往非常投入、乐此不疲，所以乐师们会主动切换舞曲以调节氛围，照顾众人。

第 33 篇　谈殖民地

　　建立殖民地是古之先民的一项英雄业绩。① 在世界风华正茂之时，它生了很多孩子，然而现在世界已经老迈，生育的孩子也很少，所以笔者不妨把新建殖民地看作老牌国家所生儿女。依照我的看法，在处女地上建立殖民地是再好不过了，这样就不会由于殖民的缘故而根除土著居民，因为那种做法是屠民而非殖民。建立殖民地好比人工造林，一定要考虑到投资二十年后才能获得利益。很多殖民地之所以毁灭主要是因为在殖民之始就想着马上有利可图。当然也不能完全不想在殖民初期获利，不过限度是要与殖民地的良性发展相符合，一定不能超过这个限度。

　　将泼皮无赖和罪犯送往殖民地做居民，这种做法不仅可耻可恶，而且将对殖民地造成损害。因为那种人将继续过其败类的生活，终日游手好闲，不务正业，滋事启衅，白耗粮食，并很快又玩得不耐烦，于是便写信回母国败坏殖民地的声誉。殖民地的首批居民应该是一些园丁、农民、小工、铁匠、木匠、渔夫、猎手，以及少量的厨师、医生、药剂师和面包师。初到一殖民地区，首先应考察当地出产什么可食之物，如栗子、胡桃、菠萝、橄榄、枣椰、梅子、樱桃和野蜂蜜等，并对这些现成食物加以利用；其次应考虑在当地种植生长周期较短的一年生作物或蔬菜，如欧洲萝卜、胡萝卜、芜菁、洋葱、四季萝卜、洋蓟和玉米等等。至于小麦、大麦和燕麦，它们费工太多，但不妨先种些豌豆和蚕豆，一则它们费工少，二则它们

---

　　① 譬如，公元前 8 世纪至前 6 世纪，希腊在国外建立了众多的殖民城邦；罗马共和国与罗马帝国所建的诸多行省其实也是一种殖民地。

既可鲜食又可做面包；稻谷也生长极快，而且也是一种主食。不过最要紧的是运去足够的饼干、燕麦片、面粉和玉米粉等食物，直到能在当地生产出面包为止。至于家畜家禽，主要应选带那些既不易生病又繁殖迅速的品种，如猪、羊、鸡、鹅、火鸡和家鸽等等。殖民地初期的食品消耗应和围城中的情形一样，即按一定标准定量分配；应把菜园和玉米地出产之大部作为公共储备并善加储存，然后按计划比例进行分发，上述园地不包括个人为自家用度而不得不开垦耕种的零星土地。同时应考虑开发适于殖民地土壤生长的经济作物，以期在某种程度上减轻殖民地的负担，但不可像前文所说的那样急功近利，从而不合时宜地损害主业，就像在弗吉尼亚种植烟草的结果那样。① 殖民地通常都有丰富的森林资源，故木材可作为一种经济产品；若森林茂密处有铁矿和适宜建厂的河流，炼铁也不失为一种经济产业；在气候允许的地方可尝试生产海盐；任何纤维作物都有潜在的开发价值；松杉茂密的地方不会缺乏树脂和焦油；药材和月桂亦不会不产生极大利润②；另外白蜡树和其他物产也可以考虑开发；但勿花太多精力在地下折腾，因为发现矿藏的希望极其渺茫，而且探矿往往使移民懒于其他劳作。

说到殖民地的管理，应由一人总督，若干顾问辅之，而且应授权殖民地政府在必要时实行有限的军事管制。尤其重要的是，要让移民们获得身居旷野的那种益处，让他们觉得上帝及其佑助时时刻刻都近在眼前。③ 殖民地的管理不可过多地依赖母国的受托管理人和特许承包人，这种人的数量应有限制，而且最好是贵族缙绅而非商人，因为商人总是只顾眼前利益。在殖民地巩固之前，不应对其征

---

① 1584 年，英国在北美建立弗吉尼亚殖民地，开发该殖民地的公司一心想迅速发财，只准移民种植和加工伦敦市场需要的产品，却不让他们种植生活必需的农作物。1612 年，该殖民地发现了加工弗吉尼亚烟叶的方法，第一批烟叶于 1634 年运抵伦敦，烟草虽成了弗吉尼亚的主要财源，但同时也制约了其他方面的发展，如种烟的土地几年之后就变得非常贫瘠，农民不得不经常移居，到培根写这篇文章时，弗吉尼亚殖民地尚没有一座城镇，连所谓的首府詹姆斯敦也只有几户人家。

② 月桂的叶子和果实都可以提取芳香油。

③ 约翰曾经在犹太的旷野上替人施洗，耶稣曾经在加利利的旷野上经受魔鬼的诱惑（参见《圣经·新约·马太福音》第3—4章）。

收关税，而且除因特殊的安全原因外，应允许殖民地将产品出口到任何最能使其获利的地方。为避免殖民地人满为患，勿急着一批接一批地送去移民，而应根据其人员消耗按比例进行补充；总之殖民地人口数量应以人人都能安居为度，不可让他们因人口过多而陷入贫困。有些移民区建在海岸河滨的沼泽地带，其恶劣的环境一直危害着移民的健康；所以初时择低地而居虽可避免运输和其他方面的不便，但从长远看仍然应把居所建在高处。储备足够的食盐同样关系到移民的健康，因为必要时他们可用其腌制食品。若在有土著的地区殖民，不能只用廉价的小东西来取悦他们，而要妥善防范，并用公平和友好的态度对待他们。不能为了讨他们的欢心而充当其侵犯其敌人的帮手，不过助其抗击外敌则是对的。要时常选送一些当地居民前往宗主国，使他们亲眼看到一种比他们的生活环境优渥的生活环境，好让他们回到殖民地后宣扬此种环境。等到殖民地巩固了，那时除了能接纳男人，也能接纳女人，让移民世代延续血脉，而不是一直从宗主国移民过来。世界上最大的罪恶莫过于放弃正处于发展中的殖民地，因为那不单单有损宗主国的颜面，也牺牲了很多不幸的移民。

第 34 篇 论财富

在笔者看来,财富只是德行的包袱罢了。拉丁字眼 impedimenta①更好地表现了包袱这个词,因为财富对于德行,就像辎重对于军队一样。辎重是必需的,也是不能落后的,然而它总是妨碍行军,甚至于有时为了顾及辎重会丧失作战的最佳时机或阻碍获胜。

巨大的财富并没有实在的用处,除了修斋布施,别的用途都是幻想。故而所罗门说:钱财越多,食者越多;财主只能大饱眼福,除此之外他还能得到什么好处呢?② 没有谁的享用能达到离了巨大财富就无法生存的程度,拥有巨大财富的人只是钱财的所有者,或是有权将其施舍捐赠,或是被称之为富翁,然而钱财对他们并没有实际的用处。世人可见,有人以天价购买几颗石头或稀罕物品,有人通过某些铺张的工程来体现巨额财富的用处。但是读者或许会说,钱财能为人消除灾祸,诚如所罗门所说:在富人的心里,钱财有如一座城堡。③ 然此言正好道破天机,那城堡是在心里,而绝非在现实之中。因为不可否认,钱财替人招灾致祸的时候远远多于替人消灾化难的时候。

别为炫耀而追求财富,只挣你取之有道、用之有度、施之有乐且遗之有慰的钱财。但也别像修道士那样不食人间烟火,对金钱全然不屑一顾。只是挣钱要分清有道无道,就像西塞罗当年替波斯图

---

① 有"障碍、辎重"的意思。
② 见《圣经·旧约·传道书》第 5 章第 11 节。
③ 见《圣经·旧约·箴言》第 18 章第 11 节。

穆斯辩护时所说：他追求财富增加显然不是为满足其贪婪之心，而是为了得到行善的资力。① 还应听从所罗门的教诲，别急欲发财，"急欲发财者将失去其清白"。②

在诗人的虚构中，财神普路图斯受天帝朱庇特派遣时总是磨磨蹭蹭，而受冥王普路托差遣时却跑得飞快。③ 这段虚构的寓意是，靠诚实和汗水致富通常很慢，但靠他人的死亡发财（如继承遗产之类）则快如钱财从天而降。但若把普路托视为魔鬼，这种虚构也恰如其分：因为当财富来自魔鬼时（如靠欺诈、压迫和其他不公正的手段获取财富），的确来得很快。致富的途径千条万条，可多半都是邪门歪道；其中吝啬最为清白，但也并非清白无瑕，因为它阻止世人乐善好施。利用土地致富是最合理的生财之道，因土地提供的财富乃大地之母的恩赐，只是走这条路致富较慢。但已有万贯家财者若肯屈尊经营土地，其家财定会成倍增加。笔者曾识一位英格兰贵族，他当时需审计的账目为全国之最，因为他拥有大片的麦田、林场、牧场和羊群，还拥有巨大的煤矿、铅矿、铁矿和诸如此类的产业，所以大地于他就像是一片财源滚滚且永不枯竭的海洋。

有人④说他挣小钱很难赚大钱却很容易，此话一点不假。因为一个人若像他那样拥有雄厚的资金，便可囤积居奇，恃强凌弱并与人合伙经营年轻人的行当⑤，这样他非赚大钱不可。一般行当和职业挣的是老实钱，其挣钱手段主要有二：一是勤劳奋勉，二是童叟无欺。但靠讲盘议价而盈利，其公道就令人生疑；凡乘人急需而漫天要价，凡贿赂雇员和代理人而招揽生意，或是耍手腕排挤其他可能更公平的商人等等，都是奸诈卑劣之举。至于做投机买卖，即购物并非为自己所用，而是为了再高价出售，这对原卖主和二手顾客都可谓敲

---

① 引自西塞罗《为波斯图穆斯辩》第 2 篇。波斯图穆斯是公元前 1 世纪罗马银行家、元老院元老。

② 见《圣经·旧约·箴言》第 28 章第 20 节。

③ 这段虚构出古希腊作家卢奇安的讽刺对话《提蒙》。普路托斯在这篇对话中对赫耳墨斯解释了他忽快忽慢的原因。

④ 指谱鲁塔克在《道德论集》中塑造的一个富商——兰庞。

⑤ 即利润丰厚的娱乐业。

诈。如果选择的搭档可靠，合伙经营通常有大利可图。放债取息乃最可靠的发财之路，但也是最有害的邪路，因放债取息者不仅让别人流汗自己吃面包①，而且还在安息日盈利②。不过放债取息虽说可靠，但也并非没有风险，因公证人和中间人常常为了私利替没有偿还能力的人作信誉担保。若有幸率先获得某项发明或某项专利，有时候也可大发横财，如最先在加那利群岛建糖厂的那人。因此，一个人若能充当真正的逻辑学家，即善于发现又善于判断，那他就可以大捞一把，尤其是遇上走运得幸之时。靠固定收入生活者终归难成巨富，而倾其所有投机者又往往会倾家荡产；所以最好是有份固定收入作投机冒险的后盾，这样即使投机失败也有退路。在没有法律限制的地方，垄断商品并囤积待售乃发财之重要手段，在当事者能预见何种商品将供不应求，从而事先囤积时更是如此。出仕受禄固然最为风光，但若俸禄之获取是靠阿谀奉承、偷合苟容或其他奴颜婢膝的行径，那这种钱亦可列为最卑污之类。至于攫取遗嘱及遗嘱执行人身份（像塔西佗所说的塞内加那样用网捕捞遗嘱和遗孤监护权)③，这比前者更为卑污；因前者讨好的毕竟是公侯君王，而后者得讨好一些卑鄙小人。

别太相信那些看上去蔑视财富的人，他们之所以蔑视财富乃因他们对发财已不抱希望；他们一旦发财仍然会惜财。别在小钱上精打细算，须知钱财长有翅膀，有时它们会自己飞走，有时你得放它们飞走，好获得更多的钱财。一般情况下，人们要么将财产留给子嗣，要么捐给社会，不过不管是留是捐最好是数额适中。如果子女年幼，没有多大见识，为其留下那么多的钱财就像为其留下一块诱饵，会引来一切猛禽来攻击他。同样，为了名声而捐赠的钱款与基

---

① 这是反用《圣经·旧约·创世记》第 3 章第 19 节："你必须汗流满面才有面包吃。"

② 礼拜日是教堂做礼拜的日子，应停止一切经商做工。

③ 参见塔西佗《编年史》第 13 卷第 42 章。这句话并不是塔西佗本人说的，而是塞内加的政敌苏伊里乌斯所说。

金就如同未放盐的祭品①，只是善行的外表华美的墓冢，里面不久便会开始腐蚀②。所以不要把数量作为你捐赠的标准，而应以标准来对你捐赠的用途进行规定；并且不能等快要死了才想起要捐赠，因为客观地来说，临死之际才捐赠那实际上是在慷他人之慨。

---

① 《圣经·旧约·利未记》第2章第13节有言："献给上帝的所有祭品都得加盐。"
② 见《圣经·新约·马太福音》第23章第27节。

第 35 篇　论预言

　　笔者欲在此谈论的不是神灵的启示，不是异教徒的谶语，亦不是大自然的预兆，而只是某些在世人的记忆中已应验但却不明来由的预言。如女巫曾对扫罗说：明日汝及诸子将与吾同在。① 维吉尔引用了荷马的如下诗句：埃涅阿斯的族人将统治所有的国土，一直到他儿子的儿子，后世的子子孙孙。② 这两行诗似乎预言了罗马帝国的兴起。③ 悲剧诗人塞内加曾写下这些诗行：

　　　　在遥远的将来会有那么一天，
　　　　大海将解开束缚世界的锁链，
　　　　一片广阔的陆地将为人所知，
　　　　另一位忒菲斯将发现新世界，
　　　　极地图勒将不再是地角天边。④

这些诗行似乎预言了美洲之发现。波吕克拉特的女儿曾梦见朱庇特替她父亲沐浴，阿波罗替她父亲涂油，结果她父亲果然被钉在

---

　　① 据《圣经·旧约·撒母耳记上》第 28 章记载，此预言应该是女巫招来的希伯来先知撒母耳所说，后应验为扫罗在与非利士人争战时负伤自杀，三个儿子也同时阵亡。

　　② 参见维吉尔《埃涅阿斯记》第 3 卷 97—98 行。

　　③ 相传英雄埃涅阿斯带领战败的特洛伊人出海寻觅新的国土，最终在意大利建立了罗马。

　　④ 引自塞内加的悲剧《美狄亚》第 2 幕第 374—378 行。诗文中的忒菲斯是希腊神话中的英雄之一，正是由他带领大家寻找金羊毛的。极地图勒是古代地理学家对挪威、冰岛地区的称呼，泛指极北地区。

十字架上，有大雨浇淋他的身子，有太阳晒得他汗流浃背。① 马其顿国王腓力二世曾梦见他封闭了妻子的腹腔，于是他自己解梦说他妻子将不会生育，但预言家亚里斯坦德却说是他妻子已有了身孕，因为人们通常不会封闭空着的器皿。一个出现在布鲁图帐中的鬼魂对他说：你我将在腓力比再会。② 提比略曾对伽尔巴说：你将来也会尝到当皇帝的滋味。③ 在韦斯帕芗时代，东方曾流传着一个预言，说从犹太地来的人将统治世界，尽管这预言可能是说我们的耶稣基督，但塔西佗解释说是指韦斯帕芗④。图密善⑤在被刺的前一夜曾做一梦，梦见自己的颈背上长出了一颗金头颅，结果他的后继者们果然使罗马帝国出现了一个持续多年的"黄金时代"。英王亨利六世曾指着为他端水的少年伯爵对人说："这小伙子将戴上我们所争夺的这顶王冠。"后来那少年果然成了英国国王，称亨利七世。笔者在法国的时候听一位叫佩纳的医生讲，笃信占星术的法国王太后⑥曾用假名让占星术士替她丈夫算命，术士预言她丈夫将死于决斗，当时还是王后的王太后闻言大笑，心想没有人敢向国王挑战要求决斗，但后来她丈夫死于一次马上比武，因为与他交手的卫队长蒙哥马利的矛杆裂片刺入了他的护面具。笔者在年幼之时，也就是伊丽莎白女王还年轻的时候，曾听见过一则广为流传的预言：

麻一旦被纺成线，英格兰就灭亡

---

① 参见希罗多德《历史》第 3 卷。波吕克拉特在公元前 6 世纪夺得了希腊的萨摩斯岛，并利用庞大的舰队在爱琴海上从事海盗活动。公元前 522 年被波斯帝国驻吕底亚总督奥瑞忒斯诱捕，在十字架上钉死。

② 布鲁图是刺杀恺撒的凶手之一。鬼魂的预言应验于公元前 42 年，布鲁图在腓力比战役中被安东尼和屋大维联军打败，自杀身亡（参见普鲁塔克《列传·布鲁图篇》）。

③ 罗马的第二代皇帝提比略曾对当时还是士兵的伽尔巴说过这样的话，后来加尔巴果然成了罗马的第九代皇帝，虽然只当了 6 个月（参见塔西佗《编年史》第 6 卷第 20 章）。

④ 参见塔西佗的《历史》第 5 卷第 13 章。韦斯帕芗在巴勒斯坦取得了辉煌的战绩，所以他在奥托皇帝死后被士兵拥戴为皇帝。

⑤ 图密善，公元 81—96 年间的罗马皇帝，在位期间专横跋扈，后来被他的妻子和廷臣刺杀而亡。

⑥ 即美第奇的卡特琳（1519—1589），她是弗朗西斯二世、查理九世和亨利三世的母亲。

当时人们一般以为，这预言是说等都铎王朝的几位君王统治结束以后，英格兰就会陷入大乱；感谢上帝，这预言后来只应在称号的改变上，因为当今王上的称号已不再是英格兰国王，而是不列颠国王。在一五八八年以前流传过一则民谣，对此笔者迄今尚不甚明了。民谣说：

有朝一日你将看见，

在巴岛与梅岛之间，

挪威黑舰队的舰船。

等黑舰队一朝覆亡，

英格兰将修屋造房，

因从此再不会打仗。

人们曾普遍认为这首民谣说的是一五八八年来犯的西班牙舰队，因为据说那位西班牙国王的小名就叫挪威。另外雷乔蒙塔努斯①那句"八八年将是奇迹年"的预言也同样被认为应验于西班牙大舰队之远征，因为那是有史以来在海面上出现的最强大的舰队，虽说数量不是最多，但力量却堪称最强。至于克里昂②那个梦，笔者认为只是一种调侃，调侃者说克里昂梦见他被一条长龙吞噬，而梦中的长龙被解释成惹他极度烦恼的腊肠贩子。若把梦兆和占星术士的谶语都给算上，这类预言之多可谓数不胜数，不过笔者只记下上述较有根据者作为范例。我以为对此类预言应一笑置之，只应将其作为冬日里围炉聚谈的话题；但我说一笑置之是就信与不信而言，而非就其他方面而论，譬如对这类预言之散布和流传就不可置之不理，而且笔者亦见多国法律对其严加禁止。③ 预言被人接受并相信有三个原因。其一是世人只注意其应验而不注意其落空，人们对梦兆之注意亦是如此。其二是有充分根据的推测或意义含混的传说到头来往往都会

---

① 雷乔蒙塔努斯（1436—1476），德国著名的数学家和天文学家。他发展了三角学，完成了对哈雷彗星的预测，著有《预言》一书。

② 克里昂（前？—前442），雅典统帅。希腊喜剧作家阿里斯托芬在喜剧《骑士》中对克里昂进行了讽刺，让他受到了一个制作灌肠的小贩的羞辱。

③ 亨利八世、爱德华六世和伊丽莎白等都曾颁布过法律反对"荒诞不经的预言"，因为它们不仅扰乱民心，甚至可能导致动乱。

被变成预言，因为人爱预测未来的天性使他们认为把自己的推测作为预言公布并无什么妨害，如前文所引塞内加的诗行就是一例；因当时已有许多理论可以证明，在大西洋以外地球还有广大区域，而那些区域很可能并非一片汪洋；另外柏拉图在其对话《克里底亚篇》和《克利托篇》中对大西岛①之描述，也足以鼓励世人将上述推测变成一种预言。最后是第三个（亦是最重要的一个）原因，即那些数不胜数的预言差不多全是冒牌货，它们不过是由一些无聊的机灵鬼在事情发生之后精心编造的谎言。

---

① 大西岛是传说中位于大西洋直布罗陀海峡以西的一座岛屿，柏拉图在他的上述两篇著作中描述了该岛上的高度文明，所以"大西岛"又被视为"乌托邦"的同义词。

第 36 篇　论野心

　　野心有如体液之一的胆汁，在其分泌正常的时候，能使人灵敏、热情、激昂、欢乐而愉快；然而只要其遭到阻碍，无道可泄，就会致使胆汁郁滞，肝气不畅，并因而使人肝起怒火，胆生恶意。① 有很大野心者也是如此，在其发现宦海无波澜，觉得仍能高升时，他们不仅不具危险性，而且工作勤勉；然而只要其欲望受到阻碍，他们就会牢骚满腹，以恶毒的目光看待人和事，以幸灾乐祸的心态睥睨国事，而这不管对君主国的臣子还是对共和国的公仆，均为一种最不好的品质。故而，君王要是起用野心勃勃者，就得做到让他们一直步步升迁而不遭谪降，可这种做法难免不引起麻烦，所以对这类野心家最好完全弃之不用；须知这种人若不能随其职位步步高升，就会设法让其职权随他们一道堕落。但既然笔者是说对这种人最好不用，那就说明还真有对他们非用不可的例外，因此谈谈该在何时用他们也就成了理所当然。

　　战争时必须择良将而用，不管他们有何等勃勃野心；因为用其所长之利可弥补其他弊端，再说没有野心的军人就等于没有鞭策的战马。当君王遇到危险或遭受妒忌时，可用有野心之人作为屏障；因为除了这种像瞎眼鸽一样因看不见周围事态而只顾往上蹿的人外，

---

　　① 依照古代西方医家的观点，人体内存在四种体液（血、黏液、黄胆汁和黑胆汁），这四种体液之多少决定一个人的气质（多血质、黏液质、胆汁质和抑郁质），然而气质有时甚至会随着体液的变化而变化。

谁也不愿意充当挡箭牌的角色。君王还可以利用有野心者除掉任何拥权自重的大臣，就像当年提比略用马克罗①除掉塞雅努斯②一样。由此可见，既然在上述情况下对有野心者非用不可，那就有必要再谈谈如何对这种人加以控制，以便把他们的危险性减少到最低程度。就这种人的危险性而论，出身低微者比出身高贵者更小，严厉苛刻者比宽厚随和者更小，新被擢升者比树大根深者更小。有人把豢养心腹亲信视为君王的一种缺点，殊不知此乃对付野心家们的最佳良策，因为既然讨好或触怒君王的路子都在这些亲信的脚边，那其他任何人都不可能变得过于位高权重。限制野心家们的又一办法是让另一些心高气傲者与他们势均力敌，但此时朝中须有一股中间势力以保持事态平稳，因为航船若无压舱物会颠簸得太厉害。君王至少可鼓励一些出身低微者，使他们在一定程度上习惯于同野心家们作对。至于说设法让有野心的人时时感到如履薄冰，这对那些生性怯懦者也许是可行的良策，但对那些胆大妄为者则可能适得其反，会促使他们图谋生乱。至于说当情势需要君王对野心家们加以铲除，而一时又没有可一举成功的可靠手段，那唯一的办法就是不断地对他们恩威并施，赏罚并行，使他们仿佛身处密林而不知该取何路。

就野心本身而言，只想在大事上占先的野心比事事都想露脸的野心危害更小，因为后者往往造成混乱，妨碍公务；但与那种想八面威风、一呼百诺的野心相比，这种只会扰乱公务的野心又危害较小。那种试图在能人俊士中超凡出众的野心虽说很难实现，但对于公众却永远都有益无害；而那种企图在蠢材白痴中鹤立鸡群的野心则会导致整个时代的衰退。③欲求高位者可怀有三种动机：一是想获得佐政济世的条件；二是想获得攀龙附凤的机会；三是想获得发财

---

① 马克罗：提比略皇帝的宠臣。

② 塞雅努斯：古罗马政治家及阴谋家，提比略的宠臣，长期任禁卫军统帅，公元31年出任执政官，拥权自重，对提比略构成威胁，被处死；在除掉塞雅努斯的行动中立功的马克罗被升为禁卫军统帅，但此人后来参与了谋害提比略的阴谋。

③ 培根曾用类似的言辞抨击他身居高位的姨父威廉·塞西尔勋爵和表弟罗伯特·塞西尔爵士嫉贤妒能，非但不在女王面前举荐他这位才子，反而加以诋毁阻碍他被提升。

致富的时运。抱着第一种动机入仕者才是值得信任的良臣，而能甄别分辨这三种动机的君王才算有道明君。通常来说，君王和政府在选拔要员时，要挑选那些更注重其职责者，而不是那些更注重其职位者；要挑选那些为了良心而热爱公务者，而不是那些为了炫耀而热衷公务者；概而言之，要分清乐于报国的雄心和好管百事的野心。

第 37 篇　谈假面剧和比武会

　　与本书其他严肃的篇什相比，此文所谈不过是消遣寻乐，但既然君王们惯于用这些方式解闷，那就当以考究来使其优美典雅，而不该用铺张来使其靡丽俗艳。随歌起舞这种形式既庄重又入耳悦目。我认为声乐应该是合唱，唱班的位置应在廊台，有出色的分解音乐伴奏，而且曲调须适合剧情。剧中歌者伴以动作，尤其是在对唱时，会产生一种出神入化的优雅；我是说动作，不是说舞蹈（因为歌者手舞足蹈俗不可耐）。对唱的声音应铿锵，应有阳刚之气（亦一个低音和一个次中音，不可用最高音部），唱词应高雅严肃，不可妖艳或娇媚。数个唱班，分列于廊台之相对位置，像唱圣诗一般以多声部轮唱，其效果当如闻天籁。至于舞者变化其队形以排出数码或字母，笔者认为那是一种幼稚的把戏。概而言之，须注意笔者在此提到的表演均应自然而然地悦人感官，而不可刻意哗众取宠。

　　毋庸置疑，布景之变换只要能做得无声无息，的确能增加美感和乐趣，因为换景可消除眼睛因久视一物而产生的疲劳，会使人感到赏心悦目。布景应该明亮，尤其是色彩应富于变化；演员下台前应在紧靠布景之亮处做些动作，因为这特别能吸引观者的目光，会使人怀着极大的兴趣想看清其实没法看清的细微之处。歌声应嘹亮而欢快，不应轻柔而哀伤。音乐也应轻快而激越，并起止得当。在烛光下最出效果的颜色是白色、粉红色和一种海绿色。金箔之类的装饰虽不值钱，但却显得光彩夺目。而昂贵的刺绣织品在烛光下则不显其精致华丽。演员的服装应优雅，应在摘下面具后仍显得合身，而且别采用人们所熟悉的土耳其装、水手装和军装等式样。幕间的滑稽节目宜短不宜长，这类过场节目里通常可有弄臣、萨堤尔①、笨人、狂人、小丑、野兽、鬼怪、女巫、黑人、侏儒、乡巴佬、小仙人、小仙女、小爱神和活动塑像②等等。但把安琪儿们放进过场节目并不够滑稽，正如魔鬼巨怪等丑恶形象不宜放在正剧中一样。但首先应使过场音乐具有娱乐性，有某些奇妙的变化。若能使紧张激动的观众中间突然飘过阵阵清香，但头顶上却无任何水珠滴下，那定会使人觉得格外神清气爽。让绅士和淑女同时登台演出，可使场面更为隆重并多彩多姿。但倘若演出的场馆欠干净整洁，那上述一切努力都将是白搭。

至于马上斗矛和徒步斗剑等比武盛会，其壮观之处主要在于挑战者们进入比武场时乘坐的战车，尤其是当战车由狮、熊、骆驼等奇兽拖曳之时；或在于入场式之排场，或在于武士们的随从服饰之斑斓，或在于马具和铠甲之光亮。然此类装饰点缀已足矣。

---

① 希腊神话中最低级的林神，半人半羊状，其形象早在古代希腊悲剧演出时就被作为幕间过场角色。

② 一种滑稽节目，演者原地转圈，听到信号即停，以造成各种各样滑稽别扭的姿势。

第 38 篇　说人之本性

　　本性通常都是隐而不露，有时可以抑制它，可极少能够轻易地改变它。对于本性，强行抑制仅能令其变得更加强烈，谈经论道也只可令其稍稍收敛，要想将其改变与制服非长期养成的习惯不可。想要完全改变本性的人为其规定的改变措施不能过多也不能过少，措施过多常常左支右绌，从而令人沮丧绝望；措施过少尽管容易实行，但却很难达到习与性成。在开始培养新习惯的时候不妨找人帮助，就如同刚开始学习游泳的人须借助漂浮物；然而不久后就应在不利条件下培养，就似舞蹈家在练舞时故意穿着厚底鞋，因为所练所习很难在生活中用到，用时就会更显娴熟和习以为常。如果本性扎根甚深，很难改变，改变的措施就应循序渐进：开始不妨练习及时压制自己的情感，就如易怒之人总是默念二十四个字母般；然后开始减少对痼习之纵容，如欲戒酒者把一杯之量减少到一口之量，到最后再一举革除旧习。但若是一个人有足够的决心和毅力，能在一次尝试中就脱胎换骨，那当然是最理想的情况；毕竟"最维护其精神自由者才能断然砸碎束缚其心灵的锁链，从而一劳永逸地免除烦忧"[①]。有古训认为矫枉不妨过正，可用完全相反的习惯来匡正痼习，此训亦不失为一种良策，只要那相反的习惯不是恶习。人不可强迫自己一鼓作气地养成一种新的习性，这过程中需要有所间歇，其原因有二，一是停下来反省可巩固这新的开端，二是这样做可避免新养成的习性良恶兼备，因若是一个人的本性并不完美，那他一鼓作气养成的新习性也可能良恶兼而有之。人不可过分相信自己已

---

　　① 引自奥维德的《爱的医疗》第 294 行。

革除旧习，因为本性会长期潜伏，一有机会或一受到诱惑又会故态复萌；这就像伊索寓言中那位猫变的姑娘，她本一直娴静地坐在桌子一端，可当老鼠从她跟前蹿过时她马上就旧性复发。因此欲除旧习者要么完全避开可诱发其本性的机会，要么就天天与之打交道，这样他也许会因见惯不惊而不再受其诱惑。人之本性最常见于独处幽居之时、感情强烈之际和新的尝试之中，因独居时不必矫揉造作，激动时会忘记其规则和戒条，而在新的尝试中则没有可援引的惯例。一个本性和其职业相符合的人是幸运的，反之，那些本性不适于其所从事的职业的人则只能哀叹：吾心久居他人篱下。在治学上，人如果逼着自己对某学科进行研究，其要在这上面花费固定的时间，然而如果对某学科的研究适于其习性，其就不必为固定时间而费心，因为其心思自会尽量耗费在那上面，只要做别的事务或者研究的时间充裕。人的性格会长成芳草也会长成野草，所以要适时对前者进行浇灌对后者加以铲除。

第 39 篇　谈习惯和教育

人之思维大都由其性格上的倾向所决定，人的言论大都由其所接受的知识与主张所决定，而人的行为却大都由其长期形成的习惯所支配。因此马基雅弗利不容置疑地指出（虽然是在论及一件恶劣之事时指出），唯有为习惯所证明，否则性格之力量不可信，言语之豪迈亦不可信。[①] 这位史学家谈论之事是：如果要让行刺君主之阴谋得逞，阴谋的主要策划者就不能仅相信刺客性情的残暴或誓言的豪迈，而应选择一个双手沾满鲜血的杀手。但是马基雅弗利不知道有个克莱芒，不知道有个拉瓦亚克，不知道有个若雷吉，也不知道有个热拉尔。[②] 但尽管如此，他的话仍然基本正确，性格的力量不如习惯的力量强大，只是对誓言的力量已应刮目相看。如今宗教狂热如火如荼，以致从未闻过血腥的人提起刀来也和职业屠夫一样毫不手软，在暗杀行刺方面，誓言的力量已同习惯的力量旗鼓相当。不过在其他方面，习惯的支配地位仍随处可见，以致你会惊讶地发现，世人在宣誓、保证、许诺和夸口之后，依然一如既往，一仍旧贯，仿佛他们是一些傀儡或机械，全凭习惯的轮子驱动。此外我们还可见到习俗惯例的统治或专横，其影响之大令人不可思议。印度的天

---

　　① 这一说法见于《论李维》第 3 章第 6 节，在本节中马基雅弗利对行刺君主的各种困难做了论述。

　　② 克莱芒在 1589 年行刺法王亨利三世；拉瓦亚克在 1610 年行刺法王亨利四世；若雷吉于 1582 年行刺奥伦治亲王威廉（当时任刚成立的尼德兰联省共和国首任执政）未遂；热拉尔于 1584 年步若雷吉之后刺杀威廉成功；以上刺客均非职业杀手，这数桩有名的谋杀都发生在马基雅弗利去世多年以后。

衣教信徒①竟会平静地卧于柴堆上，然后自焚以献祭②，而且他们的妻子也都追求与丈夫一道葬身火堆。古代的斯巴达男孩习惯在狄安娜祭坛上受鞭笞，甚至挨打的时候一声不吭。③我还记得在伊丽莎白女王时代之初，曾有位被判死刑的爱尔兰叛逆者曾上书总督，要求吊死他时用藤条而不用绞索，因为依照爱尔兰惯例，绞死叛逆者都用藤条。俄罗斯的东正教徒为了赎罪，会在盛满凉水的大盆里坐上一夜，直到身子被冰冻住。关于习俗对人精神和肉体的强大作用，可举的例子还有很多。由此可见，既然习惯可主宰人的生活，那世人务须努力培养良好的习惯。

毋庸置疑，形成于青少年时期的习惯最为良好。我们把这种习惯之形成称为教育，其实那不过是一种早期习惯。如我们所知，青少年舌头更灵活，四肢更柔软，他们更易模仿各种声音腔调，更易学会各种运动技艺，而成年人在这方面比青少年逊色乃不争之事实；虽说有些才智出众者从来不僵化，他们终生都能保持灵活柔软，随时都能接受可使之更完美的东西，然而此种人到底少有。倘若说孤单一人习惯力量已经够强大，那么互相间联合结为一个集体力量就是非常强大了；在集体中，习惯的力量之所以能达到巅峰，是因为那里有典范的教导、同伴的激励、竞争的督促以及荣耀的引导。确实，欲增加人类习性中的优点，最重要的就是所有社会团体的章程要严明，风纪要纯正，因为国家与政府仅鼓励早已有的美德，而不对美德的种子进行改良；然而现在育种的最有效方法正被用于实现一切最不应当憧憬的目标，此种现状真是可悲可叹。

---

① 天衣教为印度耆那教之一派，除耆那教正统的"三正五戒"和苦行主义外，该派还主张以天为衣（裸体），靠乞食为生。

② 此乃培根之误解，因耆那教的特征之一就是反对祭祀。

③ 这种鞭笞的目的是为了锻炼意志。古代斯巴达男子从7岁起就得接受这类严酷的锻炼，18岁接受军训，20岁成为军人，30岁结婚（婚后大部分时间仍住军营），65岁退伍。

第 40 篇　谈走运

　　不可否认，外在的偶然因素经常影响人的命运，如相貌、时机、他人的死亡和施展才能的机会等等；但人的命运主要还是掌握在自己手中，所以有位诗人说：每个人都是自己命运的设计师。① 最经常出现的上述外因乃某人所干的蠢事，因为它每每造成另一个人走运；须知最快捷的成功就是靠他人出错而取得的成功，蛇必须吞食其他蛇才能变成巨龙②。

　　显而易见的优点固然令人称道，但使人走运的往往却是些隐而不显的长处，或曰一个人表现自己的有效方式。这些方式莫可名状，难以言传，也许西班牙字眼 disemboltura③ 可将其道出三分，这三分意思就是：只有当人的天性中没有立场和倔强作梗的时候，他的心机之轮方可与命运之轮同步。正因为如此，李维④在形容加图时虽然先说："此人体魄如此健壮，心智如此健全，因此他无论生在何等家庭都能使自己交上好运。"⑤ 但他最后还是发现此人有一种"灵性"。所以一个人只要睁大眼睛留神张望，他就会看见命运女神；须知这位女神虽蒙着双眼，⑥ 但她并非无影无踪。

---

　　① 语出普劳图斯的喜剧《三钱币》第 2 幕第 2 场 34 行。
　　② 希腊谚语，瑞士博物学家格斯纳曾在其《动物志》中引用。
　　③ 意为随机应变的能力。
　　④ 李维（前 59—公元 17），罗马的历史学家，著有《罗马史》142 卷。
　　⑤ 见李维《罗马史》第 39 卷第 40 章。加图出生于农民家庭，这在公元前 3 世纪的罗马属于出身低贱，只有跻身于贵族阶层才算走运。
　　⑥ 在西方的绘画作品中，命运女神的形象是蒙着双眼（表示公正）、脚踏圆轮（表示福祸无常），一手拿丰裕之角，一手抛撒金钱。

命运之路就像天上的银河，银河是无数星星的汇聚或结合，但看上去并非星星点点，而是一条完整的光带；与此相似，使人走运的亦是人身上那许许多多几乎无法辨清的小小的优点或长处，更准确地说是一些能力和习性。其中一些世人简直想象不到，但意大利人对此却明察秋毫。当意大利人谈论某位从不会出错的幸运儿时，他们通常会加上这么一句：此人倒会几分装疯卖傻。而毋庸置疑，最经常使人走运的习性只有两种，一是会几分装疯卖傻，二是少几分朴质真诚。所以极端的忠君爱国者从来都不走运，而且永远也不会走运，因为当一个人毫不考虑自我的时候，他当然不会只顾走自己的路。

轻易到手的幸运只会造就出冒险家和鲁莽汉（法国人对这类幸运儿的称呼更妙，曰胆大妄为者和惹是生非者），但经过磨难的幸运则会造就出能人俊杰。幸运应该受人尊重被人崇尚，即便仅仅是为了她的两个女儿，这两姐妹分别叫"自信"和"声誉"，前者生在幸运者的心中，后者则生在知晓幸运者的他人心里。

智者们为避免他人对其优点的妒忌，都习惯于把自己的长处归因于上帝和命运女神，如此他们便可更充分地发挥其长处；另外神灵的庇佑也足以使他们显其不凡。于是恺撒在暴风雨中对舵工说："你的船不仅载着恺撒，还载着恺撒的运气。"[1] 所以苏拉替自己选称号为"幸运的苏拉"，而不是"伟大的苏拉"。[2] 并且世人历来都注意到，凡是把成就过分地归功于自己的聪明才智者，其结局往往都很不幸。据史书记载，雅典将军提谟修斯在向其政府述职时每每爱说："这次胜利绝非是凭运气。"结果他后来再也没建立过什么功勋。[3]

不可否认，有些人的运气就像荷马的诗行，而众所周知荷马的

---

① 引自普鲁塔克《列传·恺撒篇》第 38 章。
② 引自普鲁塔克《列传·苏拉篇》第 34 章。
③ 提谟修斯在和斯巴达人、波斯人的战争中取得了很多的胜利，但最终还是因为在同盟战争（前 357—前 355）中指挥不当而被逐出雅典，在流亡的过程中去世。（参见普鲁塔克《列传·苏拉篇》第 6 章。）

诗比其他人的都更顺畅；普鲁塔克在把提摩列昂的运气与阿偈西劳和伊巴密浓达的运气作比较的时候，就曾用过这个比方；① 人与人运气不同乃天经地义，但运气主要取决于一个人本身也确凿无疑。

———————

① 提摩列昂（约前400—前337）古希腊科林斯将军，百战百胜，战功卓越。阿偈西劳（约前444—前360）斯巴达国王，和伊巴密浓达（约前420—前362）古希腊底比斯将军，也都屡建奇功，但两人最终死于战场。（参见普鲁塔克《列传·提摩列昂篇》第36章。）

第 41 篇　论有息借贷

有不少人都曾用含蓄的措辞对有息借贷加以抨击。[①] 有人说放债取息是可哀的，居然让上帝十分之一的份额落在魔鬼的手里。[②] 有人说放债取息之人每个安息日都在赚钱，他们最不守安息日。[③] 有人说放债取息者就是维吉尔所说的那种雄蜂，而维吉尔在诗中写道：把那些好逸恶劳的雄蜂赶出蜂房。[④] 有人说放债取息者违犯了亚当夏娃堕落后上帝为人类制定的第一条法律，即"必须汗流满面才有面包可吃"，而放债者是让别人流汗而自己吃面包。有人说放债取息者都应该戴上黄帽子，因为他们已变成了犹太人。[⑤] 还有人说让钱生钱有悖天道。[⑥] 诸如此类的抨击不胜枚举，然笔者认为有息借贷只不过是对世人铁石心肠的一种让步，因为借钱贷款不可避免，而人的心肠又硬得不肯把钱白白借给他人，所以有息借贷就必须得到允许。另

---

① 有息借贷古已有之，不过也历来被看作是不义的行为。英王亨利八世当政时明文规定允许有息借贷，最高利率是 10%。他的儿子爱德华六世将这一规定废除，不准放高利贷。后来伊丽莎白一世时期恢复亨利八世旧例，然而当时人们对于放债取息是否合理仍是众说纷纭。

② 按照《圣经·旧约·利未记》第 27 章第 30—31 节中的有"什输其一"法，一切大地所产（如粮食瓜果牛羊等）的十分之一都归上帝所有，根据这一说法西欧教会自公元 8 世纪开始就向人们征收"什一税"。

③ "摩西十诫"的第七诫就是当守安息日（当日停止一切劳作），参见《圣经·旧约·出埃及记》第 20 章第 8—11 节。

④ 引自维吉尔《农事诗》等 4 卷第 168 行。

⑤ 中世纪通常有法律规定不同的社会阶层和社会职业穿不同的服装，所以规定犹太人戴黄色的帽子并不算一件特别的事。

⑥ 亚里士多德在其《政治学》中阐述了这一观点，莎士比亚在《威尼斯商人》中也对此观点进行了生动的说明。

有一些人已不无疑虑地对银行、个人财产申报及其他新举措提出了巧妙的主张，但却几乎没人对有息借贷发表过任何建设性的意见。而有益的做法是将有息借贷的弊与利都摆到大家面前，使它的好处有可能被认真考虑，被仔细挑出，并被谨慎地加以利用，以便我们在找到更好的做法前不致陷入更糟的境地。

有息借贷存在如下弊端：弊端之一是使商人减少，须知若无放债这种坐收利息的行当，货币就不会躺在钱箱里不动，其中大部分都会被用于商业贸易，而商业贸易乃国家财源的门静脉；弊端之二是使商人变劣，因为像农牧场主若能坐享高额地租就不会用心经营其土地一样，商人若能用资金放债牟利亦不会专心经营其买卖；弊端之三是之一之二的必然后果，那就是君王或国家的税收将会减少，须知税收的涨落与商业的兴衰成正比；弊端之四是一国的财富将被聚敛到少数人手中，因为放债人总能稳稳当当地坐收利息，而借债人却没有把握将本图利，所以到头来大部分钱都会装进放债人的钱柜，而一国之繁荣昌盛往往都是在财富分配较均匀的时期；弊端之五是使土地的价格下跌，因为金钱之大部分应用于商业流通和购置地产，可有息借贷使这两条渠道都受阻；弊端之六是有碍于工业企业、改良改革和发明创造，因为若无有息借贷作梗，金钱应该在这些方面发挥其积极作用；最后的一个弊端是，有息借贷将使许多人破产，从而渐渐造成一种全民贫困。

但从另一角度来看，有息借贷也不无其好处。首先，虽说它在某些方面对商业有所阻碍，可它同时也在另一些方面对其有所促进；因不可否认，如今的绝大部分贸易都是由一些靠有息借贷作资本的年轻商人在进行，所以如果放债人要求还清借款或不再贷出资金，那商业贸易无疑将马上陷于停顿。其二，若无这种容易到手的有息借贷，那人们一时之窘迫亦会导致他们突然破产，因为他们将不得不以极低的价格卖掉他们的资产（不管是土地还是货物），所以有息贷款固然会啃食借款人，但不景气的市场却会把他们一口吞掉。至于说抵押典当，那几乎也于事无补，因为受押人要么是拒收没有用的典押物，要么就是巴不得抵押人到期赎不回抵押品，从而将其收归己有。笔者记得有位狠心的乡下阔佬就爱嘀咕："让这有息借贷见鬼去吧,它使我们老留不住押在手里的物品和地契房契。"第三点亦是最后一点,这就是如今借钱不付利息已是一种空想,而且限制借贷将带来的诸多不便也令人无法想象,因此言取消有息借贷只是徒费口舌;再说所有国家都存在这种借贷方式,只不过种类和利率略有差别,所以取消有息借贷的建议只能向"乌托邦"提交。

现在且容笔者谈谈有息借贷的改进和规范,谈谈如何尽量避免其弊端,保持其好处。权衡一下上文所说的利弊,有息借贷中似乎有两点需要改进:一是要磨钝有息借贷的牙齿,使之别把借款人啃得太厉害;二是要允许用一种公开的方式鼓励有钱人贷款给商人,从而使商业贸易能持久并快速地发展。要做到这点就必须采用两种不同的借贷,一种利息较低,一种利息较高,因为若把贷款都降成低息,那虽说一般人借钱容易,可经商之人却难以弄到资金;同时应该注意到,商业贸易最有利可图,因此商人可承受较高的利息,而其他借债人却不能承受。

要实现上文所说的两点改进,其做法大致应该如下:为有息借贷设定两种利率,一种是为所有人设立的不受限制的普通利率,一种是为某些人在某些地区从事商业活动而设立的有限制的特种利率。因此首先应将普通年利率降至百分之五,宣布以此利率放债不受限制,并且国家应保证不对这种借贷施予处罚。此举将防止借贷活动全面停止或消失,将减轻这个国家无数借债人的负担,并将在很大程度上提高土地的价格,因为以相当于十六年租金的价格购置的土地每年可产生百分之六或更高一点的纯利润,而贷款利息仅为百分之五。因为这同样的原因,此举亦将刺激工业的发展和改良改革的进行,因为许多人会宁愿把钱投入这些方面,而不愿用其放债收百分之五的利息,尤其那些习惯了收取高利息的人更是如此。其次,应允许一些人以较高的利率借钱给已知的商人,不过这一特许之实施须保证做到以下几点:一、即便借款者是商人,这种借款的利息也应比他们从前所付的稍微低点,从而使所有借款人(不管是不是商人)均可因这一改进而多少减轻负担;二、放债人不能是银行或者说公共资金的保管者,而应该是货币的实际拥有者,这并非因为笔者完全不喜欢银行,而是因为考虑到某些令人生疑的银行活动,所以不能给予它们这种特许；三、国家应对这种特许放债征收少量税款，而把大部分利润留给债主，因放债人不会因减少这一小点利润而失去信心；举例来说，一个从前取百分之十或百分之九利息的放债人宁愿把收益降到百分之八，也不愿放弃这稳稳当当的收益转行去赚取其他有风险的利润；四、不应限制这些特许的放债人的数量，但应当限制其借贷活动的区域，只允许其在某几个重要商业城镇放贷，如此一来他们就无法将别人的钱花在自己身上，也就是说无法用百分之五的利息吸收普通贷款，再以百分之九的特许利息贷给别人；因为任何人都不想将钱借到远方，借给陌生人。

倘若有人唱反调，说如此一来算是明确承认了有息借贷，而过去它仅仅是在某一些区域为人所认可；那笔者将这样答复：在有息借贷上，宁可公开宣布其合法并对其进行约制，也不能默认其存在并任其流行。

第42篇　论青年与老年

　　年少者也有可能老成持重，只要他不曾虚度光阴，然这种少年老成毕竟罕见。一般说来，青年就好比最初形成的想法，总不如经过深思熟虑的见解明智。因为正如在年岁上有青春时代，在思想上亦有幼稚阶段。但年轻人的创造力比年长者的更富生机，各种想象会源源不断地涌进他们的头脑，而且可以说他们更多地受到神的启迪。凡天生热情奔放、欲望强烈且易恼易怒者，都要等过了盛年才可成就大事，恺撒和塞维鲁二人即是明证；[①] 关于后者有人曾说：他年轻时放浪形骸，甚至疯疯癫癫；[②] 然而他几乎可以算是罗马皇帝中最能干的一位。凡性格稳重者都可在年轻时就建功立业，例如罗马皇帝奥古斯都、佛罗伦萨大公科西莫，以及勒莫尔公爵加斯东等等[③]。但另一方面，老年时的热情开朗对事业来说亦是一种极好的性格。青年人更适合创造而非判断，更适合执行而非决策，更适合新举新措而非旧事陈规；老年人富于经验，凡经验之内的事他们做起来都轻车熟路，但遇到新情况他们就可能误入歧途。年轻人出错往往会使事情毁于一旦，年长者出错则只是使本来可做得更多更快的事情做得少点慢点。

---

　　① 恺撒42岁（公元前58年）出任高卢总督，51岁（公元前49年）夺得罗马政权，52岁才彻底击败庞培，当上终身独裁官；塞维鲁亦是大器晚成，到47岁（公元193年）才当上罗马皇帝。

　　② 见斯巴提亚努斯（Spartianus）的《塞维鲁传》。

　　③ 奥古斯都在33岁击败安东尼后就实际上成了罗马唯一的统治者；科西莫18岁就当上了大公；而法国的勒莫尔公爵加斯东也是年纪轻轻就当上了法国驻意大利军队的统帅，因用兵神速而闻名并被载入史册。

在实施计划和指挥行动方面，年轻人往往会自不量力，好大喜功，会不考虑方式方法和轻重缓急而直奔目标，会可笑地实行某些他们偶然发现的什么主义，会因为求变不慎而招致莫名其妙的麻烦，矫枉纠偏时会一开始就用极端手段，而且弄得错上加错也不知悔改，不知回头，就像训练有素的马，不知何时该停步，何时该转弯。但老年人持事则往往提议太多，商量太久，冒险太少，后悔太快，并且很少把一件事做得干净利落，完全彻底，而总是满足于一种平庸的结果。

不可否认，用人之道应是老少兼用。这样做有益于眼下，因为老少双方的优点可弥补各自之不足；这样做有益于今后，因为当年长者唱主角时年轻人可以效尤；这样做还有益于处理民间事务，因为年长者总是具有权威，而年轻人则总是受人欢迎；不过在道德风貌方面，年轻人应占主导地位，正如年长者在政治关系方面占支配地位一样。有位犹太拉比①在讲"你们的少年人要见异象，老年人要做异梦"②这句经文时指出，这说明年轻人比老年人离上帝更近，因为异象是比异梦更清楚的一种启示；而毫无疑问，人在这世上活得越久，在世俗中就陷得越深，因年岁使人受益的是处世方面的能力增强，而非情感方面的美德增多。

世上有些人过早成熟，然而早熟也往往早衰。这类早熟早衰的人有三种。第一种早年才智过人，但很快就才竭智枯，如修辞学家希摩热内斯③，他的修辞著作精妙绝伦，但他后来渐渐变成了白痴。第二种人具有某些天生气质，可那些气质只能为青春添彩而不能为老年增光，如说话声音优美且词藻华丽就只适合青年而不适合老年，

---

① 指犹太的神学家阿卜拉巴勒。拉比相当于"老师""夫子"，是对犹太学者的尊称。

② 见《圣经·新约·使徒行传》第2章第17节，措辞为"你们的老年人要做异梦，少年人要见异象"。

③ 希摩热内斯是公元2世纪希腊著名的修辞学家，17岁时便出版了论修辞的专著，他所著的修辞文论常常被用作教科书，但是据说他在25岁的时候失去了记忆。

所以西塞罗评霍滕修斯时说："他风格依旧，但那种风格已不再适合于他。"① 第三种人在建功之初就赢得太高的名望，以致后来难以维持其赫赫声威，大西庇阿就属于这种人物，结果李维评道："他后期的作为比不上他早期的功绩。"②

---

① 霍滕修斯是古罗马的雄辩家，因在"维列斯审判"中和西塞罗辩论而闻名。文中的这句评语引自西塞罗的《布鲁图斯》第95章。

② 大西庇阿是古罗马著名的将领，在早年的时候因为英勇善战而著名，但晚年后遭到奴隶主民主派的攻击，愤然离开罗马，隐居故里。文中的这句评语引自李维的《罗马史》第38卷第53章。

第 43 篇　论　美

　　善就像宝石，美在镶嵌自然；而善与美兼有者无疑是最美，但是这美者却不一定得容貌俊雅，只要气质稳重，仪表可人即可。世上几乎不存在绝美之人完美无缺，好像上帝宁可致力于不出差池，也不愿竭力去创造至善至美之物。所以大凡世之俊俏男子都躯体完美而精神庸俗，大都重视言行而罔顾品德。不过这并不是放诸四海而皆准的言论，像古罗马皇帝奥古斯都与韦斯帕芗、法兰西国王腓力四世、英格兰国王爱德华四世、古雅典将军亚西比德和伊朗国王伊斯迈尔一世，他们都是当时的俊俏美男子，但却胸怀大志。说到美女，其素颜非胭脂粉黛可比，而其高雅举止也非天生丽质可比。优雅的姿态是美的极致，不是丹青妙笔所能描绘的，也不是一眼望去就能识别的。貌美之人的形体比例一定有与众不同之处。世人难以断定阿佩利斯①与丢勒②哪一个更为可笑，后者画人像总是按几何比例，前者则将诸多面孔的最美之处汇于一颜。笔者以为除画家本人之外，此等画像谁也不会喜欢。虽说笔者认为画家可以画出比真颜更美的容貌，但他必须得靠神来之笔，而不是借助所谓的规则尺度，这与音乐家谱写妙曲要凭借灵感是一个道理。世人可以看到这样一种脸庞，如果分开去看其五官则百无一是，然而合在一块儿却是绝世姿容。如果美的要素确实在于举止的优雅，那年长的美于年

---

　　①　阿佩利斯：希腊著名的画家，活跃于公元前 340—前 323 年，擅长画肖像，做过马其顿国王腓力二世和亚历山大大帝的御用画师。
　　②　丢勒（1471—1528），德国画家，著有《人体比例研究》一书。

少的一点都不奇怪，要知道美人迟暮也是一种美。如若不将青春看作优雅得体的补足，年轻的大多都很难称得上俊秀。美貌就像夏天鲜果容易腐烂变质，总是令年轻的骄纵，给年长的带来些许尴尬；不过笔者开篇所言依旧准确，如果美存在于善，就会让善举灿烂无比，令罪恶汗颜无地。

第44篇　论残疾

　　残疾者通常会向造物主实施报复。既然造物主对他们已不公，他们对造物主也会不义。由于残疾者大多（都如《圣经》所言）"缺乏自然亲情"[1]，所以他们对造物主都怀有报复之心。毋庸置疑，肉体与精神之间应该有一种平衡，故造物主在一方面弄出差错，那它就得在另一方面担当风险。但由于精神之构筑可以由人选择，不像肉体之形态只能听天由命，所以决定性格倾向的命星有时可被修炼和德行的太阳遮掩。由此可见，最好别把残疾视为一个人更可欺的标志，而应该将其看作十之八九会产生结果的动因。凡身上有引人轻视之处者无不具有一种欲使自己免遭白眼的永恒动力，因此所有的残疾人都异常勇敢；这种勇敢起初是为了在被人嘲弄时进行自卫，但久而久之就形成了一种习性。身体之缺陷还往往激起残疾人之勤奋，尤其是勤于观察他人的弱点，以期能发现什么可实施报复之处。另外残疾人可消除占优势者对他们的妒忌，因他们在健康人眼中不过是可任意轻蔑的对象；残疾人亦可麻痹其竞争对手，因后者绝不会相信残疾人居然可能得到提升，直到他们目睹提升成为事实。因此总的来说，一个大智者的生理缺陷可能成为他们升迁的有利因素。古代（和现代某些国家）的君王都惯于宠信宦官，其原因是对天下人都怀有妒忌之心的宦官更乐于服从并效忠君王一人；不过君王对宦官的宠信与其说是把他们视为合格的行政官员，不如说是看作称职的耳目密探。宦官的情况与残疾人非常相似。二者的共同之处是，如若其智所能，他们都将努力消除别人对自己的轻视，

而消除的手段非善即恶。所以若偶见残疾者原来是出类拔萃的人物，千万别感到惊讶好奇，须知他们中已有过斯巴达国王阿偈西劳、苏里曼一世之子桑格尔①、寓言大师伊索②和秘鲁总督加斯卡③，而且连苏格拉底和其他一些人也可以归入他们的行列。④

---

① 桑格尔绰号"驼背"。
② 据 13 世纪发现的一部手抄本《伊索传》记载，伊索之形体丑陋不堪。
③ 加斯卡：西班牙天主教教士，1547 年被派往秘鲁恢复殖民地秩序，1548 年击败叛逆的皮萨洛并将其处死，1550 年返回西班牙任锡古恩萨及帕伦西亚主教。据说此人四肢奇长。
④ 苏格拉底虽然不残疾，但相貌特别丑陋。

第 45 篇　说建房

　　建房子的目的是让人居住，而非观赏，因此要首先考虑其用途，随后再去想它的美观，除非兼具用途和美观。仅仅注重美观的建房设计要留给诗人，因为他们精于以极少的费用去建造金碧辉煌的魔宫。在恶劣的环境中建造一栋美丽的房子无异于是把自己关进牢笼。我所言恶劣环境不单单是说空气有损健康之地，还是指空气流通不均匀之所。就像世人所见，很多美丽的房子都建在被群山包围着的某个盆地的较高处，不仅太阳之热量难以散发，而且风聚盆地就像水集低谷，其结果就是令居者感到骤冷骤热的巨大温差，好像是居于几个不同的地方。某地不适合建房，除了因为空气质量差，交通不便与购物困难也是两个因素，而倘若你乐意接纳莫摩斯的建议，那么有不良邻居之处也不适合建房子。① 另有诸多不宜因素我在此就不详说，如雨水缺乏，林木稀少，土壤贫瘠，地形单调，无可观之风景，无开阔之平地，无逐猎放鹰跑马之适当场所，离海太远或太近，无通航河流之便利，或有河水泛滥之隐患。此外要想到别离大城市太远，因为那样会有碍公务；但也别离大城市太近，因为大城市消耗日用品多，会使任何东西都昂贵。最后还须考虑在何处能置得连片的地产，在何处此举会受到限制。以上不利因素也许不可能完全避免，但最好对它们有所了解并加以考虑，以便在选址时能尽量获得有利条件，而且一个人要是有若干居所，他也可以照此考虑加以安排，从而使一处欠缺的条件可在另一处得到弥补。当年卢库

---

　　① 莫摩斯：希腊神话中的嘲弄与非难指责之神。传说他曾指责智慧女神雅典娜不为其住房安装轮子，因而无法避开难以相处的邻居。

鲁斯答庞培那番话就很说明问题，那是在庞培参观他一处私宅的时候，庞培见那所房子有高大壮观的门廊和宽敞明亮的房间，就说："这真是一座消夏别墅，可你冬天怎么办呢？"卢库鲁斯答道："难道你以为我不如一些鸟儿聪明？连它们在冬天快来时也会挪窝。"①

从建房选址谈到建房本身，笔者欲采用西塞罗谈演讲艺术的方法，西塞罗曾写下三卷本的《论演说艺术》，又写了一本《演说家》，前者论这门艺术的基本规律，后者则谈演说之实践。所以笔者欲在此描绘一座豪华宅邸，以期创造出一个简明的样板。须知在当今之欧洲，连在梵蒂冈宫和埃斯科里亚尔宫②这等宏伟的建筑里也难觅一个非常漂亮的房间，这种情形实在奇怪。

所以我首先得说，如果你想建一座完美的府邸，那这府邸就必须得有两个分隔的部分，一部分是《以斯帖记》中所述的那种设宴场所，③一部分是家人居住的地方；前者用于宴会娱乐，后者用于居家度日。我以为这两个部分不一定非得是侧厅，亦可是建筑的正面部分，虽说内部分间不同，但外墙造型统一。这两部分可位于建筑正面居中的塔状主楼两边，看上去像是那座壮观的主楼把它们连在一起。在宴会厅一侧朝外的楼上，我喜欢只要一间宽敞的大厅，大厅约四十英尺高，楼下应有一个可用于化妆或准备的房间，以备有时举行演出庆典等活动时用。而在另一侧，也就是居住的一侧，我希望首先隔出一个客厅和一间祈祷室，二者均应整洁而宽敞，但不必占据该侧的整个长度，而应在远端布置出两个分别供冬夏使用的小客厅，两厅都须布置优雅；在这些厅室下面应有一个漂亮而宽大的酒窖，此外还应有几间专用厨房、食品贮藏室和配餐室。至于正中塔楼，我认为它应比两侧翼楼高出两层，每层高度为十八英尺，应用上等铅皮铺屋顶，屋顶周围应有栏杆，栏杆柱上应间隔相宜地装饰雕像。这塔楼也应按可想到的用途隔出房间，亦有楼梯上楼，

① 这段对话引自普鲁塔克《列传·卢库鲁斯篇》第 39 章第 4 节。
② 马德里附近的一处巨大的王宫，由著名的建筑师托莱多于 1563—1567 年设计并建造。
③ 《圣经·旧约·以斯帖记》中记载了波斯王亚哈随鲁在书珊城的皇家御园中设宴七日以款待万民。

楼梯可采用绕墙旋转式样，① 配以古铜色的雕木栏杆，而且顶端有非常漂亮的楼梯平台。但采用这种楼梯就不能把下层的任何一个房间作为仆人的餐室，不然有时你吃过饭后又得陪着仆人再吃一顿，因为这种楼梯就像烟囱通道，饭菜的气味会顺着楼梯上飘。关于房子的正面部分就描绘至此；只是我认为第一段楼梯的高度应为十六英尺，这亦是底层房间之高度。

　　穿过这正面部分应有一个漂亮的庭院，庭院其余三面的房屋应远远低于正面建筑。该庭院的四角有美观的楼梯，只是这些楼梯只连接凸外的角楼，而非通往建筑本身。那些角楼不可与正面的塔楼一般高，而应与庭院周围的低矮房屋成比例。庭院之地面不宜铺砖石，因砖石会使院内夏天太热，冬天太冷。除四周和院中的十字小径外，其余地面均应铺成草坪，草坪应经常修剪，但不宜剪得太短。靠宴会厅一侧的厢房可全部作为陈列室，这排厢房要显得壮观，要有三五个等距的穹顶，还要有图案各异的彩绘玻璃窗。居室一侧的厢房可设若干会客和便宴的厅堂，另设若干卧室。这左右两边厢房和与主楼相对的那溜儿配房都应隔成内外层，只单面采光，这样你上午或下午都可拥有不受日光直射的房间。你尚可按冬夏不同的需要设计出不同的房间，让夏天用的房间多荫，冬天用的房间保暖。不可像有些人那样把一幢漂亮的房子装满玻璃窗，那会叫人不知往何处躲避日晒或寒冷。至于凸窗，我认为非常适用，可作为朋友聚谈之僻静之处；（当然，在城里建房得考虑临街一面的统一性，故采用平窗更为合适）另外凸窗还可避开日晒风吹，射入室内的阳光或穿堂而过的风都几乎对其没有影响。不过凸窗宜少不宜多，上述庭院中可有四扇分设两边厢房。

　　穿过这庭院还应有一个内院，其面积与外院一般大，地面亦与外院水平，周围房屋前环以花园，花园内圈设漂亮的拱形回廊，回廊应与二楼一般高，朝向花园的下层应建成洞穴式的消夏避暑之处，洞口或窗户均应朝向花园，并高出地面以避潮气。此院之中央应有一座喷泉，或是一座精致的雕像，院内地面亦铺草坪，唯有砖石小

――――――――――――――

　　① 一般的旋转楼梯有中柱，绕墙旋转楼梯没有中柱，其支撑是墙体。

径纵横其间；两边的厢房可作专用客房，底端的一排则作为私人画廊，不过应想到把其中一单元留作医疗室用，以防府邸主人或某位贵宾突然犯病。此医疗室应设在二楼，有卧室、接见室、候见室及内室与之相连。这排房子的一楼和三楼均应有一个用立柱支撑的凸外露台，以便观赏风景和呼吸花园里的新鲜空气。在左右与两侧厢房相接的两个角上，应有两座精美华丽的楼阁，地面铺精美的花砖，墙头饰艳丽的挂毯，窗户安装水晶玻璃，上方是富丽堂皇的穹顶，再配以其他所能想到的优雅装饰。如果条件允许，我觉得还应在上层露台墙体上设计几个精巧的出水口，喷出几股清泉来。上述就是这座府邸的一个大体轮廓，但想踏进这座府邸还须经过三个庭院：第一个仅铺绿茵并且建有垣墙；第二个和第一个差不多，然而可在垣墙之上设计些小角楼作为点缀，或仅对垣墙做一点装饰；第三个和建筑正面围成一个正方形，不过两边不建房屋或是垣墙，而建造一个漂亮的阶梯式露台，露台内侧建有一个柱和柱之间没有拱饰的建柱式回廊。而马厩与洗衣房等附属建筑，则要建在较远之处，通过一些简易走廊和府邸连到一起。

第 46 篇　说园林

万能的上帝乃营造园林之创始者。① 种植花木实乃人类最无瑕的消遣，亦是最令人神清气爽的一种娱乐。若无园林花圃映衬，玉殿广厦将只剩人工雕琢之粗俗，而不见自然天工之妙趣。世人可见，凡在崇尚文明与优雅的年代，人们总是一修高楼大厦就必建精美花园，仿佛唯有花圃园林可使建筑完美。就王公贵族家的花园布局而言，我认为应考虑到一年中之所有月份，让四季都有美丽的花草树木。为避免十一月底和十二月及一月的园景萧瑟，园中须栽培一些在冬天也青翠的植物，如四季青、常春藤、月桂、杜松、香柏、紫杉、松树、冷杉、迷迭香、薰衣草、各色夹竹桃、留兰香、鸢尾花、橘树、柠檬树，此外还可用保温法栽种桃金娘，在向阳处栽种墨角兰。在一月底和二月份应有正值花期的欧瑞香、黄色和白色的香菖兰，以及报春花、银莲花、郁金香、风信子、蝴蝶花和龟头花。三月可观赏的应有花期最早的那种单瓣紫罗兰，以及黄水仙、雏菊、杏花、桃花、山茱萸花和多花蔷薇。四月里应有重瓣白香堇、桂竹香、康乃馨、黄花樱草、矮株鸢尾、各种百合、迷迭香花、郁金香、重瓣牡丹、白水仙、法国杜鹃、樱桃花、大马士革李花和欧洲李花，以及正抽叶的英国山楂和丁香树。五月和六月可观赏的应有各种石竹，尤其是红石竹，有除晚开的麝香玫瑰之外的各种玫瑰，有忍冬花、林石草、牛舌花、白花楼斗菜、万寿菊、金盏花、茶蔗子、挂果的樱桃树和无花果树、覆盆子、葡萄花、正开花的薰衣草、白花

---

① 《圣经·旧约·创世记》第 2 章第 8 节有言："上帝在东方的伊甸辟一园圃，将所造之人安置于此。"

林神草、碎花香草、天香百合和满树繁花的苹果树。七月里应有各色香石竹、麝香玫瑰、开花的欧椴树，以及挂果的梨树、李树和苹果树。八月份应有各种硕果累累的李树、梨树和杏树，有黄花浆果、欧洲榛果和甜瓜香瓜，还有各种颜色的僧冠花。九月里可观赏成熟的葡萄、苹果、黄桃、蜜桃、山茱萸、冬梨、榲桲，以及五颜六色的罂粟花。十月和十一月初则应有成熟的花楸果、欧山楂和大马士革李子，有用嫁接或移植的方法使花期推迟的玫瑰，还有各种颜色的蜀葵等等。以上花木之栽培是就伦敦的气候而言，但笔者的意图显而易见，那就是你可以因地制宜地营造出"永恒的春天"。

　　鉴于自然散发的花木之香远比提炼到手中的芳香油更沁人心脾（花香飘溢犹如音乐荡漾），所以要增添踏园觅香之乐，最正确的方法是先了解哪些花木最容易造成满园芳菲。叙利亚大红玫瑰最会暗藏其幽香，以致贴着身子从它们跟前走过也不觉其香味，甚至在晨露浸润时亦是如此。生长中的月桂同样不泄漏其芳泽，迷迭香和墨角兰散发的香味也不浓郁。[1] 最能使空气中弥漫其香味的当数三色堇，尤其是重瓣白花的那种，此花一年开两次，一次在四月中旬，一次在圣巴托罗缪节[2]前后；其次当数麝香玫瑰；再其次是叶片开始枯萎时的林石草，它会散发一种有兴奋作用的香气；然后是葡萄花，其花像荼蘼草的穗状花一样如一团粉尘，开在刚抽出的簇状果柄上；然后是多花蔷薇和桂竹香，它们若被种在客厅或楼下卧室的窗外会非常讨人喜欢；然后是各种石竹，尤其是丛生石竹和麝香石竹；然后是欧椴花；最后是忍冬花，不过嗅其香味得稍稍站远一点。关于各种豆花我姑且不谈，因为它们不属于观赏花卉。但有三种不属观赏花的植物值得一提，它们往往使空气中充满诱人的清香，但闻其香不是从它们旁边走过之时，而是把它们踩在脚下的时候，这三种植物是小地榆、野百里香和水薄荷；因此你尽可以把它们栽遍园中小径，这样当你漫步于小径时便可足下生香。

　　至于花园本身（记住笔者所谈的是王公贵族家的大花园，正如

----

①　以上四种花木均是提取芳香油的好原料。

②　即每年的 8 月 24 日前后。

前文所论的是王公贵族的府邸一样），其面积不应少于三十英亩，并且应该分成三个部分，即入口处的一块草坪，花园尽头的一片荒野，或称旷野，和位于这两者之间的正园，此外还有正园两边的树篱小径。我以为草坪应占地四英亩。旷野占地六英亩，正园两侧各有四英亩的辅园，正园本身占地十二英亩。这块草坪将使人感受到两种乐趣，其一是修剪得平平展展的绿草最令人悦目，其二是草坪中间可提供一条干干净净的通道，你可沿此通道直达围绕正园的一圈高高的篱墙。不过因为这条通道稍长了一点，而在大热天你不该为了进园纳凉而先在草坪上受热，所以你应在草坪两侧各建一条十二英尺高的木制廊道，如此你便可在荫蔽下进入正园。至于在朝向花园的那排房舍窗下用各色泥土铺出几何图案，我以为那只是雕虫小技，因为你在水果馅饼上就常常见到十分美妙的图案。正园最好是四方形，周围环以刚才提到的那圈篱墙，篱墙上有许多拱洞，拱洞用木柱支撑，其高应为十英尺，宽为六英尺，拱洞的宽度亦是拱洞与拱洞之间的距离。篱墙应高出拱洞四英尺，也就是说拱洞之上的四英尺篱墙应是完整的一圈，这一圈仍由木工筑架造型，在每一个拱洞上面建一个小小的角楼，其大小应足以容纳一个鸟笼；另在两拱洞之间的顶部再构筑某种造型，其外表贴上大片大片的圆形彩色玻璃，以反射绚丽的阳光；我打算把这道篱墙建在一圈斜坡上，斜坡不陡，而是非常平缓，从底到顶六英尺高，坡上遍植鲜花。我还以为这个四方形正园不应占据整个大花园的宽度，而应当在两侧留出足够的空间以建各种树篱幽径，草坪两侧的廊道应与这些幽径相接；但在正园里边不可有被树篱遮掩的横向小径，因前端的树篱会阻挡你透过拱洞看草坪的视线，后端的树篱则会使你看不见那片旷野。

至于大篱墙之内的园林布置，各人可随心所欲地安排；但笔者在此有一点忠告，那就是不管将园子布置成什么模样，你都得做到别让花木太密，或对其雕琢太甚；譬如我就不喜欢把杜松或别的什么庭园树修剪成人或动物的形象，因为那只适合小孩儿的口味。我很欣赏低矮的小树篱，修剪得像圆圆的镶边，其间再修剪出一座座小小的金字塔；在一些地方可借助木制框架，使植物长成一根美丽的圆柱。我还喜欢园中的人行道宽敞而美观。虽说在两侧辅园中你可以有被遮得密不透风的幽径，但正园中的通道不可被遮掩。我还希望在正园中央有一座美丽的小山，有三段通往山顶的台阶，每段台阶顶上有一条可容四人并行的环山小径，我认为环山小径应成正圆，两旁无任何碍目障眼之物；小山应高三十英尺，山上应建一座优雅的宴会厅，厅内应有造型简洁的壁炉，不要装太多的玻璃窗户。

清泉乃园林妙景，令人赏心悦目；但水塘则会使一切都大为减色，因为塘中会滋生蚊蝇虫蛙，从而破坏园内的清纯明净。我以为泉景可有两种，一种是飞雾喷泉，一种是碧池涌泉，后者须建一三十英尺至四十英尺见方的泉池，但池中不可有鱼，亦不可有泥土淤积。飞雾喷泉的装饰柱可采用一直都时兴的雕像，镀金铜像或大理石像均可。但关键的问题是如何巧妙地排水，使之不积在雕像下的凹处；切不可让水因积在凹处而变浑，从而呈现出偏红偏绿等不正常的颜色，或生出苔藓或藏污纳垢；除设计上的措施外，每天还得用人工保持喷泉之清洁；另外喷泉基座可建上几级台阶，周围地面也应精心铺砌。至于那种我们可称之为"浴池"的池形涌泉，因它可接受更多奇妙而美丽的装饰，所以我们不必为它多费脑筋；比如说可在池底用花砖铺出精美的图案，池边亦可同样铺砌，并饰以彩色玻璃和类似的闪光材料，另外再围上一圈低矮的石砌雕栏。但关键问题仍然是要使水不断流动；水源应来自较高处，由一些铺设精巧的喷管引入泉池，然后由一些泄量与引入量相等的泄孔从地下排出，这样水在池中就只稍作停留。使水喷涌的装置应设计巧妙，可使水凸出池面而不外溢，或高高涌起如鸟状、杯状或华盖状等等，毕竟这是供人观赏的泉池，而非治病养身的真正的汤泉。

作为大花园三部分之一的那片旷野，我希望能营造得尽可能像一片天然荒地，那儿不可有高大乔木，只应有一些以多花蔷薇和忍冬构成的灌木丛，另有一些野藤纠缠其间；地面可播种些三色堇、林石草和欧洲樱花，因为这几种花草香气宜人，而且适于在阴凉处生长；这些花草应星星点点地随意撒播，不可有任何条理顺序。我还喜欢在这片旷野上堆出一些类似鼹鼠丘一样的土丘（就像在天然旷野中所见到的那种）。在一些土丘上分别栽种花形美丽的百里香、香石竹和留兰香；在另一些土丘上则分别栽种虽不名贵但却又香又美的花草，如长春花、堇堇菜、林石草、牛舌花、雏菊、红玫瑰、天香百合、美洲石竹和熊掌嚏根草等等。有些土丘顶上可有独丛灌木，有些则不必有。作独丛灌木的可有玫瑰、杜松、冬青、黄花浆果（只用于点缀，因其花味浓而不香）、红穗醋栗、茶藨子、迷迭香、灌状月桂和多花玫瑰等等。不过这些独丛灌木得加以修剪，以免长得过分凌乱。

至于正园两侧的辅园，你尽可在其中铺建各种有树篱掩映的幽径，让园中充满荫凉处。有些小径可完全被植物遮蔽，从任何方向都射不进阳光；有些小径可建成避风通道，遇疾风乍起时你行于其间也犹如行于室内走廊。遮阳的小径亦须在两端竖以树篱，以阻挡厉风长驱直入；避风的通道则须用沙砾精心铺路，以免长草带露弄湿鞋袜。在许多小径两边的狭长花坛上可种植各类果木，附墙攀缘类和直立成行类皆可，但通常应该注意，种果树的花坛应较宽并较矮，若有斜面也不能太陡，其中可栽一些名贵花草，但要栽得稀朗，以免与果树争肥。在这两个辅园的尽头，我认为应各有一座小山，其高度以人站其上胸部高过篱墙为宜，以便观赏园外的田野风光。

至于上文已描绘过的正园，我也不反对其中有一些两旁栽有果树的小径，有一些栽有果树并建有带座凉亭的山丘，但这些小径山丘须安排得当，无论如何不能让正园的布局过于繁缛，不能让那里显得拥塞幽闭，要让其中的空气流通无阻。因为若要荫蔽，我建议你利用辅园中那些幽僻小径；如果你愿意，你尽可以在大热天上那儿去散步；但须考虑到正园之设计主要是为一年中较凉爽的季节，在盛夏季节则只适用于清晨傍晚或阴天。

我不喜欢在花园里设大型鸟笼，除非那笼子大得足以在里面铺草坪并栽种各类树木，这样鸟儿便可有较宽阔的活动空间和较自然的栖息之处，而且地面上也见不到鸟粪污秽。

以上就是笔者对王公贵族家的大花园的一种设想，这设想一半是规划，一半是描绘，所规划描绘出的并非一个模型，而只是一个大致轮廓。在设想中我没有考虑费用问题，但这个问题对王公贵族来说并不重要，他们通常是采纳工匠们的各种建议，七拼八凑地弄出一座花园，其费用也许并不比我设想的花园更便宜，有时候他们还为了富丽堂皇而增加雕塑之类，但那无助于真正的园林雅趣。

第 47 篇　说洽谈

在通常情况下，当面洽谈要好于书面洽谈，而与本人出面洽谈相比，由第三者出面洽谈更好。适合书面洽谈的情况包括：在一个人欲获得书面答复之时，在本人的洽谈信件将来能作为正当凭证之时，或是当面洽谈或许会受阻或被断章取义之时。适合当面洽谈的情况包括：在一个人的威信能使对方起敬之时（譬如和身份相对地位的人洽谈）；在洽谈的事微妙，要察看对方表情才能知道说话分寸之时；更为常见者是在一个人欲对其所言保留否认或者解释的自由之时。如果要为自己选择代为出面洽谈事务之人，最好选择那些豪爽正直之人，因为他们通常都是真诚地完成他人委托之事，会将洽谈结果如实相告；一定不能选择那些油滑之人，他们会利用为上等人做事之机自我吹捧，而且常常报喜不报忧来取悦委托者。另须注意挑选那种乐意去谈你所托之事的人，这样会使洽谈事半功倍；同时亦须注意所选之人得适合所谈之事，如要告诫某人须挑敢说敢言者，要劝说某人须挑善甜言蜜语者，要探询某人须挑心眼灵活者，而要洽谈某项违情悖理的事时，则须挑选那种死心眼的人。还应注意选用那些曾受你之托去洽谈并有幸在洽谈中占上风的人，因为以往的成功会增加他们的自信，从而他们会努力坚持自己提出的条件。

在洽谈中，开门见山地提出目的不如迂回地探测一下对方的意向。当然，如果做为一种使对方措手不及的手段，开门见山也是可取的。对自满自足的洽谈对象，应当设法煽起他的欲火。在洽谈已肯定下双方执行协议的条件后，注意的重点应当放在由谁先来履行条件上。这时，应当能设法牵制住对手，或至少使他相信你的承诺是可靠的，否则他就不会同意先承担义务。

一切洽谈的根本问题，无非是观察对手或利用对手。而人在下述情况下，会不自觉地流露真情，就是在他们觉得可以信任对方的时候，或激动的时候，或放松警惕的时候，或有所求的时候。要对对手之心理加以分析，以便牵制他，或者利用他、劝导他，或者威慑他，来实现目的。在与经验老到的对手打交道时，要看清楚他的目的何在，并经由这一点对他的言论进行分析和解释。和这种对手交涉，宁可少说话也不要多说话。而所言要出其所料。在洽判陷入窘境时，切忌急于求成，希望刚刚播种完就获得丰收。要静待时机，以便摘取那成熟之果。

第 48 篇　谈门客与朋友

不可喜欢身价太高的门客，只怕那会使你像孔雀一样长了尾巴短了翅膀。我说身价太高并非仅指那种消耗钱财者，也指那些令人厌倦者和纠缠不休者。须知除主人提供的赞助、推荐和庇护之外，一般门客不应再提出更高的要求。而那些好拉帮结派的门客更不可喜欢，因为他们来投靠你门下并非出于对你的敬慕，而是出于对另外某人心怀不满，于是接踵而来的就往往是我们常见的大人物之间的误会。那种爱替主人当吹鼓手的门客也往往会招来麻烦，因为他们只顾吹嘘而不知保密，结果会成事不足败事有余，不仅有损主人的名望，而且为主人招来妒忌。还有一种门客也很危险，他们实际上是密探，善于打探主人家的秘密并将其告诉别人，然而这种人每每最受宠信，因为他们既殷勤又谦恭，而且常常能告诉主人他们用主人家的秘密交换而来的他人的秘密。至于说某位大人物被一些与其职业身份相符的人追随（比如某位参加过战争的要人被军人追随），这一直都被视为民间常事，即使在君主制国家也无可厚非，只要被追随者不过分炫耀或过于深孚众望。但被追随者中之最可敬者莫过于那种意欲使各种人的美德都得以发挥的人；然若是追随者们的德行尤明显差异，则宁叮收纳那种才能尚可者也不要那种精明能干的人；而且毋庸讳言，若在人心不古的年代，积极行动者比才智出众者更为有用。① 当然，君王对政府中的同级官员应一视同仁，此

---

① 有英国学者认为此句令人想到修昔的底斯所描述的公元前 427 年内乱中的希腊。当年希腊民主派和贵族派的斗争公开化，结果民主派获胜。当时民主派有大批奴隶追随，这些奴隶可谓"积极行动者"；而贵族派的追随者中则不乏"才智出众者"。

乃天经地义之举，因若是不顾惯例对某人格外器重，那被器重者未免会趾高气扬，而其他同级官员则会产生不满，因为他们有权要求公平对待；但豢养门客的情况却恰好相反，对待他们有亲疏之别才是上策，因为这会使受器重者更感知遇之恩，而其他人对你则会更加殷勤，毕竟一切都取决于主人的欢心。对初接纳的任何门客都须谨慎，不可对其言听计从，因为此时你还掌握不好分寸。而一旦（像人们所说的）被某人牵着鼻子走，那你就将身处险境，须知这种情形会显出你的软弱，使对你的诬蔑诽谤肆意流行，因为连那些平时不直接说三道四的人也会更大胆地言及主人之不是，从而损害主人的名声。不过对众多门客都言听计从会比这更糟，因为那会使你的见解变成印刷清样，已经经过多次校改。听取某几位朋友的意见永远是可敬之举，因为旁观者往往比当局者看得清，身在谷底者更识山之面目。世间少有真正的友谊，而在势均力敌者之间这种友谊更罕见，惺惺惜惺惺不过是世人惯常的夸张。真正的友谊只存在于身份地位有上下之别者之间，这种朋友才可能风雨同舟，休戚与共。

第 49 篇　谈求情说项

很多请求虽然非常不正当，却也有人允诺代呈，[1] 故私下请托对公益之损害可见一斑。不少正当请求常常经由卑污官员之手转呈，而我所言卑污官员除了包括腐败堕落者，还包括那些老谋深算者，这种人仅是受人之托却不忠人之事。有些人允诺为人说项却并不想竭尽所能地去说，然而一旦发现受托之事因为他人说情而可能办成时，他们又非常想请托人对其予以酬谢，或是得到些许酬报，或起码在事情尚未办成时利用请托人的希望。有些人只是为了想借机去见到某人，或是去探听什么消息，才允诺代转请求的，因为他们在受托之事之外不能找到别的适当的借口，等到达到了自己的目的，他们就会不再关心请托之事的成败；一句话，这种人是将他人请托之事视为其过河之桥。更有甚者，有些人出于要搞砸受托之事答应他人之托，以此来讨好请求者的冤家或竞争对手。

毋庸置疑，可以说每接手一项请求就获得了一种权利。若请求者是想通过托人打点而赢得某场官司，那受托人就获得了主持公道的权利；若请求人是想通过请人说项而竞争某个职位，那受托人就获得了评功鉴才的权利。倘受托人之感情在前例中偏向无理的一方，那他最好利用其受托之机使纠纷在私下化解，而不要让其对簿公堂；倘受托人之感情在后例中偏向较为逊色的某人，那他在成全此人时最好别诋毁那位更有资格升迁者，从而断了人家的后路。若对别人

---

① 在作者生活的年代，拜托有权势的人向朝廷，甚至直接向国王提出请求并代为说项（为谋求官职、领地或特权）是常见的事情，连法官也经常接受中间人转交的求情者的礼物。

所托之事不甚了然，那最好去咨询某位对该事有见识的朋友，他也许会告诉受托人接办此事是否体面；不过选择咨询人得小心谨慎，以免被人家牵着鼻子走。求人办事者最恨受托人敷衍欺骗，所以待之以坦诚实乃上策，要么一开始就拒绝接受委托，要么就应及时告诉人家事情进展的情况，而且事成之后不可索要额外的报酬，这种坦诚如今已不仅是一种体面，而且也是一种礼貌。若有人第一个来托情谋求某项特许①，而受托人觉得来者几乎不该获得该项权利，在这种情况下他应考虑到来者对他的信任，而且如果不通过来者他本来并不可能知道有那项特许，所以他不应该利用这个情报，而应该让来者另找途径去达到目的，这也算是回报了人家的信任。不知所求之事的价值大小是头脑简单，而不问所求之事正当与否则是缺乏良知。在说项过程中保守秘密是成功的主要手段之一，因为若大肆张扬，让人家知道自己的事有望办成，这固然会使其他一些说项人死心，但也有可能促使另一些人加紧活动，甚至招来新的竞争对手。不过掌握好时机才是说项成功的关键，须知掌握时机不仅要考虑到那位有权批准请求的要人，而且要考虑到那些有可能阻挠该请求获得批准的角色。请求者在选中介人的时候，与其选权位更高者，不如选更适合其请求事项的人；与其选统管全局者，不如选分管具体事务的人。一个人若在第一次说项遭拒后既不沮丧也不埋怨，那他第二次提出相同请求有时或许会得到恩准。欲得一寸先求一尺，这一规则适用于尤为受宠之人，然而对于特别不受宠者而言，最好也是欲得一尺先求一寸，因为施恩者常常不吝惜失去一个初次讨情之人，可也不想失去已经受其恩惠的说项者和之前已经施予的恩惠。在常人看来，大人物写封举荐信仅仅是小事一桩，却不知如果那举荐没有充分的理由，那会对其名誉极为不利。求情说项者中最令人憎恶的人就是那些依赖求情说项谋生的专业户，因为他们便是扰乱国之秩序的毒药与病菌。

---

①　这种特许包括获得被处决的阴谋分子的地产，或获得到海外经营某个殖民地的权利等等。

第50篇 谈读书

　　读书之用有三：一为怡神旷心，二为增趣添雅，三为长才益智。怡神旷心最见于蛰伏幽居，增趣添雅最见于高谈雄辩，而长才益智则最见于处事辩理。虽说有经验者能就一事一理进行处置或分辨，但若要通观全局并运筹帷幄，则还是博览群书者最能胜任。读书费时太多者皆因懒散，寻章摘句过甚者显矫揉造作，全凭书中教条断事者则乃学究书痴。天资之改善须靠读书，而学识之完美须靠实践；因天生资质犹如自然花木，需要用学识对其加以修剪，而书中所示则往往漫无边际，必须用经验和阅历界定其经纬。讲究实际者鄙薄读书，头脑简单者仰慕读书，唯英明睿智者运用读书，这并非由于书不示人其用法，而是因为其用法乃一种在书之外并高于书本的智慧，只有靠观察方可得之。读书不可存心吹毛求疵，不可尽信书中之论，亦不可为己言掠辞夺句，而应该斟酌推敲，钩深致远。有些书可浅尝辄止，有些书可囫囵吞枣，但有少量书则须细细咀嚼、慢慢消化；换言之，有些书可只读其章节，有些书可大致浏览，有少量书则须通篇细读并认真领悟。有些书还可以请人代阅，只取代阅人所作摘录节要；但此法只适用于次要和无关紧要的书，因浓缩之书如蒸馏之水淡而无味。读书可使人充实，讨论可使人敏锐，笔记则可使人严谨；故不常做笔记者须有过月不忘之记忆，不常讨论者须有通权达变之天资，而不常读书者则须有狡诈诡谲之伎俩，方可显其无知为卓有见识。读史使人明智，读诗使人灵秀，数学使人精细，物理学使人深沉，伦理学使人庄重，逻辑修辞则使人善辩，正如古人所云：学皆成性①；不仅如此，连心智上的各种障碍都可以读

① 引自奥维德《列女志》第15篇第83行。

适当之书而令其开豁。身体之百病皆有相宜的调养运动，如滚球有益于膀胱和肾脏，射箭有益于肺部和胸腔，散步有益于肠胃，骑马有益于大脑等等；与此相似，若有人难聚神思，可令其研习数学，因在演算求证中稍一走神就得重来一遍；若有人不善辨异，可令其读经院哲学，因该派哲学家之条分缕析可令人不胜其烦；而若是有人不善由果溯因之归纳，或不善由因及果之演绎，则可令其阅读律师之案卷；如此心智上之各种毛病皆有特效妙方。

第 51 篇　论党派

　　不少人都持一种愚蠢的看法，就是对君王或臣子而言，要把治国处世的主要策略放在和所有党派的关系上；却不知正确策略完全与之相反，君王和大臣最明智的做法当是如此，就是安排处理与国家总利益相符的重大事务，令一切党派都由衷地赞成和拥护，对待任何一个具体的人仅考虑他的个人身份而忽略他所属党派。然而笔者并不是说要完全忽略对党派的考虑。没有高贵出身的人，其在仕途上欲升迁得依附于党派，然而本身就有力量的显贵之人最好是不结党拉派。刚依附某一党派的人不能死心塌地，而要让其成为所依附党派中最能为他党所容忍者，这种做法往往能铺就一条极好的升迁之路。势力单薄的党派常常更加团结，因此世人经常能见毫不妥协之小党将较为温和之大党击败。两党相争，其中一党战胜另一党后就会自行分裂；如当年庞培和恺撒曾结党与包括卢库鲁斯在内的元老院抗衡，但当元老院势衰后，恺撒和庞培马上就兵戎相见。安东尼和屋大维也曾结为一党与以布鲁图和卡西乌为首的共和派对阵，但当布、卡二人兵败自戕后，安东尼与屋大维也分道扬镳并反目为仇。以上二例都与战争有关，但非公开的党派斗争情况亦是如此；因此当获胜党再行分裂时，那些曾居次要地位的干将虽多有成为新党领袖者，可是他们被人当作垃圾丢掉的情况也是经常可见，原因就在于许多人的优点就是与对手争斗不休，假如对手消失的时候，他们就没有了存在的价值。世间之人应该常会看见，可是有些人一旦获得某党派的帮助而得到权位，那么就会开始与该党派的对立派系相会来往；类似这样的人大多数属于：既然之前的党派可以这样轻易地就抓住，那么现在就是应该准备抓新东西的时候了。派系斗争的倒戈者通常都可以轻而易举地在其中得到好处，原因是由于当两派之间的斗争长时间相持不下的时候，当争取到某人倒戈的时候就会使得天平开始倾向另一方，然而这获得胜利的一边就会对倒戈者有言之不尽的感激。在两党之间保持中立态度的人并不是人人都主张中庸调和，事实上有的人是更加偏向于自己，只是想着可以得到别人得不到的好处，坐收渔翁之利。毋庸置疑，意大利人就会对教皇的不偏不倚产生怀疑，① 虽然他们总是将"众教之父"这几个字眼挂在嘴边，可是往往却总是认为这几个字就是想把属于大家的一切都归结到自家之伟大的那类人。作为君王的人必须要时刻小心谨慎，绝对要摆正自己的位置不要使自己的位置有所偏移，绝对不要使自己成为某党某派中的一分子；然而对于君主制的国家而言，永远都有害无益的则属政府中的党派，原因要归咎于党派一直要求其中的成员尽某种义务，然而类似这般的义务通常要高于对君王尽到的义务，更离谱的是党派已经把君王看作"属于我们其中的一员"，类似这样的事情曾经出现在法国的天主教同盟②。如果党派之争日益严重并达到极为嚣张的地步，那么这种结果只能表明王权薄弱，此种事情的发生只会极大地损害君主的权威和朝政。天文学家所言内侧行星的运动就像君主制国家的党派活动，尽管它们之间能够有适当的自转，但是其公转运动还是由第一运动的更高运动的支配暗中操纵。③

---

① 马基雅弗利就认为："教皇的统治是意大利分裂衰败的根源。"

② 法国胡格诺战争期间由部分天主教教士和贵族组成的同盟，其目的在于和胡格诺教派一争高下并削弱王权。国王亨利三世（1574—1589 年在位）就因为对待两派的立场不够坚定而招致杀身之祸。

③ 依据天文学家托勒密在《大综合论》中的论述，静止的地球是宇宙的中心，中心周围有十条轨道（即十重天），每条轨道内侧有若干天体围绕中心旋转，旋转的动力均来自第十重天的"第一动力"。

第 52 篇　谈礼节与俗套

　　有崇高德行的人待人以不拘礼节之术，就有如镶嵌时不用衬箔的宝石一定是非常可贵的。然而如果认真研究就会容易地发现，谋取利润的情况好像世人得到荣誉的情形；一定要知道小钱装满大钱袋乃永不过时之格言，因为小利能常得，而大利不常得。与此同理，自己的一个小优点便会获得极大的赞扬，因为小的优点能够常常表现出来并且常常引人注目，但是大德大能却很少有机会展现出来。所以说，注重小礼仪小细节便能使人们获得好名声，诚如伊莎贝拉女王①所言：举止优雅大方是任何时候都有用的推荐信。但是要想得到这种推荐信，你能做的就仅仅是不要小看注重细节，因为这样你就会注意他人的优雅行为，另外不得不提的是一个人的自信；必须了解，倘若一个人在言谈举止上总是大费周折，那么他就会失去其原有的风度和魅力，因为展现风度魅力必须是落落大方而并不存在矫揉造作。有些人的一举一动就像每个音节都推敲过的诗行，但是一个总是在鸡毛蒜皮的小事上斤斤计较的人怎么可能会领悟到其中的大道理呢？

　　别人待自己非礼怠慢其实也就是全然不讲礼节，事实上也是叫人对自己不必太过拘谨。因此待人接物不可以免去礼节，特别是在跟陌生人或特别注重礼仪的人交往的时候；可是过分地在乎礼仪的价值，将这看得高于一切，那样做不仅会使别人称自己为笑柄，更重要的是会失去人们对他的信任。不用怀疑，运用礼仪俗套有一种

---

　　①　也就是卡斯蒂利亚王国女王和阿拉贡王国女王，1479 年将两国合而为一，为之后西班牙的统一奠定了基础，曾为哥伦布航海提供资金。

极佳的效果并且是令人难以忘记的办法，如果能够及早地认识，必定会有效地行使。在同辈之间存在最多的是亲热不拘束礼仪，因此不妨试试保持几分庄重。领导在下属面前必定少不了的是庄重严肃，因此不妨试试显露出几分随和。毫无节制地过分注重礼仪会使人感到厌烦，因此往往会适得其反，显得自己庸俗。其实专心注意某人本身并没有什么不妥之处，可是必须要让对方清楚你的目的，你是出于敬重而绝非出于轻率。与他人相附和通常是一条有益的道路，但是在附和的过程中不要丢失自己的主见；如果同意他人的意见也要加上自己的不同见解，对他人的提议表示赞同必须要附上个先决条件，如果对他人的计划表示认可更加需要提出进一步同意的理由。对别人进行恭维的时候一定要注意力度，如果不讲求力度的话，就算在别的方面你很无可挑剔，嫉妒你的人也会说你爱恭维逢迎，所以你在别的方面更加可贵的优点便会遭到贬低。在处理大事之时一定不能太古板，在观察时机的时候更不能太过小心，因为这两者皆不是上策。所罗门曾曰：看风之人难以下种，看云之人不得收获。[①]去创造机会而不是静候机会的是智者。人的动作言行有如人的服装，一定不能太过拘泥和讲究，因为便于行动乃追求之根本。

---

① 见《圣经·旧约·传道书》第11章第4节。

第 53 篇　谈赞誉

　　德行的反映往往也会体现在赞誉上，然而它同时亦是引人深思的镜子。如果赞誉出自平庸者之口，那么这样的赞誉通常是毫无价值的，并且总是仅追随爱慕虚荣者，并非才德双全者。平庸者根本不知道流光厚德是什么。他们叹赏薄德，惊羡私德，但是却对大德伟德一无所知，唯独最喜欢那不真实的且爱显摆的虚情假意。不用怀疑，以一条仅漂虚假名誉而不载厚重德望之河流来比喻平庸者之口碑是再恰当不过了。但是倘若人人都称赞有识之士，就诚如《圣经》中所言，美名犹如香膏①，名扬四海而永不散失其香味，可能是由于香膏中含有不少香料，要比花香的时间还长久。

　　歌功颂德存在着太多的虚伪，因此世人总是会理直气壮地对其报以怀疑的态度。有些人称那种赞扬他人的行为纯粹属于阿谀奉承。如果谄媚者做得不够恰当，那么他就会做出一些通用的高帽，谁都可以适合这种帽子的尺寸。假如献媚者还存有几分心机，那么他就会将心比心地揣摩自己想要攀附的贵人的心理变化，当抓住对方的弱点之时，那么他就可轻易地攻入。可是假如那狐媚者是个卑鄙小人之徒，那么他就会抓住这个人最为难堪的缺陷，随后硬把那些难堪的缺陷说成优点，那么被追捧的人也会不得不鄙视自己的行为。但是有些赞誉本身就是出于良好的愿望和敬意，这是一种对君王跟重要人士应有的一种礼貌；类似这样的赞誉可以称为"以赞为训"，因为赞誉者所颂扬的地方正是他们希望君王和重要人士可以完成的事情。而有些赞誉就好像是糖衣炮弹一般，事实上是为了让被赞誉

---

　　① 见《圣经·旧约·传道书》第 7 章第 1 节。

的人遭到其他世人的嫉妒，这应该就是说最可怕的敌人就是在你面前阿谀奉承的人；但是希腊流传着这样一句格言："口蜜腹剑的赞美者将鼻梁生疮。"① 这好比我们平常所说撒谎者舌尖就会生疮一般。不用怀疑，美好的赞誉应该要有度，适时，这样才不会显得庸俗。所罗门曰："一张开眼睛就开始对朋友大加赞美，那无疑是对朋友大加诅咒。"② 不管是对人还是对事过分地赞扬只会遭人更加反感，关键是还会招来嫉妒跟嘲笑。除其他情况之外，自吹自擂绝对不会显得特别合体；可是如果一个人赞扬自己的工作，那他便会显得非常体面，甚或有时会显得此人十分高尚。作为神学家或者经院神学家的罗马红衣主教往往都孤高自傲，极其鄙夷世俗之事，因为他们以"代理执政官"来称呼一切将军、大使、法官以及其他非神职官员，似乎这些"代理执政官"的任务仅仅是代行职权，然而相较于主教们高深的思辨，他们的行为常常更有益于民众。圣保罗自夸时经常重复说"原谅我妄言"③，然而当他谈及其工作时便会说"我的使命更值得称赞"④。

---

① 古希腊诗人忒奥克里托斯的《田园诗》第 12 首中有诗句："我赞美你哟，美丽的人儿，我不会因此而鼻上生疮。"培根在这里把这句诗进行了转化。
② 见《圣经·旧约·箴言》第 27 章第 14 节。
③ 见《圣经·新约·哥林多后书》第 11 章第 21—23 节。
④ 见《圣经·新约·罗马书》第 11 章第 13 节。

158 ｜培根随笔集｜

第54篇 论虚荣

伊索寓言中有个寓言讲得极好，一只苍蝇停落到大车轮轴上，它说："瞧，我把尘土扬得多高！"世间确实有很多爱慕虚荣者，无论何等样事有进展，更毫不顾及这进展的推动者是更强大的人，但凡此事和他们有一丝牵连，他们就会自以为是地将此事之功劳皆归于己身。爱慕虚荣的人定然喜欢派系之争，因为喜欢自夸自耀就必定会与他人一较高下。爱自夸者都一定是言辞激烈，原因在于唯有如此才能充分证明其言辞之真实。另外，爱自吹自播者必定内心藏不住秘密，所以他们总是成事不足，败事有余。这种人就像法国人常说的那句名言——大肆吹嘘的人干不了多少事———样。

然而不容置疑，对于国家事务的进展而言，吹嘘也是有一定用处的。好比说需要为某种德行创造一些舆论，更或者说需要为某人歌功颂德，那么上面提到的好吹嘘者就可以在其中大展身手。还有就像李维谈及安条克三世与埃托里亚人结盟时就曾说："充当说客之人对其游说的双方进行互相吹嘘，很多时候会收到不一样的效果。"① 因为，假如一名说客在两位君王之间进行游说，目的是要将他们拉入一个对第三者的斗争之中，那么他通常会分别对两位君主进行夸大其将要合作的盟友力量，这样就会达到二者之间的合作目的。这个充当两者之间的说士也通常会分别在这两人面前夸大自己

---

① 语出李维《罗马史》第35卷。公元前192年，塞琉西国王安条克三世应埃托里亚联盟（古希腊的一些城邦以埃托里亚为中心组成的反马其顿同盟）的邀请，来到希腊，但第二年便被罗马给击败了。双方的联盟虽有一定的政治背景，但说客对彼此力量的吹嘘也是联盟得以缔结的重要原因。

对另一方有何巨大的影响，以便达到两人对自己信任的目的。就像这类的夸大其词通常会产生无中生有的神奇功效，原因就在于高调大话有足以诱发信念的价值，然而信念往往就会转化成物质力量。

对军人来说虚荣心是必不可少，将士们可以利用虚荣心互相激励，就好像剑与剑可以互相磨砺。关于那种需要付出重大代价而且需要担当风险的伟大事业，那些钟爱虚荣的人就可以使得其大张旗鼓，然而那些老成持重的人就比较适合做压舱物而不太适合做风帆。再者而言，关于学者的名望，倘若没有插上几片虚饰的羽毛，想要扬名天下何以难。"就连那些写书之人口口声声将名望视为粪土者也从未忘记将自己的大名印在扉页上"①。就连苏格拉底、亚里士多德和盖仑②这样的为人也喜欢露才扬己。毋庸置疑，想要青史留名的人，虚荣心是不可或缺的一部分，原因就在于功德被世人认可通常并不是因为其本身就是圆满没有缺陷，这往往是因为人性之好德之心，因此名垂青史的人大多数都是需要通过第二途径。若是西塞罗、塞内加和小普林尼从来没有为自己涂脂抹粉，那么他们的名声也不会流传到今天。类似这样的涂脂抹粉就好像是替镶板刷漆，不但可以使其光彩夺目照人，还可以使其名垂不朽。可是在上述所讲的虚荣当中，笔者还没有涉及塔西佗为穆奇阿努斯③界定的那种特性。塔西佗说："这个人有一种特性可以使他之前的全部言行全部获得赞赏。"④ 不得不知道的是这种技巧的产生并非来自于虚荣之心，而是来源于自然得体的宽容与谨慎细心。此类宽容和谨慎细心对于某些人不但要自然得体，更重要的是还要使其表现出雍容大雅，因为恭谦、宽容谅解和退一步如果可以被巧妙地使用，这也是在表现自己本身的一种才艺。然而在这种技巧上，小普林尼曾谈及的那种最为精妙不过，就是如果你在别人身上看到了类似于己的优点或成就，

---

① 引自西塞罗《图斯库兰语录》第 1 卷第 15 章。

② 盖仑：古希腊生理学家、哲学家，曾根据动物解剖推论人体结构，并用亚里士多德的目的论阐述人体功能。

③ 穆奇阿努斯：罗马著名的将军，在暴君尼禄死后，因主动让权、拥戴韦斯帕芗为帝而留名青史。

④ 引自西塞罗《历史》第 2 卷第 80 章。

那么就一定不可吝惜予以慷慨赞赏。照小普林尼的话说："你在称赞别人的时候也在称赞你自己，因为你所称赞的那一点不是比你出色，就是比你逊色。但是假若他不如你却得到赞扬，那你就更值得赞扬；假若他比你优秀却没有得到赞扬，那你就更不值得赞扬。"为使虚荣心得到满足而夸耀自己的人是有识之士所鄙视的，是一无所知者所羡慕的，是愚蠢透顶者所称赞之人、寄生食客所崇奉之神祇，与此同时他们也做了其所说谎言的奴隶。

第 55 篇　谈荣誉和名声

得到荣誉的过程只是其个人的美德与价值从来没有被毁灭从而得以彰显。值得一提的是，不少人的所作所为都是出于对名誉的追求，所以他们每每是公众谈论的话题，却很少获得真正的尊敬。此外，某些人在展示其美德时总是半遮半掩，因此他们本身的一切价值常常为舆论所看轻。如果谁能够完美地完成一项不曾有人尝试过，或尝试了却失败了，或尽管成功了但却不是很圆满的事业，那么比起实现一项尽管更为艰巨或是高尚但是早已被人圆满实现的业绩，这要有价值得多。如果有人在中庸思想的指导下行事，那么其某项中庸的举动便会受到一切党派、政派、教派和学派的认可，同时也会给其所表演的赞歌更增光添彩。如果某人在行事作风上不善于珍爱其名誉，那么失败给他带来的名誉毁损就会远远大于成功为他们带来的荣誉。因为战胜他人而获得的荣誉更加让人敬佩，就好比经过琢磨的钻石；因此应该怒力战胜任何声望良好的竞争对手，假如可以的话，最好胜过他们比较擅长的方面。"主人的名声出自仆人之口"①，所以谨言慎行的门客和家仆可以极大地提高主人们的名声。荣誉的天敌是嫉妒，因此一定要想方法消除别人对自己的嫉妒之心，其中的方法是证明自己的追求只是功绩而并非是名望，还要把自己获得的荣誉跟成就归功于上帝和命运，解释清楚并不是自己的聪明才智所为。

荣誉对于帝王君主或是最高统治者来说，可分为以下五等。首

---

① 引自西塞罗《执政官竞选手记》第 5 章。

等荣誉应该归功于那些江山社稷的始创者，就像是罗穆卢斯、居鲁士大帝①、恺撒大帝②、奥斯曼一世③和伊思迈尔一世④。次等荣誉应该要归功于那些立法者，同时第二奠基人或"万世之君"也是给予他们的称号，原因是他们创立的法典并没有随着他们的离世而离开，而是在更好地治理国家。此类统治者有莱克格斯⑤、梭伦、查士丁尼一世⑥、埃德加⑦和编纂并颁行《七法全书》的阿方索十世⑧。那些国家的解救者或是救星就会享有第三等荣誉，也许他们使人民受苦的长期内战得以结束，再或者是将自己的祖国从异族或暴君的手中解救出。这类雄主有奥古斯都、韦斯帕芗⑨、奥勒良⑩、狄奥多里克⑪、英王亨利七世⑫和法王亨利四世⑬。国家的拓展者和保卫者就会享有第四等荣誉，也许他们是在体面的战争中将自己国家的疆土扩展了，也许是在高贵的战争中将敌人的入侵击败。有道明君应该获得第五等荣誉，也就是说那些在执政期间励精图治、为天下创造太平盛世的君王。关于后两类君王不必一一细数，实在是数不胜数。

关于为臣者的荣誉有以下四等。首等应该归功于分忧之臣，也就是可以为君王分忧解难、出谋划策的大臣，也就是人们经常所说的左辅右弼。次等应当归功于领兵之臣，也就是那些能够为君王统率军队征战而且战功显赫的大将。第三等可归功于心腹之臣，也就是那些能够为君王带来安慰而非灾祸的大臣。第四等应归功于称职

---

① 波斯阿契美尼德王朝的创建者。
② 将罗马由共和国过渡到帝国。
③ 奥斯曼帝国的缔造者。
④ 伊朗萨非王朝的创建者。
⑤ 相传是古斯巴达的立法者。
⑥ 拜占庭帝国的皇帝，曾主持修纂《查士丁尼法典》。
⑦ 英格兰的第一位立法者。
⑧ 西班牙卡斯蒂利亚和莱昂王国的国王，1252—1284 年在位。
⑨ 结束了尼禄死后罗马帝国的内战。
⑩ 恢复了罗马帝国的统一，征服了巴尔米拉，赢得了"世界光复者"的称号。
⑪ 意大利东哥特王国的创建者，管理国家多沿袭罗马旧制。
⑫ 结束了历时 30 年的"玫瑰战争"，开始了都铎王朝的统治。
⑬ 结束了"胡格诺战争"，颁布了《南特敕令》，在欧洲开创了宗教宽容的先例。

之臣，也就是那些声望厚重并且对君王忠心耿耿，能兢兢业业并且思维敏捷的能臣。此外，不得不提一种应当享有的最高荣誉，这样的荣誉应当属于那些不顾自身安危维护国家利益或是勇于牺牲的忠臣，譬如雷古卢斯①与德西乌斯父子②。

---

① 雷古卢斯：罗马将军，第一次布匿战争中被迦太基人生俘，后来被派往罗马进行议和，他趁机劝告元老院拒绝敌方条款并继续攻打迦太基；重返迦太基之后，遵守自己先前立下的议和不成便为囚徒的约定，不久被害。

② 父子两人都是在萨莫奈战争中为国捐躯的。参见维吉尔的《埃涅阿斯记》第6卷。

第 56 篇　论法官的职责

为法官者应当牢记，其职责是司法而非立法；其工作是解释法律，而非制定或修改法律。不然司法权又和罗马教会所宣称的那种权力①有何两样？就像借阐释《圣经》之名，随意改定法律，甚至有时会宣布不能从《圣经》中找到一种说法作为依据，去借助古典的力量，之后暗中实行新法律。对于法官来说，足智多谋是不可缺少的，但通晓古今更是必不可少的；不但要得到人们的赞颂，还应得到人们的尊重；一定要谨慎小心行事，相信自己而不留有疑惑。最重要的是，他们与生俱来的天性与美德应当是刚正不阿。摩西律法有言："挪移邻舍地界之人一定会受到诅咒。"② 不能让因自私而偷挪界石的人逃脱责罚，倘若法官在地产归属诉讼中审判有误，那他就是偷挪界石的首要重犯。误判一桩案件比多桩犯罪造成的危害更为严重，因为犯罪的本质只是将河水搅浑，但是误判却是搅浑河水的源头。因此所罗门说："将恶人的力量缩小的善人就好像是污井浊泉。"③ 然而法官的职责涉及的面积甚广，从诉讼当事人、控辩双方律师、手下的书记员和执达吏，还有包括高高在上的君王和政府。下面笔者就开始逐一对这四方面的关系进行讨论。

其一，是说诉讼的当事人。《圣经》中提及："其中有人会把审

---

① 罗马教会声称其有权解释《圣经》，依据是《圣经·新约·马太福音》第 16 章第 19 节中耶稣对西门说的："我要给你天国的钥匙，凡是你在地上禁止的，天上也要禁止；凡是你在地上准许的，天上也要准许。"
② 见《圣经·旧约·申命记》第 27 章第 17 节。
③ 见《圣经·旧约·箴言》第 25 章第 26 节。

判变成苦艾。"① 那么肯定还有人会把审判变成醯醋；必须要知道偏私左袒会使审判变苦，然而拖延时间耽搁时辰就会使审判变酸。惩治暴行和诈骗是法官的最主要的职责，因为这种暴力的行为发生时会将人置于死地，诡秘的诈骗也会发生谋财害命的事情。至于某些只是为了争长论短的小官司，法庭就会将其视为妨碍公务就会不予受理。法官首先应该替自己铺平道路，才可以作出公正的判决，就好像是上帝削山将沟壑填平将大道铺平那样②。因此当其中一方当事人专横无理、栽赃陷害、施奸耍计、合谋串证，并且借助有势力之人和有经验很强悍的律师作为其靠山的时候，那么法官德行的体现就表现为能削山填沟壑把控辩双方的地位都放平，这样就不会影响自己公正公断的判决。必须要知道拧鼻子会将鲜血拧出，而且榨葡萄太过用力榨出的果汁就会有苦涩的核味。因此法官必须要谨慎小心，要时刻解释法律不可穿凿的权威，关于推理论断是绝对不可以勉强，原因就是法律的曲解就是这个世界上最为恐怖的曲解。在对刑法进行解释的时候法官必须要注意，千万不要把意旨是在做有效事情的法律变成可以滥以施行的苛刑，不要把《圣经》中说的那张罗网铺开在人们的头顶上③。必须要知道刑法过度地施行，就是让民众聚集在法律之网中。因此对于刑法中长期没有人指引的条款，或者对已经对当今之国情跟民情不相符合的条款，明事理的法官应该要将其使用进行限制。"不但要明白案件本身的意义，又要对其发生的背景进行掌控，这才是一个成功的法官"④。因此在受理人命案的时候，法官（在法律允许的前提下）应该是在量刑的时候要以慈悲为怀，要做到以严厉的目光看事情，可是要用仁慈的目光对人。

其二，就是说控辩双方的律师。法官所要具备的一种基本素质就是可以耐心并且严肃地听取一名律师的陈述。一副聒噪的铙钹就可以比喻一名多嘴的法官。对于法官来说，不管什么事情先去探询

① 见《圣经·旧约·阿摩司书》第 5 章第 7 节。
② 《圣经·旧约·以赛亚书》第 40 章第 4 节有言："一切山洼都要填满，大小山冈都要削平，高高低低的要改为平坦，崎崎岖岖的必成为平原。"
③ 《圣经·旧约·诗篇》第 11 篇第 6 节有言："他要在恶人的头顶上铺开罗网。"
④ 引自奥维德的《哀歌》第 1 卷第 1 首。

本来可以及时地从律师口中听到的陈述，或者是过多地使得证人和律师的陈述得以终止并且可以显其明察秋毫，或者是用提问的方式（即使是与案情有关的提问）使得控方律师必须要提前披露自己所掌握的情况，这些都是很失体面的行为。法官开庭审案的职责有四种：一是要监督律师向证人取得证据，二是终止漫长、重复或与相关案情没有关系的叙述，三是对定案有决定性影响的陈述要点进行概括、甄选并且加以核实，四是作出最后的裁决或者是判决。凡是超越上述职分的行为均属于行为过度，并且过度的原因常常是好夸多言，不耐心听其诉讼，或者是与法官之职责相匹配的记忆力、注意力和沉着稳重相对缺乏。但是也很奇怪，法官被骄横放肆的律师常常左右控制也是世人经常见到的行为，然而法官的本职应该是对上帝效法（因他们就坐在上帝的审判席上），但是上帝却总是"对倨傲者进行排斥而对谦恭之人进行施恩"①。更加不可思议的是，某些知名律师会得到某些法官的喜欢，但是这种个人喜欢除了会将那些律师的酬金抬高之外，还会使世人觉得这个法律之家有后门可行。在诉讼的进展过程非常顺利并且答辩也非常精彩之时，法官应对律师表示赞赏，或者是在语言上或者是在工作上，对于败诉的一方尤其重要，这种行为不但可以维护该律师在其委托人心中的声誉，而且也可以使他对其本身陈述的理由少几分自信。倘若在诉讼的过程中遇到施奸耍滑，玩忽职守，举证不实，牵强附会或强词夺理的律师，法官也同时要当众给以其恰当得体的斥责。律师绝对不可以在法庭上与法官发生争执，也不可以在法官宣布判决的结果后利用不正当的方法使案件重新获得审理。可是另一方面，法官在审理案件的过程中不可轻易妥协，急于求成，不可以跟当事人说法庭不听取他的律师和证人的陈述。

其三，就是关于法庭书记员和执达吏。法院乃是神圣的场所，所以不单单是法官席不允许被玷污，更重要的是法庭的四墙之内贪赃舞弊的丑行是不被允许的。就像《圣经》中所言："葡萄在荆棘

---

① 见《圣经·新约·雅各书》第4章第6节。

丛中是绝对采不来的。"① 然而倘若是法院的吏役贪赃枉法，那么法庭也就变成了一片荆丛，甜美的果实在上面是不会结出来的。四种恶势力比较容易影响法院的吏役。第一种是专门在诉讼中求得谋利的讼棍。此类人会使法院的数量逐渐增加，可是国家却会随之日渐衰减。第二种则是那些总是使得法院卷入司法管辖权争论的一些政客。此类人在事实上并不是法院的朋友，用寄生虫来形容会更加具体。他们鼓吹司法管辖权扩大完全是为了自己可以在其中获得利益。第三种则是那些可能会被视为"法庭之左手"② 的人，此类人狡猾之极，心里装的全部是阴谋诡计，而且还总是找理由颠倒是非，使法庭被误解，因此会影响审判的答案，误入歧途。其四种就是那些专门敲诈诉讼费的可恶之人。把法院比作灌木林可以在这些人的身上充分地体现出，因为在这个灌木林里避雨的羊总是会留下一些羊毛。可是另一方面，深知法律判例、行事谨慎并熟知法庭的使命的资深吏役，就会成为法庭中最得力的助手，甚至可以将误入歧途的法官拉回来。

第四，就是关于与君王和政府的关系。罗马《十二铜表法》之最后一条首先应该被法官们熟记：人民的幸福就是法律实现的最高境界。还有法官们必须要知道，假如其目标不是保障人民幸福，那么法律也就只是刁难人的恶习罢了，是得不到神灵启示的神谕③。所以君王和政府能经常与司法者协商就是国家的一大幸运之事，而且司法者也可以经常同君王和政府进行商议；前一种协商的发生常常是在司法对政务有所妨碍的时候，后一种协商的发生则经常是在政府的一些想法对法律的有效实施有所妨碍的时候。不得不明白的是通常引起诉讼的争端可能常常只是归属权的争执问题，可是其中争端的源头还有涉及的后果有时候就会牵涉到国家的实质核心问题。所谓的核心问题并不是单单指君权，而是指导致重大变故、产生危险之先例，或对大部分国民有明显影响的问题。所有的人都不可以

---

① 见《圣经·新约·马太福音》第 7 章第 16 节。

② 影响法院公平断案者，因蒙着双眼的正义女神用左手持天平（右手持剑）。

③ 早在古罗马时期就有人通过贿赂祭师来求得满意的神谕。

轻率地认为公正的法律和合理的国策之间存在什么抵牾，原因是这两者之间的关系就好比是精神和肉体，行为上必须要保持一致。另外，法官们还须牢记，所罗门王的宝座两边有雄狮守卫着①。所以法官也应当做雄狮，不过依然是王座下方的雄狮，务必要时刻小心从事，不可在任何方面对君王行使权力造成约束或是阻碍。此外，法官们必须要深刻认识其所拥有权利，要知道正确而睿智地使用和实行法律是其主要职责所在。他们大概都知道，圣保罗在说到一部更伟大的法律时说过："了解律法是理所当然的，但重点在于司法者必须得依法行之。"②

---

① 见《圣经·旧约·列王纪上》第 11 章第 18—20 节。
② 见《圣经·新约·提摩太前书》第 1 章第 8 节。

第 57 篇　谈愤怒

戢怒霁颜，毫不怨怼，这些只不过是斯多葛派哲学家们的侃侃而谈罢了。世界上早已存在更切实际的神示："有了怒火不要抑制，但不能因愤怒而犯罪，进而触犯法律，更不能在日落时还有所怨愤。"[1] 每个人都有怨恨之情，但在一定程度上要予以限制，在时间上更是如此。随后笔者将首先讨论应如何克服易怒这一性格倾向与习惯；再谈论如何控制生气这一难以捉摸的行为，或怎样做能够降低此类行为的伤害度；最后再谈谈如何使别人动怒和息怒。

克服动辄则怒的倾向与习惯，唯一做法就是认真反思发怒的后果，思考一下它到底是如何扰乱你的生活的。进行反思的最好时机是在自己怒气全消之时。塞内加所言甚是："怒气就好比是倾塌的房屋，在其倒塌的地方就会留下一片废墟。"[2]《圣经》中也曾对世人进行规劝"一定要保持冷静，耐心等待"[3]。谁首先失去耐心，谁就会首先失去理智。然而人不可以跟蜜蜂相比较，"只是为了那愤怒的一螫而将自己的生命断送"[4]。因此愤怒无疑是一种让人们鄙视的感情，妇孺病残和老人们软弱的时候它会经常出现，因为它在这个时候最容易支配。但是世人必须要注意，倘若万一被人们激怒，应该对冒犯者表示出鄙夷的态度，不应该表现出畏惧的表情，否则你所受到的伤害就有可能会比实际受到的更严重。这一点不难实现，但是前提是你要把上述提醒作为规划自己的规则。

---

① 见《圣经·新约·以弗所书》第 4 章第 26 节。
② 引自塞内加《论忿怒》第 1 章第 1 节。
③ 见《圣经·新约·路加福音》第 21 章第 19 节。
④ 引自维吉尔《农事诗》第 4 卷第 238 行。

谈及如何将愤怒抑制，必须要知道发怒主要原因有三。第一个原因是对伤害太过于敏感。凡是愤怒的人没有不觉得自己的感情在某种程度上受到了伤害，因此感情脆弱者会经常动怒，许多令人烦恼不已的事情也总是会与之不期而遇，但是这些事情对于性格坚强的人就不会有什么太大的影响。第二个原因是被动者觉得对他施加的伤害还有自己所处的环境使他受到了侮辱，然而羞辱和伤害同样可以使人愤怒不已，有时甚至比直接伤害本身更会使人怒火中烧。因此太过敏感使自己受到羞辱的人会经常动怒。第三个原因是某种舆论对某人的名誉得以侵害，然而这种行为更加会使人恼怒。然而终止这种事情的行为只有一种，那就是贡萨洛①曾经常说的"为名誉的建造提供一个更坚固的掩体"。但是在上面所讲述的情况下，为自己赢得时间是抑制愤怒的最佳办法，要让自己知道报仇泄恨的时机还没有成熟，但是在这期间你已经预见那种时机的到来，如果可以做到这样你就会使自己变得平静，也不会使自己当场就爆发。

倘若要使已经当场发作的愤怒不至于造成严重的后果，那么必须要注意两个重点。第一个重点是让自己爆发的言辞不要太过于尖酸刻薄，关键是不可以指名道姓地出口伤人，必须要知道草草的恶语就可以达到解恨的目的。还有在这期间发怒的人不可揭人老底，因为这种做法会使众人都对你有意见甚至是不想与之交往。第二个重点就是不要因为一时愤怒而断然忘记自己的职责所在；总而言之，不管你是怎样地表现自己的愤怒，都不要做得太过分，无法挽回就不好了。

对于要使得他人动怒，选对时机最为重要，在对方心情最不好、最易愤怒时予以重击，然后要以你所能使用的所有手段（就像上文间接提到的）来加重对方受辱之感。倘若欲阻止他人发怒，则方法完全相反，就是如果你即将谈论的某件事会引发对方的怒气，那么必须要选择在他心情不错之时开口，因为第一感觉十分重要；再者就是要竭力使其有这样一种感觉，就是在他所受伤害中并不包含受到轻辱，你应当把造成那种伤害的原因归于误会、忧虑、激动或所有一切恰当合理的理由。

---

① 贡萨洛（1453—1515），西班牙著名将领，一生战功显赫。

第58篇　谈世事之变迁

　　所罗门说世上并没有新事。[1] 就好似柏拉图的观点，人们所做的事不过都是重复记忆[2]，仅此而已。此外，所罗门亦认为人们做的新事也只是曾经让人遗忘的往事罢了。有一位博学古今的占星学家[3]曾经说过，世间永恒不变的东西只有两种，一种是相互间等距离运行的恒星，另一种则是恒久严守时刻的周日运动[4]，除此之外，一切事物都不是永恒不变的。无可否认，世间万物都处于不断的变化之中，从未有过停息。可是在这个世界上有两块巨大的裹尸布，它们的出现可以将世间一切归入忘川，洪水和地震就是这两块裹尸布。关于大火与大旱，虽然它们的出现会给世人带来灾难，但是不至于使世人消失。法厄同驾太阳车不也只是需要一天而已。[5] 发生在以利亚时代的那场大旱虽持续三年，可是也只是限制在一个区域，结果世人还是逃出了这种灾难。[6] 对于在西印度由雷电引起大火这种常见的现象，其燃烧的范围也是会有限制。这里不得不进一步说的是，在洪水和地震这种毁灭性的灾难中虽然也会有人幸存下来，可是侥幸者通常都是那些无知无识的山民，对于过去他们不可能有任何的记载，

---

　　① 《圣经·旧约·传道书》第1章第9节有言："已有之事，后必再有。已行之事，后必再行。日光之下并无新事。"
　　② 参见柏拉图的《对话集·斐多篇》。
　　③ 西方学者大都认为此"占星学家"应该是指意大利哲学家泰莱西奥。
　　④ 天体在天球上每一恒星日内绕天轴自东向西旋转一周的运动就是周日运动。这其实是地球自西向东绕轴自转的反映。
　　⑤ 法厄同是太阳神的儿子，他曾私自驾驶他父亲的太阳车狂奔，险些使全世界着火，宇斯见状，用雷将其击毙，才得以免除大难。
　　⑥ 见《圣经·旧约·列王纪上》第17—18章。

事实上就是说这种毁灭性的灾难中不会有人幸存，所发生的一切就会被当作没有记录的往事消失。倘若对西印度人进行翔实的考察，那么不难发现与旧大陆的各民族进行相对比较，很有可能他们是一个更新的人种，也可以说是一个更先进的新民族。然而更加有可能的是，虽然说埃及的祭师曾经说是由于一场地震才导致梭伦大西岛的沉没，可是曾经在西印度发生的毁灭性灾难并不是地震所为，原因是有一场特大的洪水引起，因为地震在那些地区几乎是不会发生。还有从另外一个方面进行考究，有许多浩荡的大河在西印度流淌，与之相比较，欧、亚、非三洲的河流也只不过是小溪。另外我们欧洲的山脉也远不如安第斯山高。所以应该要想象，正是凭借高山的力量那里残存的人类才可以逃离那场特大洪水带来的灾难。至于马基雅弗利的看法笔者却有不同的见解。在他看来宗教相争是人们对过去之事遗忘的原因，而且还诬蔑教皇格列高利一世曾经尽其全力将多神教之古迹古俗进行消灭。① 可是在笔者看来宗教之间的狂热并不会带来那么大的改变，更加不可能会持续很长时间，就好像紧随格列高利之后的萨比尼安教皇②就曾经将多神教的风俗习惯复兴。

本文不宜对第十重天的变化进行讨论。可是假如这个世界可以延续很久就像人们想象的那样久远，那么柏拉图一直所讲的"大年"③ 可能真的会起到什么作用，但是类似此作用并不是会具体到使人们可以死而复生，而是要让这个世界周而复始（有人以为天体对世间细微的事也会有精确的影响，可这只是没有根据的想象）。对世间重大事件也具有影响力和作用力的也可以说跟彗星有关，可是世人往往只是注视和观察其运行的轨道，而将它们所带来的影响忽略了，重要的是所带来的不同的影响，也就是说将通过观测而知的不同彗星的亮度、颜色、光线变化以及出现在天上的位置或持续时间忽略了，这样就不会知道其中的变化会带来怎样的影响。

曾经我听说过一件很有趣的事情，我不希望这件事情在没有得

---

① 参见马基雅弗利《论李维》第 2 章第 5 节。

② 萨比尼安在大格列高利死后当选为罗马教皇（604—606）。

③ 古代的西方人将所有天体在完成其公转之后重新运行到他们的起点的那一年称为"大年"，并认为这是一个新时代的开始。参见柏拉图的《对话集·蒂迈欧篇》。

到人们的注意的时候就完全被丢开。听说在低地国家①（我不知道在哪个地区）有人曾经观察到，在那个地方每隔三十五年总是会出现一次相同的气候和年景，比如说严霜、大雨、旱灾、暖冬和凉夏等等。这种现象被他们称作"复初"。由于我回顾过去时也会发现有相似现象出现，所以我才会将这件事情提起。

那么现在还是先让笔者将自然界的变化抛开，进一步谈一下人世间存在怎样的变化。宗教派别的更迭莫过于人世间之发生的最大变化，因为人心被宗教的控制就好像行星被轨道的支配。那块磐石之上就建立着真正的教会，②那么其他的教会就会在时间的汪洋中颠簸。因此笔者只是在此谈一下关于产生新教派的原因，谈论的过程中也会提一点意见，希望这样巨大的变史可以被人类微弱的识别力所制止。

当在一个愚昧无知的野蛮时代，当一个教会被人们广泛地接受但却因为内部倾轧变得四分五裂，当新教徒们也随着变化将自己的神圣使命已经淡忘，他们也开始做有辱教风的事情，在这样极端的宗教环境下，这个世界便会出现新的教派，最重要的是此种时刻又出现狂妄奇特者自封为新教领袖。昔日穆罕默德就是在具有上述特点的狂乱时代宣布他的律法的。但如果新教派没有下面两种特性，那么世人也无须有任何忧虑，因为它不可能在此种情况下得到传播。关于这两种特性，其一是要想取代或反对已经确立的权威，就一定得知道这种方式最能得民心；其二是允许教徒过花红酒绿、醉生梦死的生活，原因在于纯理论的旁门左道之说（譬如古之阿利乌派③与现在的阿米尼乌斯派④）尽管也能极大地蛊惑人心，但却无法左右政局的重大变化，除非他们能够利用政治活动。新教派的树立可

---

① 16世纪以前指尼德兰地区，之后指荷兰、卢森堡、比利时等地。

② "磐石"之说参见《圣经·新约·马太福音》第16章第18节。"真正的教会"指基督教会。

③ 阿利乌派是基督教早期的一个"异端"教派，其领袖阿利乌不遵奉"圣子和圣父同体"的正统信条。该教派因反对教会拥有大量土地和财产而得到下层人民的拥护。

④ 阿米尼乌斯派是欧洲宗教改革时期的一个"异端"教派，其领袖阿米尼乌斯坚决反对加尔文的"先定论"（人在当下现实生活中的成败，以及来生是否能够得救，都由上帝决定）。

以采用三种方式：第一种是以神迹与奇迹，第二种是依靠雄辩而明智的布道，第三种是用武力。至于以身殉教，笔者也仅是把它放在奇迹的行列，因为此种行为好像已经超出人性的力量。再者，我也能把完美的圣洁生活也归于奇迹。不容怀疑，教会只有革除陈规陋习，调和小的争端，实施温和政策，放弃血腥迫害，通过说服和提升的办法来争取异教发起人，而不是以暴力跟仇恨的手段去激怒他们，如此才能避免宗派分裂与新教产生。

由战争带来的变化非常之多，难以估计，实际上主要包括三个变化：第一是爆发战争的地方，第二是战斗武器，第三是运用的战术战略。古代所爆发的战争似乎大都是从东往西，因为入侵者波斯人、亚述人、阿拉伯人以及鞑靼人都来自东方。高卢人属于西方民族，但在我们古书的记载中能够知道他们对外入侵仅有两次，第二次是侵略加拉西亚①，第一次是侵略罗马②。然而东方和西方在天上是没有十分明确的坐标的，所以古人不再明确记载此后的战争是自东向西还是自西向东。然而南和北两个方位就有非常明确的坐标，所以人们能够清楚地知道远在南方的民族很少甚至没有侵略过北方，与之相反的情况亦是常见。所以可以说，其实世界的北部乃更爱征战之区域，或许是由于那一区域的星象，也或许是由于北方的陆地更为广阔（而就世人所知，南方好像都是海洋），也有可能是因为那个更加显著的原因——北方的气候，也就是北方地区过于严寒，正是这种严寒的气候才使得当地居民无须经过太多的加强训练便能身强力壮，英勇剽悍。③

世人能够从一个大国或帝国走向分裂、动荡不安之时看出不久就会发生战争，原因在于那些国力强盛的大国，往往会减弱或是解

---

① 加拉西亚是古代小亚细亚的一个地区（在现在的土耳其境内），公元前 279 年高卢人侵略加拉西亚并建立加拉西亚王国，公元前 25 年罗马帝国将该国设为行省。

② 公元前 390 年，波河流域的高卢人势不可挡，一直兵临罗马城下，罗马人失利，只好退守卡匹托尔山，靠着神庙的庇护予以抵抗。就这场战争，史学家们坚持着这样一个传说：在罗马人把赎城的黄金交给高卢人时，有人不满说高卢人偷偷做了手脚，于是布伦努斯——高卢人的首领把他的佩剑压在砝码上大声喊道："战败的人理应如此！"

③ 此段中提到的南方和北方是以西南欧为中心划分的。在中世纪前半期，较先进的西南欧人不把北欧人当作自己的同类。

除一切战败民族和国家的武装戒备，任何帝国的防御都要倚仗统一的帝国军队，所以在帝国走向衰微的时候，这个帝国大家庭里的所有民族国家也便随着走向衰落，并再次沦为外族人所要争抢的对象。罗马帝国式微之情形也是如此。查理大帝①死后的查理曼帝国也是这样，每一只鸟都夺到一根羽毛。然而如果西班牙帝国即将分崩离析，那么它的结局也不外乎此。此外，诸多王国结为盟友和合二为一也会引发战争，因为在一个国家开始变得强盛时，其便会成为难以抵挡的洪水。历史上的罗马、土耳其、西班牙以及别的帝国便是此类情形。如果世间仍处于蒙昧状态的民族非常少有，而且他们大都不知他们有什么谋生手段就不打算娶妻或是生子（现在除了鞑靼地方②之外世界上其他地方的野蛮民族好像都是相似的情形），那么世界便不会有人口泛滥的危险。不过倘若有着不少人口的民族仍然继续繁殖而不考虑其国计民生，那么其就一定要隔些时日就迁移一部分人口到别处，但是古时北方民族曾以抽签之法来决定此种迁移的结果，也即按照抽签的结果来决定哪些人能继续待在本地，哪些人一定要远走他乡到外地生活。如若一个好战之国慢慢走向没落，那么其势必也会引来战争，原因在于这样的国家其经济会随其军事的衰落而变得异常繁荣，故而自然也就成为他人心心念念要得到的一块肥肉，而其军事上的衰落也必定会鼓励其他国家对其发动战争。

在武器的利用上，好像并无规律可循，而且也不会受到世人注目，然而笔者仍然能够发现，变化和轮回亦适用于武器的使用。不容怀疑，世人都知道印度人曾将火炮，即马其顿人所说的雷电或是魔火投入奥克斯拉斯城战场。③ 但是尽人皆知，中国在两千年前就已使用了火炮。关于武器的性能与使用，其有下面几种变化趋势：第一，要攻击远处的目标，期间也应减少使用者的危险，这种变化主要体现在大炮和滑膛枪上；第二，攻击力要强悍，在此一点上大炮

---

① 查理大帝（约742—814），法兰克的国王，通过征服建立了控制西欧大部分地区的帝国。他死后不久，帝国便分裂了。

② 指由蒙古人控制的自东欧到亚洲的辽阔区域。

③ 亚历山大大帝在公元327年曾率领马其顿大军占领过印度西北部，但关于印度人使用火炮的说法并没有正式的记载。

已经超越了所有攻城槌与古代的一切发明；第三，要便于使用，不仅要方便携带，还要适用于一切气候条件，并容易操纵，等等。

在战术战略的变化上，起初人们在作战的时候较为倚仗士兵的数量，战争能否取胜关键是看兵力与士气如何。在当时，他们一般是定好交战的时间，通过公平公正的战斗一决胜负。换句话说，在当时何为排兵布阵他们并不知晓。随着时间的推移，他们慢慢知道了这个道理——兵不贵多而贵精，同时也掌握了抢占对战争有利之地形与声东击西、迂回包抄等战术，并渐渐提高了指挥部署的能力。

在一个国家刚刚建立的时候军事往往是最强大的，只有壮年时期其学术才会变得繁荣，随后便会迎来军事和学术都兴盛的时期，那么最后就会进入军事和学术都衰落的老年时代，一个它的工艺技术与商业贸易的繁荣都达到时代巅峰的时代。关于学术，也是自其年幼的童年期进入到生气勃勃的青春期，再进入到韬光养晦的壮年期，最后仍然进入到日薄西山的残年晚期。不过目光不应在这种轮回变迁的世事上停留太长时间，以免这些无法解答的轮回使我们头昏脑涨。至于轮回这个变化不定的巨轮是如何转动的，那些也仅仅是些毫无根据的学说而已，所以本文就不再详加谈论了。

附录一

培根概述

他竭力倡导"读史使人明智，读诗使人灵秀，数学使人精密，哲理使人深刻，伦理学使人有修养，逻辑修辞之学使人善辩"。

他推崇科学、发展科学的进步思想和崇尚知识的进步口号，一直推动着社会的进步。这位一生追求真理的思想家，收入 58 篇随笔，从各个角度论述广泛的人生问题，精妙、有哲理，拥有很多读者。

培根著有《学术的进展》（1605）和《新工具》（1620）等。培根尖锐地批判了中世纪经院哲学，认为经院哲学和神学严重地阻碍了科学的进步，培根作品《新工具》主张要全面改造人类的知识，使整个学术文化从经院哲学中解放出来，实现伟大的复兴。他认为，科学必须追求自然界事物的原因和规律。要达到这个目的，就必须以感官经验为依据。他提出了唯物主义经验论的原则，认为知识和观念起源于感性世界，感觉经验是一切知识的源泉。要获得自然的科学知识，就必须把认识建筑在感觉经验的基础上。他还提出了经验归纳法，培根作品《新工具》主张以实验和观察材料为基础，经过分析、比较、选择、排除，最后得出正确的结论。

《论说文集》最能体现培根的写作风格：文笔优美、语言凝练并且寓意深刻。这本书中的文章从各种角度论述了他对人与社会、人与自己、人与自然的关系的许多独到而精辟的见解，使许许多多人从这本书中获得熏陶指导。如：

"一个自身无德的人见别人有德必怀嫉妒。"

"没有友谊，则世上不过是一片荒野。"

"最能使人心神健康的预防药，就是朋友的忠言规谏。"

"思想中的疑心就好像鸟中的蝙蝠一样，永远是在黄昏中飞的。疑心使君王倾向专制，丈夫倾向嫉妒，智者倾向寡断和忧郁。"

"狡猾就是一种阴险邪恶的聪明。一个狡猾人与一个聪明人之间，却有一种很大的差异，这差异不但是在诚实上，而且是在才能上的。"

"顺境的美德是节制；逆境的美德是坚忍。这后一种是较为伟大的一种德行。"

培根一生在学问上成就很大，然而作为政客他饱尝了仕途之艰辛。做女王掌玺大臣的父亲去世后，他一直未得到女王的重用。直到詹姆斯一世当政，他才逐渐得到升迁，先后担任过法院院长、检察长、掌玺大臣等，还被封男爵、子爵等贵族尊号。然而，后来他又被免除了一切官职。成为平民之后，培根将全部的精力投入到学问研究中，他最终成为中世纪英国著名的唯物主义哲学创始者。1626 年 4 月 9 日培根离开了人世。

人物生平

培根于 1561 年 1 月 22 日出生于伦敦一个官宦世家。父亲尼古拉·培根（1510 年 12 月 28 日—1579 年 2 月 20 日）是伊丽莎白女王的掌玺大臣，曾在剑桥大学攻读法律，他思想倾向进步，信奉英国国教，反对教皇干涉英国内部事物。母亲安尼是一位颇有名气的才女，她娴熟地掌握希腊文和拉丁文，是加尔文教派的信徒。良好的家庭教育使培根成熟较早，各方面都表现出异乎寻常的才智。12岁时，培根被送入剑桥大学三一学院深造。在校学习期间，他对传统的观念和信仰产生了怀疑，开始独自思考社会和人生的真谛。

在剑桥大学学习三年后，培根作为英国驻法大使埃米阿斯·鲍莱爵士的随员来到了法国，在旅居巴黎两年半的时间里，他几乎走遍了整个法国，接触到不少的新鲜事物，汲取了许多新的思想，这对他的世界观的形成起到了很大的作用。1579 年，培根的父亲突然病逝，他要为培根准备日后赡养之资的计划破灭，培根的生活开始陷入贫困。在回国奔父丧之后，培根住进了葛莱法学院，一面攻读法律，一面四处谋求职位。1582 年，他终于取得了律师资格，1584 年当选为国会议员，1589 年，成为法院出缺后的书记，然而这一职位竟长达 20 年之久没有出现空缺。他四处奔波，却始终没有得到任何职位。此时，培根在思想上更为成熟了，他决心要把脱离实际、脱离自然的一切知识加以改革，把经验观察、事实依据、实践效果引入认识论。这一伟大抱负是他的科学的"伟大复兴"的主要目标，是他为之奋斗一生的志向。

1602 年，伊丽莎白去世，詹姆士一世继位。由于培根曾力主苏格兰与英格兰的合并，受到詹姆士的大力赞赏。培根因此平步青云，扶摇直上。1602 年授封为爵士，1604 年被任命为詹姆士的顾问，1607 年被任命为副检察长，1613 年被委任为首席检察官，1616 年被任命为枢密院顾问，1617 年被提升为掌玺大臣，1618 年晋升为英格兰的大陆官，授封为维鲁兰男爵，1621 年又授封为奥尔本斯子爵。但培根的才能和志趣不在国务活动上，而是在于对科学真理的探求上。这一时期，他在学术研究上取得了巨大的成果，并出版了多部著作。

1621 年，培根被国会指控贪污受贿，被高级法庭判处罚金四万镑，被监禁于伦敦塔内，终生逐出宫廷，不得任议员和官职。虽然后来罚金和监禁皆被豁免，但培根却因此而身败名裂。从此培根不理政事，开始专心从事理论著述。

1626 年 3 月底，培根坐车经过伦敦北郊。当时他正在潜心研究冷热理论及其实际应用问题。当路过一片雪地时，他突然想作一次试验，他宰了一只鸡，把雪填进鸡肚，以便观察冷冻在防腐上的作用。但由于他身体羸弱，经受不住风寒的侵袭，支气管炎复发，病情恶化，于 1626 年 4 月 9 日清晨病逝。

培根死后，人们为怀念他，为他修建了一座纪念碑，亨利·沃登爵士为他题写了墓志铭：

圣奥尔本斯子爵。

如用更煊赫的头衔应称之为"科学之光""法律之舌"。

哲学思想

培根的哲学思想是与其社会思想密不可分的。他是资产阶级上升时期的代表，主张发展生产，渴望探索自然，要求发展科学。他认为是经院哲学阻碍了当代科学的发展。因此他极力批判经院哲学和神学权威。他还进一步揭露了人类认识产生谬误的根源，提出了著名的"四假相说"。他说这是在人心普遍发生的一种病理状态，而非在某情况下产生的迷惑与疑难。第一种是"种族的假相"，这是由于人的天性而引起的认识错误；第二种是"洞穴的假相"，是个人由于性格、爱好、教育、环境而产生的认识中片面性的错误；第三种是"市场的假相"，即由于人们交往时语言概念的不确定产生的思维混乱。第四种是"剧场的假相"，这是指由于盲目迷信权威和传统而造成的错误认识。培根指出，经院哲学家就是利用四种假相来抹杀真理，制造谬误，从而给予了经院哲学沉重的打击。但是培根的"假相说"渗透了培根哲学的经院主义倾向，未能对理智的本性与唯心主义的虚妄加以严格区别。

培根认为当时的学术传统是贫乏的，原因在于学术与经验失去接触。他主张科学理论与科学技术相辅相成。他主张打破"偶像"，铲除各种偏见和幻想，他提出"真理是时间的女儿而不是权威的女儿"，对经院哲学进行了有力的攻击。

培根的科学方法观以实验定性和归纳为主。他继承和发展了古代关于物质是万物本源的思想，认为世界是由物质构成的，物质具有运动的特性，运动是物质的属性。培根从唯物论立场出发，指出科学的任务在于认识自然界及其规律。但受时代的局限，他的世界观还具有朴素唯物论和形而上学的特点。

思想贡献

培根是第一个意识到科学及其方法论的历史意义以及它在人类生活中可能扮演的角色的人。他试图通过分析和确定科学的一般方法和表明其应用方式，给予新科学运动以发展的动力和方向。

培根是一位哲学家。他一开始就探索实验方法的各种可能性，他说他要做科学上的哥伦布。1605年他出版了第一本书《学术的进展》，这是解释他的见解的最早的一部通俗读物。

1620年，他主要的著作《伟大的复兴》出版了一部分，这部书到他死时还没有写完。培根把此书分为六个部分。

导论，即《学术的进展》《新工具》，主要是对科学方法的分析，是书中最完整的部分。原定是关于工匠学问和实验事实的百科全书，第四部分没有找到，主要论述怎样运用新方法来分析事实，讨论过去和现在的科学理论，论述新自然哲学，把从各方面的事实提炼出来的假说和现有的科学理论最后加以综合。这部书培根只写到了第二部分。但是他对十七世纪英国和十八世纪法国影响都极大。在这部著作里他提出了以观察和实验为基础的科学认识理论，作为归纳法理论逐渐为人所知。

培根认为对自然的科学理解和技术控制是相辅相成的，两者都是运用科学方法的成果。培根对印刷、火药和罗盘的发明非常重视。他以这三种发明为例，证明近代人比古希腊人的知识高明得多。培根说：

"因此促进科学和技术发展的新科学方法，首先要求的就是去寻找新的原理、新的操作程序和新的事实。这类原理和事实可在技术知识中找到，也可在实验科学中找到。当我们理解了这些原理和知识以后，它们就会导致技术上和科学上的新应用。"

培根请求詹姆斯一世颁布命令去搜集各种方面的知识。他认为把大量事实搜集起来是他的方法的首要要求，只要有一部篇幅六倍于老普林尼的《自然史》那样的百科全书，他就可以解释自然界的所有现象。

培根的科学方法观是以实验定性和归纳为主。他对科学方法上使用的数学和演绎法采取不信任态度。培根只是在他提倡的方法上有他的独创之见，但这些独创之见也没有立即得到应用。到十九世纪由于地质学和生物学中进化论的发展，培根的定性归纳方法才受到人们的重视。

在评价培根的方法论时，马克思曾说：

"科学是实验的科学，科学的方法就在于用理性的方法去整理感性材料，归纳、分析、比较、观察和实验是理性方法和重要条件。"

在应用科学方面，培根感兴趣的主要是工匠的技术和工业生产过程，因而他被称作"工业科学的哲学家"。

培根还是一位散文家。他在 1624 年出版的《培根随笔集》，文笔非常优美，是值得一读的佳作。其中有很多名句：

"读史使人明智，读诗使人灵秀，数学使人周密，哲理使人深刻，伦理学使人有修养，逻辑修辞之学使人善辩。"

"凡有所学，皆成性格。"

"真理是时间之产物，而不是权威之产物。"

"合理安排时间就是节约时间。"

个人论著

1597 年，培根发表了他的处女作《培根随笔集》。他在书中将自己对社会的认识和思考，以及对人生的理解，浓缩成许多培根作品《论古人的智慧》，富有哲理的名言警句，受到广大读者的欢迎。

1605 年，培根用英语完成了两卷集《论学术的进展》。这是以知识为其研究对象的一部著作，是培根声称要以知识为其领域，全面改革知识的宏大理想和计划的一部分。培根在书中猛烈抨击了中世纪的蒙昧主义，论证了知识的巨大的作用，提示了知识不能令人满意的现状及补救的办法。在这本书中，培根提出一个有系统的科学百科全书的提纲，对后来十八世纪的狄德罗为首的法国百科全书派编写百科全书，起了重大作用。

1609 年，在培根任副检察长时，他又出版了第三本著作《论古人的智慧》。他认为在远古时代，存在着人类最古的智慧，可以通过对古代寓言故事的研究而发现失去的最古的智慧。

培根原打算撰写一部六卷本百科全书式的著作——《伟大的复兴》，这是他要复兴科学，要对人类知识加以重新改造的巨著，但他未能完成预期的计划，只发行了前两部分，1620 年出版的《新工具》是该书的第二部分。《新工具》是培根最重要的哲学著作，它提出了培根在近代所开创的经验认识原则和经验认识方法。这本书与亚里士多德的《工具篇》是相对立的。

培根在结束其政治生涯后，仅用几个月时间就完成了《亨利七世本纪》一书，这部著作得到后世史学家的高度评价，被誉为是"近代史学的里程碑"。

大约在 1623 年，培根写成了《新大西岛》一书，这是一部尚未完成的乌托邦式的作品，由罗莱在他去世的第二年首次发表。作者在书中描绘了自己新追求和向往的理想社会蓝图，设计了一个称为"本色列"的国家，在这个国家里，科学主宰一切，这是培根毕生所倡导的科学的"伟大复兴"思想信念的集中表现。

此外，培根在逝世后还留下了许多遗著，后来，由许多专家学者先后整理出版，包括《论事物的本性》《迷宫的线索》《各家哲学的批判》《自然界的大事》《论人类的知识》等等。

不朽的著作《伟大的复兴》

培根最重要的作品是论述科学哲学的。他计划分六个部分来写一部巨著《伟大的复兴》。打算在第一部分重申我们的知识现状；第二部分描述一种新的科学调查方法；第三部分汇集实验数据；第四部分解释说明他的新科学工作方法；第五部分提出一些暂定的结论；最后一部分综述用他的新方法所获得的知识。可想而知，这项宏伟的计划——可能是自从亚里士多德以来最有抱负的设想——从未得以完全实现。但是可以把《学术的进展》（1605）和《新工具》（1620）看作是他的伟大著作的头两个部分。

最重要著作《新工具》和归纳法的创作

《新工具》也许是培根最重要的著作。这部著作基本上是号召人们采用实验调查法。由于完全依靠亚里士多德演绎逻辑方法，因而需要一种新的逻辑方法——归纳法。知识并不是我们推论中的已知条件，而是要从条件中归纳出结论性的东西，更确切地说是我们要达到目的的结论。人们要了解世界，就必须首先去观察世界。培根指出要首先收集事实，然后再用归纳推理手段从这些事实中得出结论。虽然科学家在每一个细节方面并不都是遵循培根的归纳法，但是他所表达的基本思想对观察和实验有重大意义，构成了自那时起科学家一直所采用的方法的核心。

最后的著作《新西特兰提斯岛》

培根的最后一部著作是《新西特兰提斯岛》，该书描写了太平洋的一个虚构的岛上的一个乌托邦国家。虽然书中的背景令人想起托马斯·莫尔爵士的《乌托邦》，但是其整个观点则截然不同。在培根的书中，他的理想王国的繁荣和幸福取决于而且直接来自于集中精力所从事的科学研究。当然培根是在间接地告诉读者科研的明智应用可以使欧洲人民与他的神秘岛上的人民一样繁荣幸福。

历史地位

弗兰西斯·培根是近代哲学史上首先提出经验论原则的哲学家。他重视感觉经验和归纳逻辑在认识过程中的作用，开创了以经验为手段，研究感性自然的经验哲学的新时代，对近代科学的建立起了积极的推动作用，对人类哲学史、科学史都作出了重大的历史贡献。为此，罗素尊称培根为"给科学研究程序进行逻辑组织化的先驱"。

个人名言

生活的理想，就是为了理想地生活。

只知哲学一些皮毛的人，思想会导向无神论。但是，深入了解哲学，会把人带回宗教。

一个机敏谨慎的人，一定会交一个好运。

一切真正伟大的人物（无论是古人、今人，只要是其英名永铭于人类记忆中的），没有一个因爱情而发狂的人：因为伟大的事业抑制了这种软弱的感情。

礼节要举动自然才显得高贵。假如表面上过于做作，那就丢失了应有的价值。

内容丰富的言辞就像闪闪发光的珠子。真正聪明睿智的却是言辞简短的。

美的至高无上的部分，无法以彩笔描出来。

一般来说，青年人富于"直觉"，而老年人则长于"深思"。

因结婚而产生的爱，造出儿女；因友情而产生的爱，造就一个人。

机会先把前额的头发给你捉而你不捉之后，就要把秃头给你捉了；或者至少它先把瓶子的把儿给你拿，如果你不拿，它就要把瓶子滚圆的身子给你，而那是很难捉住的。

在开端起始时善用时机，再没有比这种智慧更大的了。

时间是衡量事业的标准。

炫耀于外表的才干陡然令人赞羡，而深藏未露的才干则能带来幸运。

书籍是在时代的波涛中航行的思想之船，它小心翼翼地把珍贵的货物运送给一代又一代。

在一切大事业上，人在开始做事前要像千眼神那样察看时机，而在进行时要像千手神那样抓住时机。

美貌倘若生于一个品德高尚的人身上，当然是很光彩的；品行不端的人在它面前，便要自惭形秽，远自遁避了。

青年人比较适合发明，而不适合判断；适合执行，而不适合磋商；适合新的计划，而不适合固定的职业。

由智慧所养成的习惯能成为第二本性。

除了知识和学问之外，世上没有任何其他力量能在人的精神和心灵中，在人的思想想象见解和信仰中建立起统治和权威。

残疾人的成功通常不易招致嫉妒。因为他们有缺陷，使人乐于宽忍他们的成功。也常使潜在的对手忽视了他们的竞争和挑战。

当你遭遇挫折而感到愤懑抑郁的时候，向知心挚友的一度倾诉可以使你得到疏导。否则这种积郁使人致病。俗语说："人总是乐于把最大的奉承留给自己"，而友人的逆耳忠言却可以治疗这个毛病。朋友之间可以从两个方面提出忠告：一是关于品行的，二是关于事业的。

既然习惯是人生的主宰，人们就应当努力求得好的习惯。习惯如果是在幼年就起始的，那就是最完美的习惯，这是一定的，这个我们叫做教育。教育其实是一种从早年就起始的习惯。

我认为善的定义就是有利于人类。

真正迅速的人，并非事情仅仅做得快，而是做得成功而有效的人。

实践中的失败主要由于不知道原因而发生，正是在这种情况下人的两种企望：对知识和力量的企望真正相和在一起了。

金钱是品德的行李，是走向美德的一大障碍；因财富之于品德，正如军队之于辎重一样，没有它不行，有了它又妨碍前进，有时甚至因为照顾它反而丧失了胜利。

幸运的时机好比市场上的交易，只要你稍有延误，它就将掉价了。

最好的办法是把青年的特点与老年的特点在事业上结合在一起。从现在的角度说，青年叮以从老年身上学到他们所不具有的优点；而从社会影响角度来说，有经验的老人执事令人放心，而年轻人的干劲则鼓舞人心；如果说，老人的经验是可贵的，那么青年人的纯真是崇高的。

集体的习惯，其力量更大于个人的习惯。因此如果有一个有良好道德风气的社会环境，是最有利于培训好的社会公民的。

状貌之美胜于颜色之美，而适宜并优雅的行为之美又胜于状貌之美。美中之最上者就是图画所不能表现，初睹所不能见及者。

使人们宁愿相信谬误，而不愿热爱真理的原因，不仅由于探索真理是艰苦的，而且是由于谬误更能迎合人类某些恶劣的天性。

习惯真是一种顽强而巨大的力量，它可以主宰人的一生，因此，人从幼年起就应该通过教育培养一种良好的习惯。

人们的举止应当像他们的衣服，不可太紧或过于讲究，应当宽舒一点，以便于工作和运动。

合理地安排时间，就等于节约时间。

只有美貌而缺乏修养的人是不值得赞美的。

人的天性虽然是隐而不露的，但却很难被压抑，更很少能完全根绝。即使勉强施压抑，只会使它在压力消除后更加猛烈。只有长期养成的习惯才能多少改变人的天生气质和性格。

人们大半是依据他的意向而思想，依据他的学问与见识而谈话，而其行为却是依据他们的习惯。

缺乏真正的朋友乃是最纯粹最可怜的孤独；没有友谊则斯世不过是一片荒野；我们还可以用这个意义来论"孤独"说，凡是天性不配交友的人其性情可说是来自禽兽而不是来自人类。

凡过于把幸运之事归功于自己的聪明和智慧的人多半结局是不幸的。

人们说得好，真理是时间的女儿，不是权威的女儿。

读书给人以乐趣，给人以光彩，给人以才干。

金钱像肥田料，如不散布是没有多大用处的。

爱情就像银行里存一笔钱，能欣赏对方的优点，就像补充收入；容忍对方缺点，这是节制支出。所谓永恒的爱，是从红颜爱到白发，从花开爱到花残。

同情是一切道德中最高的美德。

要追求真理，认识真理，更要依赖真理，这是人性中的最高品德。

相貌的美高于色泽的美，而秀雅合适的动作的美，又高于相貌的美，这是美的精华。

好的运气令人羡慕，而战胜厄运则更令人惊叹。

没有可倾心相谈的知交的人们，是个吃自己和自己心的食人鬼。

时间乃是最大的革新家。

真理之川从它的错误之沟渠中流过；像萌芽一般，在一个真理之下又生一个疑问，真理疑问互为滋养。

天赋如同自然花木，要用学习来修剪。

当命运微笑时，我也笑着在想，她很快又要蹙眉了。

友谊的一大奇特作用是：如果你把快乐告诉一个朋友，你将得到两个快乐；而如果你把忧愁向一个朋友倾吐，你将被分掉一半忧愁。友谊对于人生，真像炼金术所要找的那种"点金石"。它能使黄金加倍，又能使黑铁成金。

求知的目的不是为了吹嘘炫耀，而应该是为了寻找真理，启迪智慧。

爱情和智慧，二者不可兼得。

谚语可以体现一个民族的创造力、智慧和精神。

严厉生畏，但是粗暴生恨，即使公事上的谴责，也应当庄重而不应当侮辱嘲弄。

就是神，在爱情中也难保持聪明。

美德好比宝石，它在朴素背景的衬托下反而更华丽。同样，一个打扮并不华贵，却端庄严肃而有美德的人，是令人肃然起敬的。

誓言是否有效，必须视发誓的目的而定；不是任何的目的都可以使誓言发生力量。

命运如同市场。如果老待在那里，价格多半是会下跌的。

顺境的美德是节制，逆境的美德是坚忍，这后一种是较为伟大的德行。

一个人从另一个人的诤言中所得来的光明，比从他自己的理解力、判断力所得出的光明更干净纯粹。

在人类历史的长河中，真理因为像黄金一样重，总是沉于河底而很难被人发现，相反的，那些牛粪一样轻的谬误倒漂浮在上面到处泛滥。

幸运并非没有许多的恐惧与烦恼，厄运也并非没有许多的安慰与希望。

读书不是为了雄辩和驳斥，也不是为了轻信和盲从，而是为了思考和权衡。

科学真正的与合理的目的在于造福于人类生活，用新的发明和财富丰富人类生活。

在富人的想象里，财富是一座坚固的堡垒。

读书补天然之不足，经验又补读书之不足。

人生如同道路。最近的快捷方式通常是最坏的路。

如果你考虑两遍以后再说，那你说得一定比原来好一倍。

与智慧相伴的是真理，智慧只存在于真理中。

如果问在人生中最重要的才能是什么？那么回答则是：第一，无所畏惧；第二，无所畏惧；第三，还是无所畏惧。

世上友谊本罕见，平等友情更难求。

书籍是横渡时间大海的航船。

只要你想想一个人一生中有多少事务是不能仅靠自己去做的，就可以知道友谊有多少益处了。

友谊使欢乐倍增，悲痛锐减。

对一个人的评价，不可视其财富出身，更不可视其学问的高下，而是要看他真实的品德。

我们的语言，不妨直爽，但不可粗暴骄傲；有时也应当说几句婉转的话，但切忌虚伪轻浮与油滑。

友谊的主要效用之一就在于使人心中的愤懑抑郁得以宣泄、释放……对一个真正的朋友，你可以传达你的忧愁、欢悦、恐惧、希望、疑忌、谏净，以及任何压在你身上的事情。

从错误中比从混乱中易于发现真理。

除了一个知心挚友以外，没有任何一种药物可以治疗心病。

美德有如名香，经燃烧或压榨而其香愈烈；幸运最能显露恶德，而厄运最能显露美德。

有些老人显得很可爱，因为他们的作风优雅而美……而尽管有的年轻人具有美貌，却由于缺乏优美的修养而不配得到赞美。

时间是不可占有的公有财产，随着时间的推移，真理会愈益显露。

一次不公正的审判，比十次犯罪所造成的危害还要尤烈，因为犯罪不过弄脏了水流，而不公正的审判则败坏了水的源头。

只有对于朋友，你才可以尽情倾诉你的忧愁与欢乐，恐惧与希望，猜疑与欢慰。

最快乐的事莫过于无拘无束。

用书之智不在书中，而在书外。

知识就是力量。

历史使人贤明，诗歌使人高雅，数学使人高尚，自然哲学使人深沉，道德使人稳重，而伦理学和修辞学则使人善于争论。

为了要替自己煮蛋以致烧掉一幢房子而毫不后悔的人，乃是极端的利己主义者。

人是一切的中心，世界的轴。

一个人如果对待陌生人亲切而有礼貌，那他一定是一位真诚而富有同情心的好人，他的心常和别人的心联系在一起，而不是孤立的。

内容丰富的言辞就像闪闪发光的珠子。真正的聪明睿智却是言辞简短的。

无德之人常嫉妒他人之有德。

你愈是少说你的伟大，我将愈想到你的伟大。

明智者创造的机会比他发现的要多。

无论你怎样地表示愤怒，都不要做出任何无法挽回的事来。

狡猾是一种阴险邪恶的聪明。

在我们生命的网上，不能隐匿着虚伪，否则，便在每根纵横的线上，都永远留下腐烂的痕迹。

虚伪的人为智者所轻蔑，为愚者所叹服，为阿谀者所崇拜，而为自己的虚荣所奴役。

研究真理、认识真理和相信真理，乃是人性中最高的美德。

形体之美要胜于颜色之美，而优雅的行为之美又胜于形体之美。

美有如夏天的水果，容易腐烂且不持久。

节俭是美德，惟需与宽厚结合。

对小钱不要过分去计较。金钱是生着羽翼的东西，有时它会自行飞去，有时必须将它放出去，才能带更多回来。

金钱是好的仆人，却是不好的主人。

谁能比这种人更痛苦呢？他们人虽在世，却已亲身参加了埋葬自己名声的丧礼。

金钱是个好仆人，但在某些场合也会变成恶主人。

人们以为他们的理性支配言语，偏偏有时言语反而支配理性。

要知道对好事的称颂过于夸大，也会招来人们的反感、轻蔑和嫉妒。

重复言说多半是一种时间上的损失。

一次背誓以后，什么誓言也靠不住了。

青年长于创造而短于思考，长于猛干而短于讨论，长于革新而短于持重。

一个人如能在心中充满对人类的博爱，行为遵循崇高的道德，永远围绕着真理的枢轴而转动，那么他虽在人间也就等于生活在天堂中了。

毫无理想而又优柔寡断是一种可悲的心理。

善于选择要点就意味着节约时间，而不得要领的瞎忙，却等于乱放空炮。

如果说金钱是商品的价值尺度，那么时间就是效率的价值尺度。因此对于一个办事缺乏效率者，必将为此付出高昂代价。

选择机会，就是节省时间。

如果说，友谊能够调剂人的感情的话，那么友谊的又一种作用则是能增进人的智慧。

活着就要学习，学习不是为了活着。

读书使人成为完善的人。

读书使人充实，讨论使人机智，笔记使人准确……读史使人明智，读诗使人灵秀，数学使人周密，科学使人深刻，伦理使人庄重，逻辑修辞使人善辩。凡有所学，皆成性格。

读书可以培养一个完人，谈话可以训练一个敏捷的人，而写作则可造就一个准确的人。

研究真理（就是向它求爱求婚），认识真理（就是与之同处），和相信真理（就是享受它），乃是人性中最高的美德。

以上谈了神学和哲学的真理，还要再谈谈实践的真理。甚至那些行为卑劣的人，也不能不承认光明正大是一种崇高的德性，而伪善正如假币，也许可以购物，但也贬低了事物真正的价值。这种欺诈的行为像蛇，不能用脚却只配用肚子走路。

讨论犹如砺石，思想好比锋刃，两相砥砺将使思想更加锋利。

虚伪的友谊有如你的影子；当你在阳光下时，它会紧紧地跟着，但当你一旦横越过阴暗处时，它会立刻就离开你。

友谊不但能使人生走出暴风骤雨的感情而走向阳光明媚的晴空，而且能使人摆脱黑暗混乱的胡思乱想而走入光明与理性的思考。

疑心病是友谊的毒药。

真挚的友谊犹如健康，不到失去时，无法体味其珍贵。

人不能绝灭爱情，亦不可迷恋爱情。

爱情不仅会占领开旷坦阔的胸怀，有时也能闯入壁垒森严的心灵。

青年性格如同一匹不羁的野马，藐视既往，目空一切，好走极端。勇于革新而不去估量实际的条件和可能性，结果常因浮躁而改革不成却招致更大的祸患。老年人则正相反。他们常常满足于固守已成之局，思考多于行动，议论多于果断。为了事后不后悔，宁肯事前不冒险。

青年人在执事或经营的时候，所包揽的常常比所能办到的多，所激起的比所能平伏的多；一下就飞到目的上去，而不顾虑手段和程度。

附录二

经验论

基本概念

经验论又称经验主义，认为感性经验是一切知识和观念的唯一来源的哲学学说。经验论片面地夸大经验或感性认识的作用和真实性，贬低甚至否定理性认识的作用和真实性。经验一词含义比较宽泛，既包括直接从感性认识所作的规律性的总结，也包括某种心理体验、生活阅历等。哲学上的经验论指的是一种认识的理论，是与唯理论相对立的。根据经验论者对哲学基本问题的不同解决，经验论可分为唯心主义经验论和唯物主义经验论。前者主张经验是主观自生的或上帝赋予的，把经验限定为感觉或表象的总和，而这种感觉和表象是不依赖物质自然界的；后者则认为经验是外物作用于人的感官而引起的，是对物质自然界的反映。但二者的共同点都是把经验看做是知识、认识的唯一来源，片面强调经验的重要性，忽视理性的重要性。马克思主义哲学既承认以客观世界为基础的感性经验是知识和认识的源泉，同时也承认科学理论、思想即理性认识的重要性。这样，既反对了唯心主义的经验论，又克服了旧唯物主义在经验问题上的片面性。

详细分析

经验一词的含义比较宽泛，包括根据经验做出的规律性的总结、某种心理体验、生活阅历等等。但是，作为认识论的概念，经验一词则只是指与理性认识相区别的一个认识阶段、认识形式，即感性认识。

经验分类

有些哲学家认为，经验可分为两种：外部经验和内部经验；前者即是感觉，后者即是内省。一切知识都是从这两种经验得来的。有些哲学家则只承认感觉经验，否认内省经验，而且认为只有感觉经验才是知识的唯一来源。这种经验论又被称为感觉论。

经验论者

就哲学基本立场来说，经验论者分成唯物主义和唯心主义两个对立的派别。分歧的关键在于对经验的解释。唯物主义经验论承认经验是认识的最初的出发点，但同时认为经验来源于客观实在。感觉经验是外间事物作用于人的感官引起的，是对外界事物的反映。唯心主义经验论则否认经验的客观来源，认为经验是主观自生的或上帝赋予的。不可知论者则极力回避经验的来源问题，宣布经验究竟从何而来是不可知的。

经验论者在哲学基本立场上虽有唯物唯心之分，但在贯彻经验论的原则上却是一致的，并与唯理论或先验论相对立，在哲学史上曾反复进行过论争。

关于知识的来源

唯理论者认为，存在着与生俱来的天赋观念和天赋知识，或存在着虽非生而有之但绝不依赖任何经验的先天概念、范畴和先天知识。经验论者则认为经验是知识的来源，坚持"凡是在理智中的没有不是早已在感觉中的"原则。但是对于来源问题，经验论者的看法也不尽相同，大体可分为两类：第一类认为一切知识都是从经验中来，都可以追溯其起源；不仅没有任何天赋的或先天的观念，而且也没有任何天赋的或先天的命题。这种观点可以说是一种彻底的经验论。第二类认为一切知识的成分即各种观念、概念起源于经验，但是，并非所有的观念、概念组成的知识的命题都是从经验来的。应当承认有两类命题或两类知识，即经验的命题和先天的命题、经验的知识和先天的知识。这种观点在经验论内部导入了非经验论的因素，向唯理论做了让步，是一种不彻底的或调和的经验论。从经验论的发展来看，这种观点却是占上风的，特别是在现代它已经成为经验论的典型形式。

关于感性认识和理性认识的关系

唯理论者片面强调理性，认为可以不依赖感觉经验而仅靠理性直观和推论去得到具有普遍性、必然性、确实可靠的知识。他们虽然也给予感性认识一定地位，但是总认为感觉经验是模糊不清的、不确切的，并且会导致错误，不可能达到普遍必然性和确实性。经验论者一般偏重感觉经验而轻视理性思维。他们认为，理性认识是抽象的、间接的认识，思想愈抽象则愈空虚，愈不可靠，愈远离真理。有些经验论者持极端唯名论（见唯名论与实在论）的观点，根本否认抽象，否认有普遍概念和普遍命题；有些经验论者并不否认理性的作用，甚至提出感性必须与理性相结合，认为理性可以从经验概括出关于规律和关于因果必然性的认识，但是，他们或者觉得这种认识的可靠程度比感性认识低，或者认为理性认识毕竟只是感觉的量的结合，归根结底他们否认理性与感性的质的差别；有些经验论者承认理性在某些知识领域，如在逻辑和数学中有作用，可以得到普遍必然的、确实可靠的知识，但是，又认为这种知识仅仅涉及观念间的关系或词语的意义，是先天的知识，与经验事实无关，对事实的认识只有靠感觉经验，理性是无能为力的。

关于认识的方法

唯理论者偏重演绎和综合，他们认为，全部知识都应当像几何学那样从直观"自明"的普遍的概念、定义和公理出发，通过推理而演绎出来，这种演绎把概念联系成一个具有必然的逻辑次序的系统，从而能够在总体上综合地把握真理。经验论者一般强调归纳和分析。但对于归纳，经验论者又有不同的看法。有的认为归纳是从个别到一般；有的认为归纳所得的结论只有或大或小的或然性；有的认为归纳推论是从个别到个别，即从许多个别的事例推到更多的事例。经验论者并不完全否定演绎，但是，他们或者把演绎放到次要的地位，或者认为演绎只在"非经验"的科学（主要是逻辑和数学）中才具有重要的作用。对于经验论者来说，归纳就是分析的过程。他们认为，分析就是把对象（包括事物和知识）分解为组成的部分或元素，而这些元素是不可再分的，各个组成部分或元素是固定不变、彼此孤立的，其整体不过是各个部分、元素的机械的量的结合。他们的分析是一种形而上学的思想方法。

关于真理的标准

唯理论者认为真理的标准即在真理自身。他们或者认为真理是自明的，它的清楚明白的性质就是区别于谬误的可靠标志；或者认为知识的真理性在于其自相融贯而无矛盾。经验论者认为，判定认识的真假须诉诸经验的检验和证实。部分唯物的经验论者承认真理有客观的标准，它的确立是由实验来证明。但一般的经验论者，包括某些唯物的经验论者，则认为知识的真理性是由个人的感觉、集体的感觉或知识的实用价值来证实的。

在西方哲学中，经验论的思想可以追溯到古代希腊，并延续到今天，它既继承了某些传统观点，又有新的发展。

古代的经验论

最早提出经验论思想的是公元前 5 世纪古希腊居勒尼学派的哲学家。他们认为，只有感觉是可以把握而不会使人迷误的。感觉是真理的标准。不过，感觉的原因是什么，却不可知。居勒尼学派并没有详细阐述他们的认识论观点，主要是利用感觉论的原则来论证其以感官快乐为善的准则的伦理学说。伊壁鸠鲁（见伊壁鸠鲁和伊壁鸠鲁学派）首先明确而较为详细地提出经验论的认识论原则。伊壁鸠鲁是唯物的经验论者，他认为感觉是由外物流出的"影像"进入人的感官引起的，并且总是真实的；认识上的错误不在于感觉，而在于判断和意见。早期斯多阿学派的经验论思想认为，人初生时灵魂犹如一张白纸，只能从对外间对象的感觉中取得自己的内容。感觉同时也是认识的真理性的标准。亚里士多德在认识论上虽然不是经验论者，但是他对感觉经验相当重视，认为感觉经验虽然不能告诉人们事物的原因，但是能提供关于个别事物的最权威的知识。感觉是外物作用于感官而引起的，是知识的来源。亚里士多德反对柏拉图的灵魂回忆说，否认有天赋观念，实际上是哲学史上第一个提出"白板说"的人。

中世纪的经验论

在中世纪（5—15世纪），经验论主要与经院哲学中的唯名论思潮相联系。唯名论的主要阵地在英国，主要代表人物有 F. 培根、J. 邓斯、司各特和奥康的威廉。他们的认识论强调从对个别事物的感觉经验出发。他们的经验论带有唯物主义的倾向，认为经验来自感官对外间事物的感觉；同时，他们的经验论也包含着神学唯心主义的因素，如培根承认有来自"神圣灵感"的经验，威廉承认有直接由上帝超自然地产生的感性"直观知识"。他们不承认所有的知识都源于经验。培根认为对数学真理的理解似乎是天赋的；司各特认为虽然对任何命题的词项的知识只能从感觉得来，但是，有些命题，如"三角形三角之和等于二直角"，仅就其词项的关系而无须诉诸感觉就可知其为真，因而是"自明的"真理。这样，他们就滑到先验论上去了。中世纪的实在论者对感觉经验的态度也是有区别的，不是全然否定感觉经验的认识作用。例如，温和的实在论者托马斯·阿奎那就比较重视经验，有某种经验论的思想因素。他反复引证亚里士多德关于理智犹如白板的观点来批评天赋观念说，认为人的观念都是从感觉经验获得的。整个说来，托马斯·阿奎那并不是经验论者，他不仅承认有"自明的"真理，而且认为有"基督教的真理"，最高的神学信条是来自"信仰的光亮"，来自天启。

文艺复兴时期

文艺复兴时期一些具有唯物主义倾向的科学家和自然哲学家，强调经验和实验的思想，是近代经验论的直接前导。例如，达·芬奇认为，我们的一切知识都来源于知觉，研究自然必须以经验为依据，必须采取实验的方法。不过达·芬奇并未忽视理性认识的作用，他强调在取得经验材料之后，还要进行理性的推论，对自然事物进行分析，找出构成事物的元素和因果联系，从而建立精确的确定的基本原理。自然哲学家 B. 特莱西奥也强调一切知识都从经验而来，倾向于把理性认识归结为感觉，表现了经验论的狭隘性。

近现代的经验论

近代经验论真正重大的发展，是 17 世纪和 18 世纪由英国和法国的一批哲学家做出的。他们把经验论作为认识论和方法论的原则进行了深入而系统的探讨和论证。

17 世纪的经验论

17 世纪经验论的主要代表是英国的 F. 培根、T. 霍布斯、J. 洛克和法国的 P. 伽森狄。他们都是唯物的经验论者，肯定感觉经验是外间对象作用于人的感官而引起的。但他们并不是全都彻底地坚持反映论。例如，霍布斯虽然坚信一切感觉都来自外间的刺激，但却认为感觉的内容主要是表现主体感官本身的反映而非外物的性质。洛克承认"第一性质"的观念是外物性质的"肖像"，但却认为"第二性质"的观念，是由外部对象的一定"能力"在人们心中所引起的，与外物性质"根本不相似"，是上帝指定给人们作为区分事物的一种"记号"；虽与外物性质"对应"，但并不反映它们。洛克还区分了两种经验，即感觉与反省，认为灵魂反观自省而产生的观念也是知识的一个来源。这反映了洛克哲学中的二元论，已经离开了唯物主义。

17 世纪经验论的最大功绩是深入地研究和论证了观念的来源，建立了知识的发生学，从而有力地批判了天赋观念论。他们断定感觉经验是知识的来源，但对经验论原则的贯彻并不都那么彻底。例如，培根还承认有所谓"靠神圣启示的灵感"而来的信仰的"真理"。洛克否认有任何与生俱来的天赋观念和天赋命题，但是，他又承认有"直观的知识"和"证明的知识"。直观的知识只需从观念之间关系的判断即可取得，如白不是黑，圆不是三角；证明的知识只需以直观知识为根据进行证明即可取得，如数学、道德和关于上帝存在的知识。这些知识仅与观念有关，不依赖于经验事实。这里洛克已经转到唯理论的观点上了。

关于感性和理性的关系问题，17世纪经验论者的看法比较复杂，难以简单论定。伽森狄继承伊壁鸠鲁的观点，相信感觉绝无虚假或错误，错误是出在判断上面。培根则认为直接的感官经验是有缺陷的、不完善的，甚至能给人以"虚妄的报道"，只有经过实验的校正和补充而得到的感性经验才是知识的可靠基础。他主张经验必须与理性"联姻"。他所了解的理性活动主要是指通过对经验的归纳分析找出事物的简单元素、"形式"或规律，从而逐步引申出由低到高的"公理"的过程。然而，培根不了解理性和感性的质的差异，认为"最低的公理和赤裸裸的经验只有很少的区别"，他不了解感性向理性的飞跃，对理性演绎的作用是轻视的。霍布斯比培根更为重视理性认识的作用。他相信理性可以通过感性现象把握事物的因果必然性；理性既需要归纳分析，即从感觉经验得出普遍原则，也需要演绎综合，即从普遍原则推出特殊的结论。霍布斯似乎更重视演绎，企图从一个最普遍的从经验来的原则推导出他的全部哲学体系。他虽然赋予理性以如此重大的作用，但是他对理性的看法也未超出经验论的狭隘眼界。仍然把理性活动或推理看作是一种"计算"，只是把得自经验的概念加加减减而已，实际上认为理性和感性只有一种量的差别。洛克对感性和理性的关系的看法同样表现了经验论的狭隘性。他承认从经验得到知识的材料以后，理性可以展开积极的活动，主要是抽象活动。但是，他认为抽象的作用不过是把来自感觉或反省的简单观念加以量的结合、联结或分离，由此形成的一般观念并不能揭示事物的"实在的本质"。洛克与培根、霍布斯不同，他认为通过对经验事实的归纳分析不足以把握事物的本质和因果必然性，只能获得程度不同的必然性，永远达不到普遍的确实性。另一方面，洛克又深受 R. 笛卡儿唯理论的影响，认为只有那些不靠经验而直观自明的知识，和以此为根据演绎或证明了的知识才具有绝对的普遍必然性和确实性。这样，洛克就把感性认识和理性认识截然割裂了。

17 世纪的经验论者从唯物主义立场出发，一般都肯定真理的客观性。培根说知识是"存在的映象"，知识之真理性的标准不在于逻辑，也不在于感觉观察，而在于客观的实践，主要是实验，洛克给真理下过一个唯物主义的定义：真理是指各种符号（观念或语词）的结合与分离（亦即所谓命题），同它们所表示的事物之一致或不一致是一样的。但是，洛克始终未能找到一个客观的真理标准。他认为，直观知识、证明知识的普遍命题仅与观念有关，因而其真理性的尺度只在于命题所包含的观念是否融贯一致。至于涉及经验事实的特殊命题，洛克认为判定它们与事实相符的标准就在于感觉本身。

18 世纪的经验论

18 世纪，在经验论哲学家中间出现了唯物主义和唯心主义两个派别，他们从经验论的共同原则出发却选择了两条根本对立的哲学路线。因此，在 18 世纪不仅有经验论与唯理论的继续论争，而且有经验论中唯物与唯心两派以经验的来源、经验与外物的关系问题为焦点而展开的斗争。

18 世纪唯物主义经验论的主要代表是法国的一批唯物主义者，如 J. O. de 拉美特里、D. 狄德罗、P. H. D. 霍尔巴赫、C. A. 爱尔维修等，以及英国自然神论者中一些有唯物主义倾向的哲学家，如 J. 托兰德、D. 哈特利、J. 普里斯特利等。他们继承并发展了培根和洛克的经验论，克服了两人思想中的某些唯心主义因素，更彻底地坚持了唯物主义。他们都抛弃了洛克关于两种经验的说法，而采取了感觉论形式的经验论。他们否认有所谓内省经验，认为感觉是知识的唯一来源，人的一切观念包括各种抽象的甚至虚幻的观念都是由感觉形成的。感觉作为外间刺激产生的结果，同时就是外间对象的映象。他们以此为论据对唯心主义经验论者否认或怀疑物质存在的观念进行了驳斥和批判。对于感性和理性的关系，拉美特里、爱尔维修片面强调感觉经验的确实性，倾向于把理性认识归结为感觉的机械的结合。有的唯物主义的经验论者如狄德罗则比较重视理性的作用，反对把理性认识归结为感觉。他强调感觉与思考相结合，强调从感觉经验得出"抽象而一般的结论"。但是，狄德罗也未能正确理解感性和理性的质的差异。他说思想、意念、知觉、感觉、意识、表象、概念，所有这些词似乎是同义的，他有时甚至从极端唯名论的观点否认了抽象。狄德罗还接受 G. W. 莱布尼茨关于两种真理的区分，把科学分为：必然的科学，包括数学、形而上学、逻辑学、道德学等等；偶然的科学，包括物理学等自然科学。他认为，必然的科学的对象是永恒的必然的真理，这种科学只靠演绎的证明，其"第一原理"和公理不是从经验归纳而来的。偶然的科学则是建立在归纳和类比之上的，而归纳只能提供给人们一种或大或小的或然性，而不能达到必然的真理。狄德罗归根结底还是割裂了感性和理性。

18 世纪唯心主义经验论的主要代表是英国哲学家 G. 巴克莱和 D. 休谟。巴克莱认为，感觉观念不以外物为原因，也不是外物的反映，反之，外物是观念的集合，其存在即在于被感知。具有真实性的感觉观念不是随意想起的，而是有其外在的原因，这就是上帝。休谟认为人的一切观念，无论如何复杂、高超玄远，归根结底都是从感觉或原始印象引申出来的。他对感觉产生的原因持存疑的态度，说感觉印象"最初是由不知道的原因"产生的。巴克莱和休谟都是极端的唯名论者，不仅否认客观上有一般，而且否认有一般概念，否认抽象思维，并据此驳斥唯物主义的物质概念，认为物质只是一个不代表任何观念的没有意义的词。休谟提出了一个关于有无意义的标准，即一个哲学名词如果不能归源于任何感觉印象，是没有任何意义的。休谟虽然认为一切观念来源于感觉印象，却并不主张任何知识都是来自经验、关乎经验的。他提出两类知识说，一类是关于"观念的关系"的知识，如几何、代数、算术，具有直观的或证明的确实性，不必依据宇宙间任何地方存在的任何东西，仅靠思想的活动就可以发现；另一类是关于"事实"的知识，不是从先天的推论，而完全是从经验得来的，它建立在因果关系上，而因果关系只是一种习惯性联想、或然的推论，没有普遍必然性。休谟关于意义标准和两类知识的学说对现代西方经验论有极大的影响。

19 世纪的经验论

19 世纪，除了个别的哲学家，如德国的 L. 费尔巴哈，属于唯物主义的经验论之外，西方各国哲学中的经验论思想一般都是沿着巴克莱唯心主义以及休谟不可知论的路线发展的。其主要代表有英国的 J. S. 密尔、H. 斯宾塞，法国实证主义者 A. 孔德，以及德奥诸国的经验批判主义者 E. 马赫、R. 阿芬那留斯等人。他们的经验论着重探讨的仍然是知识的起源问题，特别是逻辑和数学的起源问题。例如，密尔认为，逻辑和数学的命题也是从经验来的，其所以为真也只是因为它们在经验中总被发现是这样的，因而它们并不是严格意义上的必然的真理，而是可能为将来的经验所修正的。斯宾塞企图从进化论的观点对认识的逻辑形式、逻辑规律做经验的解释。他认为，就个人来说，人的心灵初生时不是一块白板，而是赋有一些理解世界的先天的形式，但是这些形式虽非个人经验的产物，却是无数世代人类遗传下来的种族经验的结果，因而在个人为先天固有者，在人类仍为后天获得。19 世纪的这些唯心主义经验论者都是现象论者，他们否认可以通过对经验现象的研究，进而揭示事物的本质和规律。实证主义者和经验批判主义者都提出所谓"反形而上学"的口号，拒绝研究经验之外的客观实在，认为理性和科学的任务只是描述而不能解释经验现象。

20 世纪的经验论

20 世纪的经验论思想主要表现在实用主义、新实在论、批判实在论、逻辑实证主义、语言分析哲学等流派中。其中以实用主义和逻辑实证主义影响最大，为现代经验论的两个主要的形态。它们都是巴克莱和休谟的唯心主义经验论在现代条件下的继续，但带有若干新的特征。

以美国的 W. 詹姆斯和 J. 杜威为主要代表的实用主义是一种巴克莱式的主观唯心主义。他们把经验看做是无所不包的唯一的存在，对传统的经验概念做了某种"改造"或修正。他们不赞成过去经验论者把经验看作被动的感受的东西，而认为经验首先是一种"行"

或"做"，是有机体在适应环境过程中行动和遭遇之间交互作用的联系。经验并不是一个认识的范畴，而是一个属于"直接的刺激反应"的生物学的范畴。感觉不是任何认识的一部分，不是真正的认识要素，只不过是使有机体行动适应环境的一种"必要的刺激"或"诱导"。实用主义者也不赞成过去经验论对感觉经验的原子式的看法，他们认为像洛克和休谟所讲的那种一个个孤立的感觉根本不存在，只有在有机体行动的适应过程中永远联系在一起的整个的经验或者说"意识之流"才存在。因此，詹姆斯和杜威都否定分析和抽象，认为抽象是从经验中砍下一个片断，使活生生的整体贫乏化。实用主义者把人的全部认识都归结为适应环境的行动，即所谓的"实践"。他们认为一切知识、理论都是工具性的，其效用仅仅在于它们给行动带来的效果，真理之为真理仅仅因为它们对人有用。

以维也纳学派为代表，包括 B. A. W. 罗素和早期 L. 维特根斯坦的逻辑原子论的某些基本思想在内的逻辑实证主义，继承了休谟和 19 世纪实证主义、马赫主义的传统。他们的经验论也是"反形而上学"的，但他们不说经验之外的东西不可知，而认为关于经验之外的问题是没有意义的。逻辑实证主义继承了休谟的两类知识说，并吸取了康德哲学的术语，把全部知识的命题分为"分析的"和"综合的"。分析命题都是先天的、必然的，其真假即决定于命题所含词项的意义，这类命题对事实无所陈述，只是一种同语反复。逻辑和数学都属于这类知识。综合命题则是经验的、或然的，其真假决定于经验的证实。各门自然科学都属于这类知识。凡是既非同语反复的分析命题、又非原则上可由经验证实的综合命题的语句，都是无意义的、似是而非的命题。传统哲学中讨论的问题即"形而上学"的问题就属于此类。逻辑实证主义区别于古典经验论的一个突出特点在于，它不是对知识的来源做历史的或心理的发生学的说明，而是要对知识做逻辑的分析。逻辑实证主义者把数理逻辑的分析方法导入认识论，把全部经验科学的命题作为关于直接经验或直接观察的基本命题的真值函项构造成为一个逻辑的系统。罗素把这种基本命题叫做"原子命题"，维也纳学派叫做"记录语句"，它们是整个知识大厦的基础。逻辑实证主义者所说的"证实原则"，就是要通过逻辑分析把科学的各种命题"翻译"或"还原"为直接经验或直接观察的命题，从而确定其意义。逻辑分析与经验证实的结合乃是逻辑实证主义者的逻辑经验论的全部精髓之所在。逻辑实证主义兴起于20世纪20年代，30年代以后其影响凌驾于实用主义之上，50年代以前一直是英美哲学中占主导地位的思潮，逻辑实证主义差不多成了现代经验论的同义语。

20世纪50年代以后经验论思想的一个值得注意的发展，是以W. V. O. 奎因为代表的一些美国哲学家把逻辑实证主义与实用主义相结合，提出所谓分析的实用主义或新实用主义。他们主要批评逻辑实证论的"两个教条"：一是批评分析命题和综合命题之分，认为承认有先天的分析命题是经验论者的一个非经验的教条，形而上学的信条；二是批评逻辑实证主义的证实原则和还原论，认为全部知识是作为一个整体，而不是分解为一个个单独的命题去接受经验的检验的，即使像逻辑规律如排中律这样似乎与经验相距遥远的命题，作为知识整体的组成部分，归根结底也要与整体一起接受经验的检验，而有可能被修正或否弃。奎因认为，面对经验的检验所做的这种修正或否弃，是根据实用和方便的原则进行的一种"自由选择"的活动。这样一来，他在克服逻辑实证主义的非经验论的因素的基础上所建立起来的"没有教条的经验论"，本质上是实用主义的。

20世纪60年代以后，西方有许多哲学家，如K. R. 波普尔、P. K. 费耶尔阿本德、D. 汉森、波兰尼等人，对现代经验论提出种种批评，根本否认有作为知识基础的纯粹的感觉经验，有些哲学家如A. N. 乔姆斯基、J. 皮阿热和法国结构主义者，根据语言学、心理学、社会学的研究，重新提出天赋观念和先天结构的说法。在这些挑战面前，现代经验论者中虽然有人，如逻辑实证主义者H. 费格尔做过一些回答，但是，在理论上并没有对经验论做出新的显著的发展。

形成原因

新生资产阶级迫切需要发展科学，而还"处在收集材料阶段"的自然科学又需要哲学在方法论和认识论上给予指导，这样，认识论问题便成为近代哲学的最重要的内容，随之也就产生了两种认识论：一部分人注重力学的实验和经院归纳法，并使之绝对化，形成了近代的经验论，代表人物有培根、霍布斯、洛克等。另一部分人则注重数学的理性演绎法并同样使之绝对化，形成了近代的唯理论。经验论以"凡在理智中的无一不在感觉中"的原则为前提，认为一切真知必然起源于感觉经验，没有感觉就没有认识，感觉经验是认识唯一可靠的来源。与真知的来源问题相联系，经验论推崇经验归纳法，强调感觉经验的重要性，但忽视理性思维的作用，不能科学地说明知识体系何以能够建立起来的问题；由于经验论者片面强调感觉经验，贬抑理性思维，以至于把感觉看做是唯一的实在，把经验论推向极端，有逻辑地走向唯我论和不可知论。

在近代哲学之初，一些哲学家认为一切知识归根到底都来源于感觉经验，所谓科学知识——主要是实验科学——乃是对于感觉经验归纳的结果。而另一些哲学家则认为，由于感觉经验是相对的和个别偶然的因而是不可靠的，具有普遍必然性的科学知识不可能建立在这样的不可靠的基础之上，如果有科学知识，它就不能以感觉经验为基础，而只能是从理性所固有的天赋观念中推演而来，唯其如此，我们才能说明科学知识的普遍必然性。这两种观念，前者被称为经验论，以培根、洛克、巴克莱和休谟为主要代表，后者被称为唯理论，以笛卡儿、斯宾诺莎和莱布尼茨为主要代表。

相关案例

弗兰西斯·培根

文艺复兴后不久，英国出了一个赫赫有名的哲学家，就是那句被后世称道的"知识就是力量"的提出者——弗兰西斯·培根（Francis Bacon），历来哲学家中强调归纳的重要性，禀有科学气质的第一人。他尝试了一些方法弥补单纯枚举归纳的缺陷，所谓单纯枚举归纳是指：观察到一连串重复相同事件后就断定以后也一直发生该事件，然而，恰恰下一次就出现了不同的情况。培根认为需要对观察到的现象进行整理。由于他贬恶科学研究中必要的假说、演绎和数学方法，所以他的归纳法是有很大缺陷的，但他对科学和哲学的历史功绩不可磨灭。

约翰·洛克

在 1688 年英国光荣革命时期，诞生了一位对整个资本主义世界具有极深远影响的哲学家，他就是约翰·洛克（John Locke）。他是一个幸运儿，因为很少有像他那样，现时的革命完全符合自己的学说的精神的。而在这个革命之后，"英国至今也不感觉有任何革命的必要"。洛克哲学内容比较广，罗素概括了两个方面，一是认识论，二是政治哲学。代表作《人类理解论》涵盖了他的认识论，他的经验主义是非常大胆而彻底的，从笛卡儿到莱布尼茨，都说我们的知识有许多不是从经验来的，但他认为："我们的一切知识都在经验里扎着根基，知识归根结底由经验而来"。这个观点听上去比较能为现代人接受，也更接近唯物主义的态度。然而有趣的是，洛克的后人却顺着他的经验主义走向了主观论和怀疑主义。经验主义作为哲学的一个流派和后来德国的唯心主义对立，洛克的更重要的意义，我看在于他的道德与政治哲学和与他的认识论吻合的精神气质。洛克哲学给人的印象是乐观、谦逊而宽容，这可以从他的经验主义对任何主张，"给予他的同意程度取决于支持它的盖然性证据"看出；洛克的道德原则，一部分可当作边沁的先驱看，认为人类被追求幸福快乐的欲望驱使，以此为渊源，顺理成章地，在政治哲学中提出关于自然法、社会契约、私有财产、约制和均衡的观点。这些概念已经相当成熟，后被介绍到法国又经历了一些补充完善，如今已经深入美国社会的骨髓。需要注意的是，洛克的道德观点不能等同享乐主义，他的一系列约束条件中最首要的一个规定是人按照理性行事，这里多少能令我们想到斯宾诺莎。

巴克莱

洛克之后，他的两个重要追随者之一巴克莱（George Berkeley），将他的经验主义，演化成了主观唯心论。他借两个叫费罗诺斯和海拉斯的人的辩论，否定物质的存在。关于客观存在的事物，巴克莱总设法取消它。例如海拉斯认为有谁也不感知、不在任何人心中的房子。费罗诺斯回驳说：这房子就在海拉斯心中。罗素替海拉斯设计的辩词非常有趣：二整数相乘的乘法的数目无限，而若干个（事实上无数个）是（任何人）从未想过，但是确实存在的。

休谟

另一个洛克的继承人是休谟（David Hume）。罗素形容休谟，经验主义终于走到了"死胡同"——"沿着他的方向，不可能再往前进"。"反驳他一向是形而上学家中常见的一种时兴消遣。""在我看来，我觉得他们的反驳没有一点是足以让人信服的。"他否定因果关系是逻辑推理的主张，而归为经验的东西，即"因为甲，结果乙"，并非是甲中有产生乙的力量，而是关于甲乙两事件关联（经常相连）的经验促使我们说"因为甲，结果乙"。休谟也拿"信念"为例，认为信念是"与当前的印象有关系或者相联合的鲜明的观念"。这样，他自然而然地主张，甲和乙的屡次连结并不成为预料两者将来也会相连的理由，这就是和在培根一节中论述的单纯枚举归纳类似的困难。怀疑论以完全否定归纳原理为依据，终结了经验主义。反驳休谟已经被后世学者的失败证实，虽说休谟的哲学是一种"不好"的哲学，可它难以辩驳，何况怀疑主义对某些轻信而言不啻为一剂良药。

经验主义因洛克的宽容产生和也因休谟的敏感而终结，可见有其不完善的一面。但是作为认识论观点，尚观察和理性，有着积极的意义和极大的优越性，在罗素看来至少优于当时其他所有的派别。

马克思主义哲学认识论科学地揭示人的认识是一个基于实践的由感性到理性、由低级到高级的发展过程，感性与理性是辩证统一的，感性有待于发展为理性；而理性之所以可靠，正是由于它是以感性经验为基础的。这样，就从根本上反对了唯心主义的经验论和唯理论，也克服了旧唯物主义经验论和唯理论各自的片面性。唯理论即理性主义还有一种广义的理解，泛指相信科学、信仰理论、思想的倾向，它与"反理性主义"、"非理性主义"相对立。

归纳法

定义

归纳法或归纳推理，有时叫做归纳逻辑，是从个别性知识，引出一般性知识的推理，是由已知真的前提，引出可能真的结论。它把特性或关系归结到基于对特殊的代表（token）的有限观察的类型；或公式表达基于对反复再现的现象的模式（pattern）的有限观察的规律。例如，使用归纳法在如下特殊的命题中：

冰是冷的。

在击打球杆的时候弹子球移动。

推断出普遍的命题如：

所有冰都是冷的。或：在太阳下没有冰。

对于所有动作，都有相同和相反的重做动作。

人们在归纳时往往加入自己的想法，而这恰恰帮助了人们的记忆。

这是物理学研究方法之一，通过样本信息来推断总体信息的技术。要做出正确的归纳，就要从总体中选出样本，这个样本必须足够大而且具有代表性。

比如在我们买葡萄的时候就用了归纳法，我们往往先尝一尝，如果都很甜，就归纳出所有的葡萄都很甜的，就放心地买上一大串。

归纳推理也可称为归纳方法。完全归纳推理，也叫完全归纳法。不完全归纳推理，也叫不完全归纳法。归纳方法，还包括提高归纳前提对结论确证度的逻辑方法，即求因果五法、求概率方法、统计方法、收集和整理经验材料的方法等。

分类

古典归纳法

古典归纳逻辑，是由培根创立，经穆勒发展的归纳理论。它主要研究完全归纳推理、不完全归纳推理（简单枚举归纳和科学归纳）、求因果五法等。

亚里士多德探讨了归纳。他在《前分析篇》谈到简单枚举归纳推理。他举例说，内行的舵手是最有效能的。所以，凡在自己专业上内行的人都是最有效能的。古典归纳逻辑创始人是 17 世纪英国弗兰西斯·培根，他在《新工具》中，贬演绎，倡归纳，首次提出整理和分析感性材料的"三表法"，即具有表，缺管表和程度表，认为在此基础上，通过排除归纳法等归纳方法，可以从特殊事实"逐级"上升，最后达到"最普遍的公理"。19 世纪英国约翰·穆勒（John Mill）是古典归纳逻辑的集大成者，他在《逻辑学体系》中，通过总结自培根以来古典归纳逻辑的研究成果，系统论述了"求因果五法"，即求同法、求异法、求同求异并用法、共变法和剩余法，对其形式和规则做了具体规定和说明。

现代归纳法

现代归纳逻辑，也称概率逻辑。它是由梅纳德·凯恩斯（Maynard Keynes）创立，由莱辛巴哈（Reichenbach）、鲁道夫·卡尔纳普（Rudolf Carnap）、科恩等发展，运用概率论，形式化的公理方法等工具，探索归纳问题所取得的成果。

古典归纳逻辑曾遭到英国休谟的诘难。他认为，归纳推理的合理性在逻辑上是得不到保证的。归纳推理所依据的普遍因果律和自然齐一律，只是一种习惯性心理联想，不具有客观的真理性。从个别性的前提不可能得到一般性的结论。休谟的诘难，引人思考。既然从个别性的前提出发，不能必然地得到一般性的结论，那么个别性的前提是否可以对一般性的结论提供某种程度的证据支持，前提对于结论支持的概率是多少，这就是现代归纳逻辑即概率逻辑的研究主题。

现代归纳逻辑研究肇始于 19 世纪中叶。德·摩根、耶方斯、文恩等人都曾探索利用古典概率论来研究归纳问题。凯恩斯在 1921 年发表《概率论》，主张概率是命题间的逻辑关系，在此基础上构建概率演算的公理系统，创立了现代归纳逻辑。莱辛巴哈在 1934 年发表《概率理论》，主张用"相对频率的极限"定义"概率"，创立频率概率论，把现代归纳逻辑的研究，推进到一个新阶段。

现代归纳逻辑正处于发展时期，其理论尚待完善。"把一切归纳方法，用公理集加以系统化的归纳逻辑目前还不存在，我们现在只有归纳逻辑的片断或一些归纳逻辑的雏形。"多种类型的归纳逻辑理论，不断被引入认识论、科学方法论、统计学、决策论、人工智能等众多领域，日益得到广泛的应用。

经验主义

形而上学的思想方法和工作作风，其特点是在观察和处理问题的时候，从狭隘的个人经验出发，不是采取联系、发展、全面的观点，而是采取孤立、静止、片面的观点。毛泽东在《反对本本主义》《实践论》等著作中明确指出经验主义的要害在于轻视马克思主义理论的指导作用，满足于个人狭隘经验，把局部经验误认为是普遍真理，到处生搬硬套，也否认具体问题具体分析。哲学认识论中的经验论也可称为经验主义。

"经验主义"学说

简介

经验主义（Empiricism）是一种认识论学说，认为人类知识起源于感觉，并以感觉的领会为基础。经验主义诞生于古希腊，距今已有 2400 余年的历史。期间，它不断地与另外两种学说发生争议：一种学说为天赋论，主张知识属于与生俱来的本性之观念；另一种学说为理性主义，主张唯有理性推理而非经验观察才提供了最确实的理论知识体系。然而，上述的争议虽然从未中断过，但它们之间的冲突却时而激烈，时而缓和。

作为一个认识论的概念，经验一词主要指与理性认识相区别的一个认识阶段、认识形式，即感性认识。理性主义者将人们对有关事物的见解区分为一般的、易犯错误的信念和永久的、已被证实了的真理性知识，并在其中划出一条深深的鸿沟。他们声称，感觉经验只能产生关于表象世界的意见，由于表象可能使人受到蒙蔽，所以这种得之于观察的经验是不可靠的，无法被确认为知识。鉴于此，理性主义者主张全面放弃感觉，而专注于从理性中寻觅真正的知识。还有一些理性主义者认为，许多知识是生而具有的；学习的实质，就在于通过理性能力对内部潜在的内容有重新发现。他们指出，在这样一个先验的知识概念系统中，短促和随机的临时性经验必然找不到它的位置。

一方面，理性主义者认为，知识仅仅存在于一个完美的独立世界之中。我们感觉到的世界，只是对于完美的知识世界所隐约透露的神秘影像的复制，这种复制可能正确也可能错误，所以感性认识处在不确定的状态之中，其认识的成果也只是一些摇曳的幻影而已。另一方面，理性主义者也往往轻视实践，贬低科学的价值。由于科学来自观察和感觉世界中作为实践运用的知识，因此理性主义者认为这些基于不确定性知识的科学是片面的，甚至不合天赋理念的观点。在极端的意义上，理性主义者武断地否认了科学的可能性。

从恩培多克勒开始，一种与上述思想截然对立的哲学，即经验主义学说渐渐兴起。经验主义怀疑理性所依赖的先天印象，认为它们纯属想象出来的幻象，并力图表明，正是观察才引起了知识。针对理性主义者放弃感性经验的主张，激进的经验主义者声称唯有观察和感觉者是唯一有效的知识源泉；事实上，人的感觉经验能够发现和揭示真理。由此，便推动了经验主义研究感知系统。这也是心理学的开端。

恩培多克勒这位历史上的第一位经验论者，为了其哲学目的，不知不觉地展开了对一个典型的心理学课题的探讨。在他看来，理性主义者所谓人为自身心灵的神秘内涵所吸引而进行实质为记忆的学习，并通过这种学习而获得知识的天赋主张难以成立。在有关遗传的实际知识尚未问世之前来谈论所谓与生俱来的理念，只能是为摆脱哲学或科学难题的一条捷径，因此这种主张是无法验证的。经验主义希望通过找出知觉的作用机能来坚持知识来源于知觉的观点，最终反证出理性和先天本性不可能有充分知识的源泉。

在西方，与基督教观念相结合的新柏拉图式理性主义长期处于统治地位。直到 13 世纪，随着亚里士多德的著作重被发现，理性主义开始走向衰落。尽管由于师承关系，亚里士多德在一定程度上保持了柏拉图主义的观念，但在本质上，他却是一个经验论者。他认为，人类认识的对象，是客观世界的具体事物，即实体，因此需要依靠感觉经验才能实现和完成这种认识。他说过："那引起感觉的东西是外在的……要感觉，就必须有被感觉的东西。"这里，亚里士多德以感觉乃至知识、认识依赖于外在客观的信念表明了坚定一致的经验主义主张和朴素浅显的唯物主义倾向。

发展历史

纵观经验主义的发展历史，基本上可以区分为两类学派：温和的经验主义与激进的经验主义。前者认为，所有的意识观念均来源于知觉，但同时也承认意识的机能（诸如记忆、想象和语言的官能）是内在的能力。相比之下，后者的观点则更为激进，公开宣称不仅意念的内容，而且意念的整个过程都不可能存在内部能力，而只能是习得的。

温和的经验主义

自 16 世纪起，经验主义与理性主义的争论以一种温和的方式再次爆发。F. 培根依据实验科学，强调感性经验在认识中的作用。同时，他并没有把人的认识局限在感生经验上，而是承认了理性认识的必要性。他认为只有把感生和理性结合起来，运用科学实验和客观分析，才能克服认识上的混乱，推动知识的进步。继增根之后，J. 洛克通过对以笛卡儿为代表的天赋观念论和以 G. W. 莱布尼茨为代表的唯理论的批判，竭力肯定了经验主义的原则。洛克指出，人的适应是先天就有的，人的心灵本来像是一张白纸，在它上面并没有任何天赋的标记或理念的图式。至于各种观念和知识是怎样写在这张白纸上，进入人的心灵之中的问题，洛克在他的《人类理解论》一书中给出了答案："我们的全部知识是建立在经验上面；知识归根到底都是导源于经验的。"在具体论证这一原理时，洛克采取了类似于近代心理学的方式。他把一切知识归结为观念，而一切观念又可被分析为简单观念。他断言，简单观念是不可再分的，是构成知识的固定不变的、最单纯的要素。所有的简单观念，都来自外部感官或内省，也就是说，都来自外部经验或内部经验。人的心灵处理这些简单观念的能力主要有三种：一是把若干简单观念结合成为一个复合的观念；二是把两个观念（指的是简单观念或复合观念）并列起来加以考察，形成关系观念；三是把一些观念与其他一切同时存在的观念分开，即进行抽样，由此形成一般观念。至此，作为经验主义集大成者，洛克完成了经验主义认识论的体系，从而与理性主义展开了长期的不屈不挠的对抗。

激进的经验主义

激进的经验主义认为，一切知识都来源于经验，并可追溯其根源，这是没有任何天赋的或先天的命题。激进的经验主义者唯一强调的是感觉经验，但他们极力否认理性思维。激进的经验主义认为理性认识是抽象的、间接的认识，而思想愈抽象则愈是空虚，愈不可靠，愈远离真理。所以，他们的观点是极端唯名论，根本否认抽象，否认有普遍概念和普遍命题。例如，J.S. 穆勒认为，逻辑亦或数学的命题也是从经验中来的，人们之所以将其视为真理，也只是因为它们在经验中总被发现如此，严格来说，它们并不是真正意义上的必然真理，大有可能为将来的经验所修正。

康德的折中

康德提出了一些有关理性主义和经验主义问题的假设。他将科学认作人类知识的最高表现形式，并确认它起始并同步于人类的经验。然而，康德又认为人类经验的形成必然带有人类心灵固有的特征。正是人类的心灵才产生了科学所研究的有规则的现象。于是，最终的真正知识——科学就能立足于心灵中先天具备、先于经验而存在、同时又获得理性证实的基础之上。康德把这种由先天理性（形式）和后天经验（质料）结合起来的命题称作综合命题，并以此来调和或折中唯理论与经验论之间的矛盾，试图克服两者的片面性。

心理学与经验主义

对于心理学而言，学者们更倾向于接受经验主义而不是理性主义。在英、美等国家这已经成为一种逐渐强化的趋势。这些国家里，经验主义是占统治地位的哲学。依据现代的发展趋势来看，经验主义与理性主义的对立将为天性论与经验论，或者本性与教养这类人们更为熟悉的辩论所替代。然而，在经验主义一统天下的局面中也并非没有例外。例如，N.乔姆斯基就力图阐释人类语言的句式中有许多属于先天具备的观点，并向行为主义式的经验论发出了挑战。乔姆斯基依据笛卡儿的语言学观点，将语言的基础置于直觉而非专业，并把语言视作一种相对来说未受其他刺激控制影响的逻辑系统。与此相似，J.皮亚杰也提出认知发展的阶段是由逻辑性的方式得以展开的，并不是导源于环境形式，尽管皮亚杰本身并非一个天性论者。总而言之，个体获得知识的问题还有待于同个体精神领域的全部内容的发生相联系，这样才可以完整地揭示其深刻的关系。经验主义对此作出了努力，但是很明显，它的理论不是全部的谜底。

习惯性期待

休谟强调的是，"一件事情发生后另外一件事情也会发生"的想法，只是我们心中的一种期待，并不是事物的本质，而期待心理恰恰是与习惯相关联的。让我们再回到小孩子的心态吧。一个小孩子就算看到一个球碰到另外一个，而两个球同时静止不动，也不会有所惊讶。所谓"自然法则"或"因果律"，实际上只是我们所期待的现象，并非"理当如此"。自然法则没有所谓合理或不合理，它们只是存在罢了。——《苏菲的世界》

白色的乌鸦

我这一辈子只见过黑色的乌鸦，但这并不表示世间没有白色的乌鸦。无论哲学家也好，科学家也罢，他们都不能否认世间可能有白色乌鸦的存在。这是很重要的。我们几乎可以说科学的主要任务就是寻找"白色的乌鸦"。——《苏菲的世界》

与科学有关系的经验主义是逻辑实证主义（逻辑经验主义）的前身。一直到现在，经验主义的方法还在影响自然科学，是自然科学研究方法的理论基础。而自然科学方法则是传统观念的进一步发展。近几十年以来，一些新理论学说，例如量子力学、构成主义、托马斯·库恩的《科学革命的结构》中的观点，已经开始对经验主义在科学研究的方法上独一无二的地位产生了轻微的冲击。另外，诸如量子力学的一些理论证明了经验主义的不可靠性：经验主义不具有发现违反直觉的科学规律的能力以及对理论进行更改从而适合这些规律的能力。

哲学上的关系

经验主义一词本义是指古希腊医生的经验，拒绝麻木地接受当代的宗教教条，而是将所观察到的现象作为分析依据。十七世纪的英国学者洛克首先对经验主义进行了系统性的阐述，他主张人的心志原本是空白的表格，而经验注记其上。这种主义否定了人拥有与生俱来的观点或不用凭借经验就可以获得知识。值得注意的是，经验主义并不主张人们可以从实务中自动地取得知识。根据经验主义者的观点，感受到的经验，必须经过适当归纳或演绎，才能铸成知识。在哲学的发展过程中，经验主义与理性主义一直相对比。理性主义认为大部分的知识是归咎于感觉上的独立思考。无论如何，这种对比已被视为过于简单化，因为近代的欧陆理性学者也倡导利用科学方法去获得实际经验；而洛克同样认为超自然的知识（如宗教神学）必须单独借由直觉或推理才能取得。